Ute Mank

Elternhaus

UTE MANK

Elternhaus

Roman

dtv

Für Elke und Roger

MIX
Papier | Fördert gute Waldnutzung
FSC® C083411

Originalausgabe 2023

Satz: Fotosatz Amann, Memmingen
Gesetzt aus der Aldus Nova
Druck und Bindung: CPI books GmbH, Leck
Printed in Germany · ISBN 978-3-423-28350-2

Wie einen Schild trug Sanne den Umzugskarton vor sich her, als sie auf das schmale Haus zuging.

»Da bist du«, sagte die Mutter, die im Rahmen der Haustür stand.

Natürlich bin ich da, dachte Sanne. Über den Kartonrand lächelte sie die Mutter an. Ihr Lächeln erschien ihr falsch.

Die Mutter wandte sich zur Seite, drückte sich an die Wand. Mit dem Karton an ihrer Kittelschürze entlangschabend, drückte Sanne sich an ihr vorbei, weil zwischen ihnen kein Platz war.

Die Mutter wollte die Haustür hinter ihr schließen.

»Lass offen«, sagte Sanne über die Schulter. »In meinem Auto sind noch viel mehr Kartons.«

»Da bist du«, sagte auch der Vater, der in diesem Moment aus der Küche in den Flur trat.

Zusammen mit ihm trug sie die Umzugskartons ins Haus. Der Vater immer bloß einen, Sanne drei, vier auf einmal.

Sie stellten ein paar ins Wohnzimmer, lehnten sie an die Wand zwischen Vitrine und Sofa. Da war ein wenig Platz. Da standen sie nicht im Weg. Die, die in den oberen Stock mussten, trug Sanne, um dem Vater die Treppen zu ersparen.

In den Zimmern sah alles aus wie immer. Seltsamerweise überraschte sie das. Als müsste man es bereits sehen. Als müsste sich schon Wesentliches verändert haben.

Was hatte sie erwartet? Dass die Eltern schon begonnen hätten? Geschirr zusammengestellt und gestapelt? Vielleicht schon in Zeitungen gewickelt und auf die Tische und Fensterbänke verteilt. Die Gardinen abgenommen, Teppiche zusammengerollt?

All das würde sie tun müssen. Die Eltern würden bloß helfen. So gut sie konnten. Denn weil sie nicht mehr so gut konnten, hatte Sanne deren Auszug angezettelt. Du tust das Richtige, Sanne, sagte sie sich.

Gitti hatte widerwillig zugesagt zu helfen. »Samstag? Nein, das geht überhaupt nicht.« Sanne hatte nicht gefragt, warum das *überhaupt* nicht ginge. »Sonntag? Na gut.«

Gitti stand nicht hinter Sannes Plänen. »Du entmündigst sie, triffst Entscheidungen über ihren Kopf hinweg. Sie sind ja nicht senil. Und das mit dem Haus bewältigen sie noch ganz gut, finde ich.«

Sanne war anderer Meinung. Aber sie war oft anderer Meinung als Gitti. Besonders, was die Eltern betraf. Schließlich hatte sie sie vor Augen. Wohnte am nächsten dran. Zwanzig Minuten Fußweg, drei Minuten mit dem Auto. Sie kümmerte sich, wenn die Eltern anriefen. Könntest du vielleicht. Hierbei helfen. Das besorgen. Wir brauchen dringend.

Sie hatte sich auch gekümmert, als die Mutter im vergangenen Winter so krank geworden war. Was hieß gekümmert. Sanne war täglich vorbeigekommen, hatte Essen gebracht, Betten abgezogen, eingekauft, Medikamente besorgt und das Haus geputzt. Der Vater hatte ihr hilflos zugesehen. Hatte auch mal einen Tee gekocht, der

Mutter die Hand gehalten und war x-mal am Tag die Treppe hinauf- und hinuntergelaufen, ohne recht zu wissen, wozu.

Als die Mutter zum ersten Mal für ein, zwei Stunden das Bett hatte verlassen können, war sie so wackelig auf den Beinen gewesen, dass sie sich nicht traute, die Treppe hinunterzugehen in ihre Küche.

»Da habt ihr's«, hatte Sanne triumphierend gesagt und war sich doch schäbig dabei vorgekommen.

»Frag doch Petra, ob sie auch beim Packen helfen kann«, hatte Gitti noch gesagt, nachdem sie beide sich mühsam auf den Sonntag geeinigt hatten.

Sie sah auf die Straße tief unter sich und nippte an ihrer Tasse. Bitter. Es störte Petra nicht, es musste so sein. Bürokaffee.

Sie beobachtete die Autos. Wie sie die sechsspurige Straße entlangschnürten, manche sich zwischen zwei Fahrzeuge auf der Nebenspur einfädelten, vor der Ampel hielten, wieder anfuhren. Aus einer schmalen Seitenstraße kam ein Lkw. Sie reckte den Kopf ein wenig. Sah zu, wie er auf die sechsspurige einbog, zwischen all den anderen Autos weiterfuhr und nach rechts aus ihrem Blickfeld verschwand.

Von hier oben wirkte alles wie von einer fernen Kraft gesteuert. Die dicken Fensterscheiben schluckten die Geräusche komplett. Kein Hupen, kein Motorlärm drang zu ihr herauf. Wenn man dort unten mitfuhr, war es Chaos.

Petra stand gern dort, die Arme so verschränkt, dass die Kaffeetasse direkt vor ihrem Mund balancierte. War die Tasse leer, holte Petra sich eine zweite. War die leer, war die Pause zu Ende.

Sie ließ ihren Blick auch über das gegenüberliegende Hochhaus mit seinen spiegelnden Scheiben gleiten. Manchmal konnte sie schemenhaft jemanden laufen sehen. Oder gestikulieren. Was dort gearbeitet wurde, wusste sie nicht. Aber die dort drüben wussten genauso wenig, was auf der ihnen gegenüberliegenden Seite, was in Petras Büro gearbeitet wurde.

Es wüsste auch dann keiner, wenn man besser bei den anderen hineinschauen könnte. Sahen Büros nicht überall gleich aus? Bildschirme auf jedem Tisch. Telefon. Schreibtischlampe. Das Persönlichste eine Grünpflanze. Ein Foto vielleicht noch. Vom Ehemann, der Ehefrau, der Familie. Auf Petras Tisch stand nicht einmal eine Pflanze.

Sie nahm den letzten Schluck aus der ersten Tasse und ging in die winzige Teeküche. Niemand begegnete ihr. Dann stellte sie sich wieder ans Fenster.

Abstand, dachte sie. Es ist der Abstand, der alles so geordnet wirken lässt.

Schon oft hatte sie diese Feststellung getroffen. Meistens dachte sie dabei auch an ihr Elternhaus.

Zu dem hatte Petra ebenfalls Abstand. Wohnte weit weg, fuhr selten hin.

War sie dort, fühlte sie sich wie ein Gast, nicht wie ein Familienmitglied. Die Eltern rissen sich ein Bein für sie aus. Wollte sie etwas helfen, hieß es: »Ach, lass doch. Ich mach das schon.«

Ihre Gespräche waren schwerfällig. Die Themen gingen immer wieder aus. Was sollte Petra auch erzählen? Von ihrer Arbeit? Die war den Eltern kaum zu erklären. Von Jürgen? Die Eltern wussten nicht einmal, dass es ihn gab.

Sie fuhr wieder nach Hause und kam jedes Mal mit einem Gefühl der Erleichterung in ihrer Wohnung an.

Aus der Ferne ließ sich ganz anders an die Familie denken. Wärmer. Herzlicher. In imaginierten Gesprächen, in denen sie sich wunderbar mit allen verstand. Auch mit Sanne und mit Gitti.

Es dauerte immer eine ganze Weile, bis sich solche Fantasien wieder in Sehnsucht verwandelten.

Aus dieser Sehnsucht wurde ein Bedürfnis, wenn Petra feststellte, dass sie immer häufiger und in ganz unverhofften Momenten und Situationen an die Eltern und die Schwestern dachte.

Dann war es nicht mehr weit bis zu dem Moment, in dem sie beschließen würde, mal wieder nach Rotshausen zu fahren.

Petra setzte ihre Tasse für den letzten Schluck Kaffee an den Mund. Aber sie war schon leer.

In ein paar Stunden würde sie ihren Computer ausschalten, den Stuhl dicht an den Schreibtisch schieben und die Schubladen abschließen. Sie würde über den Flur, dessen Teppichboden das Geräusch ihrer Schritte schluckte, zum Fahrstuhl gehen und nach unten fahren. Beim Öffnen der großen Glastür, durch die sie nach draußen treten musste, würde sie wie immer erschrecken über den Lärm. Sie würde die Schultern einziehen und zur U-Bahn-Haltestelle laufen.

Erst als Gitti gesagt hatte, du kannst doch Petra fragen, hatte Sanne an sie gedacht. Nie informierte sie die Schwester über irgendwelche Ereignisse im Elternhaus. Nicht über die kleinen, nicht über die großen. Sie hatte ihr auch nicht Bescheid gegeben, als die Mutter so krank gewesen war. Es war ihr nicht einmal in den Sinn gekommen.

So weit wie Petra weg wohnte, konnte sie sowieso nicht um spontane Hilfe gebeten werden. Kannst du mal? Ich weiß nicht mehr, wo mir der Kopf steht.

Überhaupt war ja Petras ganzes Leben weit weg von Sannes. Die Schwester wohnte in tollen Wohnungen. Mehrzahl. Denn Petra zog ständig um. Jede neue war noch ein bisschen schicker als die alte. Ein paar wenige ausgewählte Möbelstücke in großen Zimmern. Konnte man so machen, wenn man allein lebte.

Hab ich eigentlich ihre aktuelle Adresse?, überlegte Sanne.

Und sowieso war immer alles tipptopp bei Petra. Hatte bei ihr ja auch nie schmutzige Kinderhände gegeben, die ihre Spuren überall hinterließen. Und bestimmt hatte sie auch eine Putzfrau. Die reinemachte, während sie auf der Arbeit war. So, wie die Mutter früher bei den *besseren Leuten* reinegemacht hatte.

Wann war sie das letzte Mal bei Petra gewesen? Ewig her. Wenn, dann sahen sie sich bei den Eltern. Im schmalen Haus. Und benötigten eine Weile, bis die Fremdheit ein wenig verschwand. Und kaum war sie ein wenig verschwunden, reiste Petra schon wieder ab.

Wann hatte diese Fremdheit eigentlich begonnen? Schon mit Gittis Einzug im Kinderzimmer? Oder erst später? Als Petra angefangen hatte zu studieren und sie schon mit Uwe ein Haus gebaut hatte? Als ihre Leben sich maximal auseinanderentwickelt hatten? Sanne hatte keine Antwort, hatte gerade sowieso keine Zeit für solch komplizierte Fragen.

Ein wenig hatte Gittis Bemerkung Sanne erschreckt. Doch sofort hatte sie sich dagegen gewehrt. Innerlich.

Petra machte doch hier sowieso nie einen Finger krumm. Ließ sich bedienen von vorn bis hinten. Und falls sie doch mal ansetzte, helfen zu wollen, sagten die Eltern sofort, lass nur, ich mach das schon.

Sie würden gut ohne Petra auskommen.

Petra nahm nie die Rolltreppen, weil sie nicht still auf einer Treppe stehen wollte, wo sie sich nicht dagegen wehren könnte, dass sich jemand direkt hinter sie stellte, ihr auf den Kopf atmete. Höchstens um den Preis, auszuweichen, aber damit dem, der zwei Stufen unter ihr stand, zu nahe zu kommen.

Sie hastete die Stufen hinunter, überholte dabei die auf den Rolltreppen.

Dem Bettler, der unten gegenüber der Treppe saß, warf Petra zwei Euro in den Kaffeebecher. Sie hatte immer ein paar Zweieurostücke in der Manteltasche. Wenn sie erst ihr Portemonnaie hervorholen müsste und im Kleingeldfach herumfingern, würde nie ein Bettler etwas von ihr bekommen. Sie fand die ganze Situation peinlich. Die Herablassung, die darin lag. Sie konnte keinem in die Augen sehen. Und wusste, dass auch das herablassend wirken musste.

Oft dachte sie daran, wie sie einmal als Kind an der Hand der Mutter in Lahnfels einkaufen gewesen war. Wie alt war sie gewesen? Vier? Oder schon sechs? Sie waren an einem

Mann vorbeigekommen, der auf dem Bürgersteig gesessen hatte. Petra hatte stehen bleiben wollen, ihn neugierig betrachten. »Was macht der Mann da, Mama? Warum sitzt der auf der Straße?« Die Mutter hatte sie schnell weitergezogen. Mit hoch erhobenem Kopf. »Der bettelt«, hatte sie gesagt. »Denen darf man aber nichts geben. Hörst du? Die kaufen sich nur Schnaps von dem Geld.« Dass die Mutter so etwas wusste, hatte Petra beeindruckt. Aber sie hatte auch gemeint, Angst in den Augen der Mutter zu sehen. Als Petra sich noch einmal nach dem Bettler umgedreht hatte, hatte der zwinkernd gelächelt und ihr gewinkt. Obwohl er nichts von ihnen bekommen hatte.

Damals hatte es auch noch Hausierer gegeben. Menschen, die an die Türen kamen und Kleinigkeiten verkauften. Schuhbändel und Schuhcreme. Oder Mausefallen und Küchendraht. Manche auch Seifen und Putzlappen. Im schmalen Haus wurden sie schnell abgewehrt, die Tür nachdrücklich geschlossen. Dabei noch einmal an der Klinke gerüttelt. War die Tür auch wirklich zu? Oder die Eltern öffneten erst gar nicht, weil sie den Hausierer schon über den Gartenweg hatten kommen sehen, sondern standen hinter der Gardine und sagten: »Pst. Wir sind nicht zu Hause.« Hausierer waren unheimlich gewesen.

Als Petra längst lesen konnte, hatte sie in Lahnfels mal an einer Hauswand ein Schild gesehen: Betteln und Hausieren verboten. Ob es so ein Schild heute noch irgendwo gab? Hausierer waren längst ausgestorben. Bettler nicht.

Petra schob sich durch die Menschenmenge, wurde gerempelt und rempelte selbst. Freitagnachmittags um halb fünf war der Bahnsteig brechend voll. Um diese Jahreszeit hatten manche Leute noch T-Shirts an, andere trugen bereits

Daunenanoraks. Die meisten starrten auf ihre Handys. Ein paar telefonierten auch und ihre Gesprächspartner plärrten aus den lautgestellten Geräten. Andere hatten Kabel aus den Ohren hängen und redeten, die Blicke ins Ungefähre gerichtet, als führten sie Selbstgespräche.

Ein junges Pärchen stand in weltvergessener Umarmung mitten im Getümmel. Es rührte Petra. Als das Mädchen ihren Blick auffing, sah sie schnell woanders hin.

In ihrem Rücken fuhr die Gegenrichtungsbahn ein. Die Anzeige auf ihrer Seite sagte: Noch eine Minute. Petra starrte auf die gegenüberliegende Wand und hörte dabei zu, wie die Frau neben ihr jemandem ihr Nachhausekommen ankündigte. »Bin in einer Viertelstunde da. Soll ich noch was mitbringen?«

Die Bahn kam herangerauscht und überfuhr das Werbeplakat der Supermarktkette, die Lebensmittel liebte. Petra fragte sich jedes Mal, ob dort auch jemand arbeiten dürfte, der einfach nur einen Job haben wollte. Geld verdienen. Egal mit was. Und sie überlegte, ob sie ihre Tabellen liebte. Liebe war ein sehr großes Wort. Petra benutzte es nicht gern. Nicht für Dinge. Nicht einmal gern für menschliche Beziehungen.

Sanne öffnete den Kofferraum. Doch bevor sie die letzten Kartons herausnahm, hielt sie inne. Sie ließ die Klappe offen, lehnte sich an ihr Auto und sah mit verschränkten Armen auf das Haus.

Engbrüstig stand es weit zurück in dem großen Garten. Der Lebenstraum der Eltern, so schmal und unscheinbar. Ein verwitterter Nussbaum hatte es im Lauf der Jahre überragt.

Sie hätte es wachsen sehen, das Haus, hatten die Eltern immer erzählt. Hätte in ihrem Sportwagen gejauchzt über jede neue Reihe Steine. Manchmal glaubte Sanne sich daran zu erinnern. Aber konnte man sich wirklich an die Zeit als Einjährige erinnern? Und war nicht überhaupt das, was Kindheit genannt wurde, eine Erfindung? Innere Bilder, von denen man nicht wusste, ob sie aus den Fotoalben stammten? Erinnerungen, von denen man nicht wusste, ob es nicht die immer wieder erzählten Anekdoten waren? Du warst so. Du hast immer. Wenn man dich … dann.

Wohl jeden Abend war die Mutter mit ihr zur Baustelle gewandert. Ein Henkelmann mit Essen für den Vater, oder eine große Brotdose, oder auch beides, im Netz am Lenker des Kinderwagens verstaut. Denn der Vater war nach der Arbeit nicht nach Hause gekommen. Zu Hause war auch gar nicht zu Hause gewesen. Bloß anderthalb Zimmer bei den Großeltern. In einem schiefen Mietshäuschen direkt unterhalb der Rotshäuser Kirche. Die Sonntagsglocken hatten das Geschirr in der Vitrine zum Klappern gebracht.

Das so gesparte Geld konnte man in Steine investieren. Und in Dachziegel. Und in Fenster. Und in Türen.

Der Vater war morgens zur Arbeit gegangen, abends zur Baustelle und danach direkt ins Bett. Rechtschaffen müde.

Sanne war nicht ganz zwei Jahre alt gewesen, als sie in ein Kinderzimmer mit Märchentapete gezogen war. Bis dahin hatte sie im Gitterbett am Fußende des Elternbetts geschlafen. Das stand auch im neuen Haus wieder dort. Aber nun mit der kleinen Schwester, mit Petra darin.

Alles war noch viel zu groß gewesen. Das Zimmer. Das Bett. Die Tapete hatte sie verzaubert und geängstigt zugleich. Besonders der Wolf von den sieben Geißlein. Grausam hatte er ausgesehen.

Hatte sie geweint? Hatten die Eltern sie getröstet? Vielleicht zu sich ins Bett geholt? Sanne erinnerte sich nicht und war doch sicher, dass kein Aufhebens um ihre kindlichen Ängste gemacht worden war. Überhaupt wurde um die Gefühle von Kindern kein Aufhebens gemacht. Schon gar nicht, wenn man ihnen etwas zu bieten hatte. Mehr, als man selbst je bekommen hatte.

Als das schmale Haus fertig gewesen war, war der Vater trotzdem nach Feierabend nicht nach Hause gekommen. Er hatte auf anderen Baustellen zu tun. Bei den Kollegen, die ihm geholfen hatten, half nun er, deren Häuser zu bauen. Dazu Schwarzarbeit, wo sie sich ihm bot. Geld verdienen. Sanne hatte ihren Vater wenig gesehen. Und wenn sie ihn sah, war er oft müde. Schlief auf dem Sofa. Oder auf der Gartenbank. »Sei leise, Papa schläft.« Dieser Satz gehörte zur Melodie ihrer Kindheit.

Sanne war leise gewesen. Diesen schlafenden Vater zu wecken, und sei es nur aus Versehen, hätte sie nie gewagt.

Einmal hatte sie sich dicht neben ihn gestellt und ihn eingehend betrachtet. Die dunkle Haut mit den Bartstoppeln. Den etwas geöffneten Mund, aus dem es leise pfiff. Die steile Falte zwischen den Augenbrauen. Wie ein Graben. Sie hatte in die Nasenlöcher mit den dunklen Haaren geguckt, die ihr immer größer zu werden schienen, je länger sie hinsah. Wie Höhlen, von denen man nicht wissen konnte, was sich darin verbarg.

Irgendwann war die Mutter gekommen und hatte sie weggerissen. Was machst du denn da. Sanne erinnerte sich an ein Gefühl der Erleichterung. Als hätte die Mutter sie gerettet. Wie alt war sie da gewesen? Fünf? Sanne hatte sich als klein in Erinnerung, kaum über das Sofa hinausragend.

Der wache Vater war ein gutmütiger, sanfter Mann gewesen. Mit großen, rauen Händen, die alles konnten. Aus Holz lustige Sachen schnitzen. Spielzeug reparieren. Auch die zerbrechlichen Puppen.

Sanft hatte der Vater sogar gewirkt, wenn es Dresche gegeben hatte. Er hatte den Stock geführt, wie er seine Werkzeuge handhabte. Mit selbstverständlicher Präzision, die Tätigkeit nicht infrage stellend. Was getan werden musste, musste getan werden.

Dresche war damals üblich. In allen Häusern. Oft wusste man es schon vorher. Das gibt Dresche. Weil man zu spät nach Hause kommen würde. Weil man die Hose zerrissen hatte, den Ball kaputt gemacht.

»Wart nur, bis der Papa nach Hause kommt.« Die Taten hatten die Mütter gesammelt und den Vätern abends vorgelegt. Die Jungen bekamen öfter Dresche als die Mädchen. Und härtere. Sanne hatte manchmal das Gefühl gehabt, sie bekäme Jungsdresche.

Uns hat das auch nicht geschadet, hatten die Eltern später gesagt, wenn die Rede darauf gekommen war. Es waren Kindheitsanekdoten geworden, über die gelacht wurde. »Weißt du noch? Als du in den Bach gefallen warst? Da hat es ordentlich was gegeben.« Auch für Unfälle wurde man bestraft. »Warum hast du nicht aufgepasst?«

Gitti hatte nicht mehr so viel Dresche bekommen. Die Jüngste. Die Erziehungskraft der Eltern ließ mit jedem Kind nach. Das wusste Sanne inzwischen aus eigener Erfahrung. Damals hatte sie einfach nur die Ungerechtigkeit gespürt.

Die Mutter winkte aus dem Küchenfenster und rief etwas. Sanne sah auf ihre Uhr. Zehn. Die Glocken fingen an zu läuten. Daran hatte sich nichts geändert. Um viertel vor acht hatten sie das schon getan. Und um sechs würden sie wieder läuten. Das war aus den Dorfzeiten geblieben. Rotshausen war schon lange in die Stadt, in Lahnfels, hineingewachsen. Oder Lahnfels in Rotshausen? Egal. Jahrzehnte schon war das Dorf ihrer Kindheit Stadtteil.

»Soll ich Kaffee machen?«, fragte die Mutter.

»Lass uns lieber gleich anfangen«, sagte Sanne.

Eine Krähe flog aus dem Baum vor der Haustür auf. Der erinnerte Petra immer an den Nussbaum vor dem schmalen Haus. Warum genau dieser, hätte sie nicht sagen können. Ein Nussbaum war es nicht. Auch unterschied er sich nicht von den anderen Bäumen in ihrer Straße.

Die Krähe setzte sich auf das Halteverbotsschild, balancierte geschickt darauf herum und stieß dabei laute Rufe aus. Krah, krah. So als grüße sie. Guten Abend. Petra nickte ihr zu.

Bevor sie den Schlüssel ins Schloss ihrer Haustür stecken konnte, öffnete sie sich von selbst. Ein junger Mann erschien im Türrahmen, und es entstand dieser Tanz, wenn jeder dem anderen den Vortritt lassen will. Petra machte zwei Schritte rückwärts. Der Mann ebenfalls, dabei den Türgriff in der Hand behaltend. Petra trat wieder vor, der Mann auch. Dann grinste er, machte ein paar weit ausholende Schritte nach hinten und hielt ihr demonstrativ die Tür auf. »Sonst warten die Kumpels morgen noch auf mich.«

»Danke«, murmelte Petra.

Das automatische Licht schaltete sich ein, als sie durch den breiten Flur des Vorderhauses ging. Es roch unangenehm. So, wie wenn man die Klappe eines der großen Müllcontainer im Innenhof öffnete.

Sie blieb bei den Briefkästen stehen, schloss ihren auf, obwohl schon von außen zu sehen war, dass nichts drin war. Gewohnheit. Bei den Müllcontainern sah sie nach, ob bei irgendeinem ein Deckel offen stand. Aber sie waren alle geschlossen.

Im Hinterhaus drückte sie auf den Knopf des Fahrstuhls. Es dauerte ewig. Als sie schon beschlossen hatte, die Treppen zu nehmen, fuhren die Türen des Aufzugs auseinander. Zwei Mädchen in rosafarbenen Anoraks sahen Petra entgegen und brachen in verlegenes Kichern aus. Vermutlich waren sie mit dem Fahrstuhl spazieren gefahren.

Die beiden Mädchen verständigten sich kurz mit Blicken, liefen dann rechts und links an Petra vorbei, fassten sich hinter ihrem Rücken an den Händen und hüpften durch den Gang.

Petra sah ihnen hinterher. Großstadtkinder. Sie war bis heute keine richtige Großstädterin. Das, was sie vor allem schätzte, war die Anonymität. Weder den jungen Mann an der Haustür noch diese Kinder konnte sie irgendeiner Wohnung hier zuordnen. Und sie ging davon aus, dass auch sie selbst nicht zugeordnet wurde.

In Rotshausen, in der Fliederstraße, war das unvorstellbar. Dass man nicht einmal die Gesichter seiner Nachbarn kannte.

Bin wieder da!«, rief Sanne. Niemand antwortete. Sie bückte sich, um die Bändel ihrer weißen Turnschuhe zu lösen, die, die sie auch zur Arbeit trug. Wo sie den ganzen Tag auf den Beinen war. Ich werde den ganzen Tag auf den Beinen sein, hatte sie am Morgen bei der Überlegung gedacht, welche Schuhe sie am besten anzöge.

Und sie war den ganzen Tag auf den Beinen gewesen. Aber Sanne taten jetzt nicht bloß die Füße weh. Das Elternhaus auszuräumen verlangte eine Anstrengung, mit der sie nicht gerechnet hatte. Sie hatte nichts mit Ausdauer oder trainierten Muskeln zu tun. Sowieso mussten sie keine Sofas und Schränke tragen. Das würden die Möbelpacker machen. Sanne hatte keinen Namen für die Kraft, die sie den ganzen Tag benötigt hatte. Sie fühlte nur, dass sie verbraucht war. Zumindest für heute.

»Keiner da?«, machte Sanne einen zweiten Versuch. Ihre Jacke hatte sie ordentlich auf einen Bügel gehängt und sah sich suchend nach einem freien Haken dafür um. In einem wilden Durcheinander hingen Mäntel, Anoraks und Sakkos übereinander.

Ich muss aufräumen, dachte Sanne und versuchte den Kleiderbügel an der Hutablage aufzuhängen, aber er fiel sofort wieder herunter. Sanne nahm die Jacke vom Bügel und warf sie mit Schwung auf die Garderobe, wo sie auf zwei Sporttaschen gerade so hängen blieb.

Warum muss eigentlich ich aufräumen und nicht alle anderen?, dachte Sanne.

Auch ihr zweiter Ruf war unbeantwortet geblieben. Freitagabend. Da waren die Kinder, die längst keine Kinder mehr waren, aber sagte man als Mutter nicht immer weiter die Kinder?, da waren sie unterwegs. Lisa, die noch zu Hause wohnte. Und Philipp, der wochenends hauptsächlich deswegen nach Hause kam, um mit seinen alten Kumpels auszugehen.

Party. Disco.

Nein, heute gingen sie nicht mehr in die Disco. Lisa grinste nachsichtig, wenn Sanne Disco sagte. Disco gehörte in Sannes Jugendzeit. *I am what I am.*

Und zu *Lady Bump* hatten sie in Rotshausen noch ein paar Jahre länger die Hüften gegeneinander geschubst als in Lahnfels.

»Guck! Guck!«, hatte Sanne geschrien, als Penny McLean mal im Fernsehgarten aufgetreten war. »Darauf haben wir getanzt. Genau so.« Als Lisa sie mit hochgezogenen Augenbrauen befremdet angesehen hatte, war Sanne aufgesprungen und hatte versucht, ihre Tochter vom Sofa zu ziehen. »Komm, ich zeig's dir!« Aber es hatte Lisa nicht interessiert, wie ihre Mutter in ihrer Jugendzeit getanzt hatte. Philipp, der sich, noch völlig verschlafen, zu ihnen gesellt hatte, hatte peinlich berührt auf sein Smartphone gestarrt, Uwe den Kopf geschüttelt und gefragt, wann es denn Mittagessen gebe.

Sannes wilde Begeisterung war genauso schnell in sich zusammengefallen, wie sie aufgeflammt war. Plötzlich hatte sie nicht nur sehnsüchtig an ihre Jugend gedacht, sondern auch an die Zeit, als sie sonntags, Lisa und Philipp an sie gekuschelt, die Sendung mit der Maus geschaut hatten. Als das Fernsehen und sie den beiden noch die Welt erklären konnten.

In solchen Augenblicken meinte Sanne, diese Zeit nicht genug genossen zu haben. Aber wie hätte sie auch wissen können, wie schnell sie verging. Wie schnell die Kinder einem entwuchsen. Wie schnell man sich neben ihnen uralt fühlen würde. Bei den eigenen Eltern hatte man es nicht sehen können. Weil einem deren Jugendzeit genauso egal gewesen war wie jetzt Lisa und Philipp die ihre. Weil einem die eigenen Eltern schon immer alt vorgekommen waren.

Jetzt erklärten Philipp und Lisa öfter Sanne die Welt. Die Welt, in der zumindest Philipp, obwohl der Jüngere, längst eigene Wege ging, bloß noch am Wochenende kam und sich von Sanne seine Wäsche waschen ließ.

Gleich nach dem Abitur war er ausgezogen, weil es technische Studiengänge in Lahnfels nicht gab. Aber vielleicht wäre er auch ausgezogen, wenn er sich für Philosophie oder so entschieden hätte? Sanne hätte es nicht sagen können.

Lisa war nach dem Abitur geblieben, studierte in Lahnfels. Germanistik und ein Fach, in dem Medien vorkam, dessen genaue Bezeichnung Sanne sich aber nicht merken konnte.

Lisa würde auch weiterhin bleiben. Mindestens noch vier Semester. Bis zu ihrem Masterabschluss. Vier Semester waren zwei Jahre. Das Haus ohne Lisa wollte Sanne sich nicht vorstellen.

Sie ging in die Küche. Auf dem Weg zum Kühlschrank machte sie die offen stehende Klappe des Backofens zu. Auf der Herdplatte lagen zwei Tiefkühlpizzakartons. In einem lag noch ein Viertel. Jemand hatte seine Pizza nicht aufgegessen. Sanne nahm es und biss hinein. Aus dem Kühlschrank holte sie sich eine Flasche Weißwein, angelte sich, das Pizzastück zwischen den Zähnen, ein Glas aus dem Schrank, ging hinaus auf die Terrasse und ließ sich in einen Stuhl fallen.

Das Tageslicht machte ganz langsam einer fahlen Dämmerung Platz. Hinter den Fenstern der Nachbarn schimmerte es hier und da bläulich. Das Haus von Marion und Heiko konnte sie von hier aus nicht sehen, es lag auf der anderen Seite. Seit ihrem letzten Doppelkopfabend wich sie den beiden sowieso lieber aus. Also Heiko. Sie wich Heiko lieber aus.

Wo war eigentlich Uwe? Sanne war durcheinander, den ganzen Tag hatte sie immer wieder überlegen müssen, welcher Wochentag war. Freitag. Natürlich. Uwe spielte Badminton. Oder? War sein Skatabend? Was hatte er am Morgen zum Abschied noch mal gesagt?

Sanne fuhr sich mit der Zunge über die Zähne. Die kalte Pizza hatte einen pelzigen Belag darauf hinterlassen. Sie spülte mit Weißwein. Ein paar Gläser würde sie noch trinken müssen, bis der Belag verschwunden wäre. Aber ihr war sowieso nach Trinken. Nach Rauchen auch.

Doch sie hatte keine Zigaretten. Uwe war gegen Rauchen. Morgen mit dem Vater mal wieder eine? Der hatte berufsmäßig geraucht. Und konnte es jetzt im Alter nicht mehr lassen.

Hätte ich mir doch bloß zwei, drei Zigaretten aus seiner Schachtel mitgenommen, dachte Sanne. Dazu ein kleines Feuerchen. Rauchen, trinken, in die Flammen gucken. Den Tag hinter sich lassen.

Doch das Holz für die Feuerschale war aus.

Petra hatte die Beine weit von sich gestreckt. Sie bewegte die Zehen in den Nylonstrümpfen, sah durch das riesige Fenster dem Septemberhimmel beim Dämmrigwerden zu und nippte an ihrem Weinglas. Wochenende.

Nichts, das Petra dringend herbeisehnte. Gott sei Dank, zwei Tage frei.

Vielmehr waren es für sie viele Stunden, die ausgefüllt werden mussten. Spazieren gehen? Wohin? Ins Museum? Überhaupt vor die Tür? Oder lieber Lesen? Fernsehen? Es gab Wochenenden, an denen Petra sich freute, wenn endlich Sonntagabend war.

Aus der Wohnung über ihr kamen gedämpfte Schritte, nebenan scharrte etwas leise über die Wand. Die sanften Geräusche waren ihr schon vertraut.

Alle Wohnungen waren gleich ausgestattet. Fußbodenheizung. Eichenparkett. Offene Küche. Nur die Größe unterschied sich. Petra hatte das Zweieinhalb-Zimmer-Apartment. Seit einem halben Jahr.

Häufig schon war sie umgezogen. Alle zwei, drei Jahre. Manchmal auch erst nach vier. Immer dann, wenn das Gefühl dringlicher wurde, es müsse irgendwo einen besseren Platz für sie geben, begann sie zu suchen.

Das Kriterium für ihre allererste Wohnung nach dem Studium war die Entfernung von zu Hause gewesen. Weit weg. Fünfhundert Kilometer. In eine große Stadt. Ein neues Leben anfangen. Eins ohne Herkunft. Niemandem begegnen, der sagte: Ach, guck mal, das ist doch die, wie hieß sie noch?, aus unserer Nachbarschaft. Die war doch immer ein bisschen seltsam, oder?

In Rotshausen wussten sie noch nicht, dass Petra schon wieder umgezogen war. »Für dich braucht man ja ein Extra-Adressbuch«, hatte Sanne schon beim letzten Mal gesagt. Und den Kopf geschüttelt. Hast du nichts Besseres zu tun, hatte Petra herausgehört. Und: Na ja, wer keine Familie hat, kann sich solche Sperenzchen leisten. Petra war sich mangelhaft vorgekommen. Mangelhaft kam kurz vor ungenügend.

Sanne wohnte in ihrem eigenen Haus. Aus einem selbst gebauten Haus zog man nicht einfach wieder aus. Sanne hatte auch noch das Haus der Eltern bekommen. Obwohl sie auf es herabsah, kopfschüttelnd »diese winzigen Zimmer« sagte. Sie ist die Älteste, hatte es geheißen.

Petra ertappte sich seitdem öfter bei der Angst, das schmale Haus könne sich unter Sannes Obhut auflösen und entschwinden.

So, wie schon das Kinderzimmer verschwunden war. Für ein Gästezimmer. Am Telefon hatte ihr die Mutter erzählt, dass das Etagenbett zu Kleinholz geworden war. »Sanne hat es mitgenommen für ihre neue Feuerschale. Ist das nicht praktisch?«

Petra hatte daran gedacht, dass ihr Bett schon einmal fortgekommen war. Für dieses nun verbrannte Etagenbett, weil Gitti vom Elternschlafzimmer ins Kinderzimmer ziehen sollte.

Das Bett, das bis dahin Petras gewesen war, hatte der Vater von der Wand weggezogen und es geschickt in seine Einzelteile zerlegt. Petra war nicht von seiner Seite gewichen, hatte jedem seiner Handgriffe genau zugesehen. Wie er Schrauben herausgedreht und mit einem Gummihammer verkantete Bretter vorsichtig gelöst hatte.

Noch am selben Tag hatte der Vater das Etagenbett gebaut. Viel später erst war Petra klar geworden, dass er die Teile dafür vorbereitet haben musste. Bretter gesägt und gehobelt und Löcher für die Schrauben vorgebohrt. Von langer Hand waren die Änderungen im Kinderzimmer geplant worden. An diesem Tag jedoch war es ihr vorgekommen wie ein Wunder. Eins, das sie ihren angestammten Platz im Kinderzimmer kostete.

Petra, das Telefon mit der Stimme der Mutter am Ohr,

hatte Sanne vor sich gesehen, wie sie ein Feuer aus dem Stockbett machte.

Sanne, die sich als Kind manchmal nachts über sie gebeugt hatte, so dicht, dass Petra ihre Haut hatte riechen können. Überall hätte sie diesen Geruch erkannt, ihre Schwester daran blind identifizieren können. Sannes Kopf hatte einen Augenblick über ihr geschwebt, bevor sie wieder in ihr Bett geschlichen war. Petra hatte die Augen einen Spaltbreit geöffnet und sie beobachtet, wie sie noch einen Blick zurückgeworfen, dann vorsichtig ihre Bettdecke angehoben und sich wieder hingelegt hatte. Die Decke fest um sich herumgestopft, sodass sie ausgesehen hatte wie eine dicke Rolle mit Haaren oben dran. Petra hatte noch einen Moment Sannes und Gittis Atem gelauscht, den sie genau hatte unterscheiden können, nicht bloß, weil er aus verschiedenen Richtungen kam und weil Gitti manchmal leise schnarchte. Auch als Gitti die Mandeln entfernt worden waren und sie danach nicht mehr schnarchte, konnte sie es auseinanderhalten. Manchmal war es ihr vorgekommen wie das Flüstern von Luftgeistern.

Nachdem Petra auf die rote Taste gedrückt, das Gespräch mit der Mutter mit einem »Bis bald« beendet hatte, dieses übliche »Bis bald«, das den nächsten Anruf, den nächsten Besuch im Ungefähren ließ, war ihr gewesen, als hätte das verschwundene Kinderzimmer, das verbrannte Stockbett die Kraft, auch noch die Erinnerungen zu vernichten. Als hingen die am Holz des Betts. An den abgetretenen Leiterstufen. An den winzigen Kratzern, an den Kerben, die das Holz im Lauf der Jahre erlitten hatte.

Hing die Erinnerung nicht an konkreten Gegenständen?

Die man nur anschauen und befühlen musste, um die Gefühle wieder hervorzulocken? Sich ihrer zu versichern?

Warum wusste Sanne nichts von solchen Dingen. Dachte immer nur praktisch. Wie auch die Mutter immer nur praktisch gedacht hatte.

Sanne stand auf und ging mit bloßen Füßen ein paar Schritte in ihren Garten. Das Gras war nass und es fühlte sich beinahe an, als wate sie durch ein Bachbett. Bei den Strauchrosen, umfasst von der Buchsbaumhecke, die Uwe regelmäßig zinnenartig zurechtstutzte, drehte sie sich um und betrachtete ihr Haus.

Die braunen Fenster mit den innenliegenden Sprossen, die ihnen einen ländlichen Charme hatten verleihen sollen, ohne das Putzen zu einer Mühe zu machen. Den Erker, an dessen Seite sich die Terrasse befand, die Loggia unter dem oberen Giebel, die Brüstung aus braunem Holz. Damals der Gipfel der Baumode.

Der Vater hatte geholfen. Jedes Wochenende hatte er die Speismaschine längst angestellt, wenn Sanne Frühstück für die Arbeiter gebracht hatte. Und ein paar Flaschen Schnaps. Für die Bierkästen sorgte Uwe. Uwe machte überhaupt mehr Hilfs- und Zutragearbeiten. Er war handwerklich nicht sehr geschickt. Doch jeder tat, was er konnte. Eigenleistung sparte eine Menge Geld.

Wie stolz waren sie gewesen, als sie in das noch nicht einmal verputzte Haus eingezogen waren. Raus aus der kleinen Mietwohnung, die von Anfang an als Übergangslösung gedacht gewesen war. Das Geld sparen für ein Haus. Wie es schon die Eltern gemacht hatten.

Rund um das Haus noch Matsch und Schotterhaufen. Wo im Laufe des Sommers für die Terrasse gepflastert werden sollte, hatten Bohlen gelegen. Damit sie trotzdem schon dort sitzen konnten.

Fünfeinhalb Monate später war Lisa geboren worden. Baukind. Das war keine Seltenheit. Ihr Leben hatte sich für Sanne vollkommen angefühlt. Als wäre alles erfüllt, was sie sich immer gewünscht hatte.

Jetzt, in der Dämmerung, hatte das Haus etwas Düsteres. Sah nicht die Fassade auch schmuddelig aus? Wann hatten sie die eigentlich zuletzt streichen lassen?

Und wo war dieses Gefühl? Während sie dastand, mit Blick auf ihr Haus, so, wie sie am Morgen auf das Elternhaus geguckt hatte, fragte Sanne sich, wann genau ihr das eigentlich abhandengekommen war.

Als Uwe spätabends nach Hause kam, saß Sanne immer noch draußen. »Was machst du denn hier?«, rief er erschrocken. Oder vorwurfsvoll?

»Mir ist kalt«, nuschelte Sanne.

»Kein Wunder«, sagte Uwe und blieb mit verschränkten Armen bei der Terrassentür stehen. »Hast du getrunken?«

Sanne schwenkte die leere Weinflasche und musste bei dem Gedanken grinsen, dass Uwe nicht wissen konnte, dass es die zweite war. Nein. Die zweite war es auch gar nicht. Es war die anderthalbte. Die erste war angebrochen gewesen. Die anderthalbte also. So viel war's nun auch wieder nicht, Sanne.

»Habe ich das jetzt laut gesagt?« Sanne sah Uwe fragend an.

»War's so schlimm bei deinen Eltern, dass du dich betrinken musstest?«, fragte Uwe. Aber seine Frage klang nicht, als ob er wirklich wissen wollte, wie es bei Sannes Eltern gewesen war. Und als ob er Sanne trösten würde, falls es wirklich so schlimm gewesen war, dass sie sich betrinken musste. Das hörte Sanne sogar mit ihrem vernebelten Hirn heraus. Oder vielleicht hörte sie es sogar, *weil* ihr Hirn vernebelt war?

»Nein, es war nicht schlimm.« Sanne hatte Mühe mit dem s und dem sch. Sie drehte sich zu Uwe, aber der stand gar nicht mehr dort. Hatte sie sich so lange Zeit gelassen mit der Antwort?

Mit ihrem Einzug in das Kinderzimmer hatte Gitti endgültig Petras Stellung als kleine Schwester übernommen.

Sanne dagegen war die Große geblieben. Sie wurde für Gitti sogar eine noch größere große Schwester. Sanne ging auf in ihrer neuen Rolle. Petra fand keine andere. Sie ging unter. Untergehen wurde ihre Lebensform. Untergehen konnte man überall. Zu Hause. In der Schule. Im Studium. Bei der Arbeit. Der Beruf, den sie sich ausgesucht hatte, eignete sich bestens zum Untergehen. An jeder ihrer Arbeitsstellen hatte sie das aufs Neue ausprobiert.

Nur manchmal streckte sie den Kopf über die Wasseroberfläche. Unbeholfen, ungeschickt. Manchmal passierten ihr dann merkwürdige Dinge. So wie die Sache mit dem Klavier.

Ein Kollege hatte mit zwei Leuten in der Teeküche gestanden und erzählt, er räume gerade das Haus seiner Eltern aus, und da gebe es auch ein Klavier, das er nun loswerden müsse. Petra hatte sich gerade ihren zweiten Kaffee geholt und sich schnell wieder an dem Grüppchen vorbeidrücken wollen. Schon fast aus der Tür, hatte sie sich zu ihrer eigenen Überraschung umgedreht und »Ich würd's nehmen« gesagt. Alle drei waren zu ihr herumgefahren und hatten sie angestarrt. Petra hatte sich ein schwarzes Loch gewünscht.

Aber dann hatten die Kollegen plötzlich auf sie eingeredet. Gleichzeitig. Beinahe war es Petra so vorgekommen, als hätten sie sich gefreut, mal ein paar Worte aus ihrem Mund zu hören. Oder hatten sie bloß diese Peinlichkeit übertünchen wollen?

Ob sie spielen könne? Welche verborgenen Talente sie denn noch habe?

Es sei aber gewiss total verstimmt, gab der Kollege, der das Haus seiner Eltern räumte, zu bedenken. Seit mindestens zwanzig Jahren habe da niemand mehr drauf gespielt. Und er schon mal gar nicht. Seit er zu Hause ausgezogen sei, habe er keine Taste mehr berührt. Klavier, das sei für ihn immer ein Folterinstrument gewesen. Aber er und seine Schwester hätten es lernen müssen. Familientradition.

Wieder in ihrem Büro, hatte Petra den Kopf geschüttelt. War sie verrückt geworden? Was wollte sie denn mit einem Klavier?

Das Instrument war in Petras Wohnzimmer gelandet. Zusammen mit einer alten Klavierbank, bezogen mit mürbem, goldschimmernden Samt. Wie Fremdkörper nahmen sie sich zwischen ihren gradlinigen Möbeln aus. Wie seltsame Gäste, die es sich ungebeten bequem gemacht hatten.

Ab und zu schob Petra sich auf die samtene Bank. So wie jetzt. Sie stellte ihr Weinglas neben die Lampe, hob den Deckel von den Tasten und betrachtete sie.

Manchmal schlug sie auch ganz vorsichtig einen Ton an, zog die Finger aber jedes Mal schnell wieder zurück.

Klaviere hatten in den Häusern der *besseren Leute* gestanden. Klavier spielen hatten die Kinder *besserer Leute* gelernt. So wie die in den Reihenhäusern gegenüber dem schmalen Haus.

Sie und die Schwestern hatten Blockflöte gelernt. Aber nur, weil es Flötenunterricht in der Schule gegeben hatte. Das war für die Eltern nichts anderes gewesen als Schreiben, Rechnen oder Lesen. Ein Schulfach eben. Nur das Üben wurde als lästiger empfunden. Bist du bald fertig? Kümmer dich lieber um deine Rechenaufgaben. Rechnen. Oder Schreiben. Das machte wenigstens keinen Lärm.

Wusste der Kollege eigentlich, dass es gut war, etwas zu müssen? Gezwungen zu werden, eine Fähigkeit auszubilden?

Petra hatte wenig müssen. Außer aufs Gymnasium. Doch auch da überlegte sie manchmal, ob es wirklich ein Muss gewesen war.

Eines Tages hatte es geheißen: »Du kommst aufs Grimm-Gymnasium.« Als hätte das Schicksal das bestimmt. Als könnte man sich nicht dagegen wehren, obwohl man es gerne würde. Petras Klassenlehrerin war den Eltern vielleicht wirklich so vorgekommen wie das Schicksal. Eine vehemente Frau, die Widerspruch nur in Ausnahmefällen duldete.

Niemand in Petras Familie war je auf ein Gymnasium gegangen.

Das Wort aus dem Mund der Eltern hatte fremd geklungen. Fast, als schämten sie sich. So wie man sich für ein dummes Kind schämte, konnte man sich offenbar auch für ein kluges schämen. Sie ist aus der Art geschlagen.

Nie waren sie zu einem Elternabend gegangen. Bloß zur Aufnahmefeier, wo sie mit eingezogenen Köpfen und auf den Boden blickend gesessen hatten. Petra hatte Mitleid mit ihnen empfunden. Und das Gefühl gehabt, den Eltern eine Zumutung zu sein. Eine, die sie sich nicht einmal selbst ausgesucht hatte.

Petra klappte den Klavierdeckel wieder zu.

Uwe war weg, hatte aber das Deckenlicht angelassen. Sanne sah in ihr hell erleuchtetes Wohnzimmer.

Mindestens drei Mal so groß wie das der Eltern. Platz für ausladende Polstermöbel. Einen wandfüllenden Schrank. Auch den Essplatz konnte man von hier aus sehen. Weil keine Wand und keine Tür dazwischen war. Wie beinahe unerhört ihr das damals alles vorgekommen war.

Doch vielleicht war der Mutter das Wohnzimmerchen, dessen Schränke sie am Vormittag gemeinsam ausgeräumt hatten, ja auch ganz unerhört vorgekommen, dachte Sanne plötzlich. Der Mutter, die in dem schiefen Mietshäuschen am Kirchberg ausgehalten hatte, mit dem Säugling und mit den Schwiegereltern und mit dem immer abwesenden Mann.

Das winzige Zimmer war ihr vielleicht wie ein Saal vorgekommen, das Häuschen wie ein Palast. Wie ein eigenes Neuschwanstein, wohin die Eltern, als sie sich auch noch ein Auto hatten leisten können, einmal einen Ausflug gemacht hatten. Wochenlang hatte die Mutter davon geschwärmt.

Für das Kind Sanne war das Wohnzimmer ja auch beeindruckend gewesen. Nicht wegen der Größe. Sondern weil es nur sonntags benutzt wurde. Zum Kaffeetrinken. Dann saß die ganze Familie, steif, als seien sie Gäste in ihrem eigenen Haus, auf dem Sofa. Die Kuchenteller auf dem niedrigen Tisch davor. Es musste sich weit vorgebeugt werden, um mit der Gabel in die Kuchenstücke stechen zu können. Auch die gehörten zum Sonntag. Vorsichtig mussten die Bissen zum Mund balanciert werden, damit nichts auf dem Teppich landete. Oder auf dem Sofa. Oder auf den Sonntagskleidern. Die Mutter beobachtete sie genau dabei. Denn sie war es, die das Unglück beseitigen musste, sollte sich eins ereignen. Die Buttercreme vorsichtig vom Teppich oder vom Sofa kratzen, anschließend mit Fleckenwasser darüberreiben und dabei schimpfen. Kannst du nicht aufpassen? Der gute Teppich. Das gute Sofa. Das gute Kleid.

Alle waren erleichtert, wenn die Mutter den Kaffeetisch abgeräumt hatte. Dann wurde der Fernseher eingeschaltet und geschaut, was gerade über den Bildschirm flimmerte. Bilder aus fernen Ländern, Personen, die eine Bedeutung hatten, die niemand so genau kannte oder verstand, auch die Eltern nicht, manchmal ein lustiger Film.

Im Frühling und im Sommer wurde auch je nach Wetter ein Spaziergang gemacht. Gemessen ging man durch Rotshausen, begegnete anderen sonntäglichen Familien, mit denen ein paar Worte gewechselt wurden. Schön, so ein Sonntag, gell? Man kann es sich mal so richtig gemütlich machen.

Sonntage waren dumpfe, bewegungslose Tage gewesen. Sie waren erleichtert gewesen, wenn sie abends die Kleider ausziehen durften, die die Mutter sorgfältig auf Bügel hängte. Bis zum nächsten Sonntag.

Spätestens in der Pubertät waren sie den Sonntagen ausgewichen und hatten sich lustig darüber gemacht. Die Mutter nachgeäfft, wenn sie es nicht hören konnte: »Der gute Teppich, kannst du nicht aufpassen?«, sich dabei vor Lachen geschüttelt. Als könnte man so gleich die Kindheit mit abschütteln.

Der gute Teppich der Eltern war irgendwann gegen Teppichboden ausgewechselt worden. Bloß noch saugen, nicht mehr um den Teppich herum feucht wischen müssen. Der Teppich- war Laminatboden gewichen. Viel praktischer. Kann man wischen. Auch hatten sich die Eltern vor Kurzem zum zweiten Mal ein neues Sofa gekauft. Und schon lange benutzten sie das Zimmer jeden Tag.

Nur der Schrank war geblieben, war immer noch der aus der Kindheit. Dunkles Holz. Und in der Mitte des Aufsatzes zwei Glasschiebetüren, hinter denen säuberlich aufgereiht hauchdünne Gläser standen. Und das gute Kaffeeservice. Auch das war noch das aus der Kindheit.

Benutzt wurde anderes Geschirr. Die Gläser dicker, die Tassen größer. Die Vitrine war Museum.

Heute hatten die Mutter und Sanne die hauchdünnen Gläser vorsichtig in Zeitungspapier gewickelt. »Die haben wir zur Hochzeit bekommen«, hatte die Mutter protestiert, als Sanne sie hatte überreden wollen, sie auszusortieren. »So ein Umzug ist doch eine gute Gelegenheit, Ballast abzuwerfen.«

Jetzt tat es Sanne leid, das Hochzeitsgeschenk der Eltern Ballast genannt zu haben.

Irgendwo klingelte ihr Handy. Petra fand es in ihrer Manteltasche. Zwei verpasste Anrufe, sagte das Display. Den ersten hatte sie gar nicht gehört. Jürgens Nummer. Petra rief nicht zurück. Sie wollte nicht, dass seine Frau oder seine Kinder ihn ansähen und fragten: Wer war denn das? Und er müsste dann stottern und lügen. Sie verleugnen.

Nie hatten sie das so verabredet. Aber Jürgen hatte auch nie gefragt: Warum rufst du nicht einfach zurück?

Nicht einmal eine Nachricht schickte sie ihm. Auch die machten Töne. Und auch dann könnten Frau und Kinder fragen, wer schreibt dir?

Petra setzte sich wieder aufs Sofa und starrte auf das Telefon in ihren Händen. Ob Jürgen noch mal anrief? Nachrichten schickte er nie. Er fand diese Tipperei lästig.

Ab dem Gymnasium hatten die Eltern nicht mehr verstanden, was sie machte. Sie hatten »Wie war's in der Schule« gefragt, und Petra hatte »gut« geantwortet.

Mehr wurde nicht von ihr erwartet. Oder? Petra wusste nie, was die Eltern in ihr sahen. Bei den Schwestern hieß es, die Sanne ist so. Die Gitti so. Typisch Sanne. Typisch Gitti. Die Petra? Ja, die Petra. Hm. Es schien nichts zu geben, was typisch für sie war. Oder war es etwas Unangenehmes, etwas, das nicht ausgesprochen werden durfte?

Das Abschlusszeugnis von Petra wurde unterschrieben wie eine Banküberweisung oder eine Rechnung oder ein x-beliebiges Formular. Petra hatte es ihnen über den Tisch geschoben, auf die Stelle gedeutet, wo die Unterschrift hinsollte, und der Vater hatte unterschrieben. Oder die Mutter? Auf die Noten hatten sie erst gar nicht geguckt. Das alles war ihnen so fern wie das Leben der Leute in den Reihenhäusern gegenüber. Wo man abends in den erleuchteten Fenstern ganze Wände voller Bücher sehen konnte.

Im schmalen Haus gab es bloß ein paar wenige. Niemand nahm sie je in die Hand. Petra wusste nicht einmal, wie die dahingekommen waren. Waren es Geschenke gewesen? Hatte jemand sie gekauft? Vielleicht könnte man ja wirklich mal? Lesen?

Der Vater war den ganzen Tag auf dem Bau. Und auch zu Hause hatte er immer zu arbeiten. Die Mutter hatte den Haushalt und den Garten und ihre Putzstellen. Beide waren abends sehr müde. Die Zeitung, ja, das war etwas ganz anderes.

Es war Petra nie so vorgekommen, als würden sie Bücher vermissen. Ach, könnte man doch mal wieder in Ruhe ein Buch lesen. Sie fehlten ihnen nicht. Weder die erfundenen Geschichten noch die Bücher, aus denen man Wissen ziehen konnte.

Einmal hatte es zu einer Hausaufgabe von Petra gehört, etwas im Lexikon nachzuschlagen. Es war das erste und einzige Mal gewesen, dass sie ohne Aufgaben zum Unterricht gegangen war. Der Eintrag ins Klassenbuch war ihr erträglicher erschienen als zu erklären, dass es zu Hause kein Lexikon gab.

Unvermittelt dachte Petra an Dagmar. Die sie auf dem Gymnasium erst kennengelernt hatte, obwohl sie sich schon lange gegenübergewohnt hatten.

Manchmal hatte sie Dagmar besucht. War bloß über die Straße gegangen, hatte aber das Gefühl gehabt, sie überschreite die Grenzlinie zu einem anderen Sektor. »Und benimm dich anständig«, hatte die Mutter jedes Mal gesagt. Petra hatte genickt und eine merkwürdige Sorge in den

Augen der Mutter gesehen. Eine, die sie nicht zu deuten wusste.

Vorsichtig hatte sie in der Wohnung von Dagmars Familie ihre Schritte gesetzt. Nicht wegen der Mahnung der Mutter. Sie hatte es selbst gespürt, dass sie dort fremd war.

Dagmars Mutter war eine ganz andere Frau als ihre. Und gute Kleider an Werktagen hatte sie getragen.

Petras Mutter hatte meist eine Kittelschürze an. Petra konnte sie sich in Dagmars Wohnung bloß als diejenige vorstellen, die die Teppiche, die polierten Möbel, die Bilderrahmen in Ordnung halten würde. Und sie war die Tochter der Frau, zu der Dagmars Mutter sagen würde: Können Sie heute bitte die Fenster? Oder: Die Türen müssten dringend. Die Heizkörper.

Als Sanne und sie noch kleiner gewesen waren, hatten sie ein paarmal in fremden Küchen auf fremden Stühlen gesessen und gewartet, bis die Mutter fertig mit Putzen war.

Bei jedem Dagmar-Besuch hatte Petra Angst gehabt, irgendwo anzustoßen, etwas herunterzuwerfen, etwas schmutzig zu machen. Doch trotz dieses Unbehagens war sie jeder Einladung gefolgt.

Irgendwann hatten die Eltern gesagt: »Du sprichst ja schon wie die besseren Leute.« Sanne und Gitti hatten sie nachgeäfft. Mit geziert gespitzten Mündern.

Ab da hatte Petra sich auf beiden Seiten der Fliederstraße geschämt.

Bald nach dem Abitur hatte sie Dagmar aus den Augen verloren. Dagmar hatte konkrete Lebenspläne gehabt. Oder ihre Eltern mit ihr. Oder beides. Wie konnte man das überhaupt auseinanderhalten?

Sie fuhr zusammen. Das Handy, das sie die ganze Zeit in ihren Händen gedreht hatte, klingelte erneut und schien die Vibration an ihren ganzen Körper weiterzugeben.

»Ich wollte einfach mal deine Stimme hören«, sagte Jürgen. Meine Stimme, dachte Petra. Die ist gerade nicht da. Sie räusperte sich und lächelte und hoffte, dass Jürgen dieses Lächeln hören konnte.

Sanne hielt die Weißweinflasche über ihr Glas. Zwei, drei Tropfen fielen heraus. Sie war ja schon leer gewesen, als Uwe nach Hause gekommen war. Sanne legte den Kopf in den Nacken, hielt das Glas über ihren Mund und ließ sich diese winzige Neige in den Mund tröpfeln.

Sie musste dringend ins Bett. Nicht nur, weil der Wein alle war.

Ganz steif geworden, stand sie auf. Sie schloss die Terrassentür hinter sich und brachte die leere Flasche und ihr Glas in die Küche. Die Straßenlampe, die dort für ein wenig Helligkeit gesorgt hatte, ging plötzlich aus und Sanne stand im Finstern. Eins. Um ein Uhr nachts gingen in Rotshausen die Straßenlampen aus.

Als sie an dem großen Spiegel in ihrem Badezimmer vorbeihuschte, dachte Sanne: Wie ein Gespenst. Aber so, als dächte sie das über eine vollkommen fremde Person.

Zusammengesunken hockte sie eine ganze Weile auf der Toilette und wäre fast eingeschlafen, hätte nicht ein plötzliches heftiges Zucken das verhindert.

Sanne zog bloß ihre Unterhose hoch. Aus der auf ihre

Knöchel gerutschten Jeans stieg sie einfach aus und ließ sie vor dem Klo liegen.

Sie tappte zum Waschbecken und überlegte, ob sie sich überhaupt die Zähne putzen solle. Aber der Geschmack in ihrem Mund und das pelzige Gefühl, das der Wein noch verstärkt hatte, ließen sie die Bürste aus dem Becher fummeln und einen ordentlichen Streifen Zahncreme darauf drücken. Ein Teil ging daneben, aber es kümmerte Sanne nicht.

Sie sah im Spiegel zu, wie es aus ihrem Mund schäumte. Nach dem Ausspülen verteilte sie auch noch eine riesige Portion Creme auf ihrem Gesicht.

Es klopfte an der Badezimmertür und ohne abzuwarten streckte Lisa den Kopf herein. »Kann ich aufs Klo?«

Sanne sah sie nicht an, nickte bloß: »Bin sowieso fertig.« Beinahe fluchtartig verließ sie das Bad. Überlegte einen kurzen Moment, ob Lisa schon im Bett gewesen war oder jetzt erst von irgendwoher kam. Egal. Ging sie überhaupt nichts mehr an. Dringend musste sie jetzt schlafen. Am helllichten Morgen würden diese Sentimentalitäten, die sie heute wie aus dem Nichts belästigt hatten, hoffentlich verschwunden sein.

Doch der Schlaf wollte nicht kommen. Sie lag auf dem Rücken, weil sie die Creme, von der sie viel zu viel im Gesicht hatte, nicht auf ihr Kissen schmieren wollte. Die Wirkung des Alkohols hatte schlagartig nachgelassen, und Sanne war plötzlich wieder glockenwach.

Statt seine Aktivität einzustellen und dem Schlaf Platz zu machen, drehte sich das Erinnerungskarussell in ihrem Kopf weiter. Dagmar tauchte wieder auf. Schon am Nachmittag hatte Sanne ganz unvermittelt an Petras ehemalige Freundin denken müssen.

So ein Faltenrock-Mädchen war diese Dagmar gewesen. Mit Ballett- und Klavierunterricht. Gitti hatte sie gern parodiert. Die Arme dicht an ihre Seiten gelegt, die Hände dabei geziert nach außen gedreht und den Mund gespitzt.

Warum Petra ständig nach dort drüben gelaufen war, hatten sie beide nicht verstanden.

Wenn sie wiedergekommen war, hatte sie immer öfter eine Weile gebraucht, bis sie wieder so sprach, wie im schmalen Haus gesprochen wurde. Wo aus dem du ein angehängtes e wurde, kurz und stumpf gesprochen. Haste meine Socken gesehen? Nicht: Hast du. Das T und das D trennscharf. Überhaupt keine scharfen Ks und Ts und Ps. Im schmalen Haus wurden die Wörter nachlässig verschlungen. Buchstaben einfach weggelassen. Kannste mir ma helfen? Auch auf der Straße wurde so gesprochen. Schmeiß mer ma den Ball her.

Jenseits der Fliederstraße, da, wo Dagmar gewohnt hatte, das war eine ganz andere Welt gewesen.

Ihre war die gewesen, wo die Kinder am Nachmittag auf die Straße gescheucht wurden. Stubenhocker war ein Schimpfwort gewesen.

Deswegen mussten sie auch eigentlich gar nicht gescheucht werden. Sie gingen freiwillig. »Ich geh raus«, sagten sie zu den Eltern, sowie sie mit den Schularbeiten fertig waren. Raus. Mehr musste nicht erklärt werden. Alle Kinder gingen einfach raus. Auf die Straße. Zu den Wiesen. In den Wald. Zusammen mit den anderen, die auch zu ihren Eltern gesagt hatten: »Ich geh raus.«

Drinnen war viel zu wenig Platz. Kleine Zimmer. Eigene überhaupt nicht. Alle Kinder, mit denen sie gespielt hatten, teilten sich das Kinderzimmer, immerhin gab es Kinderzimmer, mit mindestens einem Geschwister. Meistens aber mit zwei oder drei.

Sich mit jemandem zu verabreden war nicht nötig gewesen. Immer trafen sie auf eine Horde anderer Kinder.

Sie hatten Säckchen mit Murmeln dabei. Vielleicht würde man es ja heute schaffen, die letzte Murmel ins gebuddelte Loch zu schubsen. Und wenn dann diese große, leuchtend grüne, blaue, rote von der Geli da drin läge. Auf die war man schon seit Wochen scharf.

Doch Geli, die vielleicht gemerkt hatte, dass alle scharf auf ihre besonders schöne Murmel waren, wollte das nicht riskieren und lieber Hüpfseil spielen. Oder Hickelhäuschen. Dann musste sie überredet werden. Oder man gab nach und dachte, morgen. Morgen spielen wir Murmeln und dann krieg ich sie, die bunte, große.

Sanne hatte am liebsten Gummitwist gespielt. Mit einem Band, zusammengeknotet aus ausgeleierten Wäschegummis. Ausnahmslos alle hatten sie solche Gummitwists gehabt. Sie stammten zum Beispiel aus den Unterhosen, aus denen die Mütter sie herausgezogen und durch neues Band ersetzt hatten. »Hier«, hatten sie ihren Töchtern die alten überreicht, »könnt ihr für euer Gummitwist haben.«

Das Ersetzen ausgeleierter Gummis handhabten die Mütter unterschiedlich. Deswegen hatten manche strammere Gummitwists als andere. Und alle wollten am liebsten mit denen spielen. *Teddybär, Teddybär, dreh dich um.*

Sanne hatte der Mutter mal ein Stück nagelneues Wäschegummi geklaut. Goldzack. Das besonders gute. Nur ein ganz kurzes Stück. Schon das half, das ganze Band elastischer zu machen. Dafür hatte sie Ohrfeigen kassiert, aber das war es ihr wert gewesen. Es ging doch nicht, dass sie das schlechteste Gummitwist hatte. Schließlich war sie eine der wenigen, die den Grätschsprung auch noch konnte, wenn die beiden Mitspielerinnen, die das Band mit ihren Körpern hielten, es sich bis unter die Achseln gezogen hatten.

Auch Petra hatte das gekonnt. Aber sie hatte keine Lust gehabt, sich mit ihrer großen Schwester zu messen. Kein Ehrgeiz, was das betraf.

Und diese Dagmar, war sie je mitgesprungen? Sanne konnte sich nicht einmal erinnern, sie je auf der Straße gesehen zu haben.

Was bloß hatte Petra an Dagmar angezogen? Mehr als an all den anderen Mädchen?

Neben Sanne stieß Uwe regelmäßige Pustgeräusche aus. Es klang irgendwie, als versuchte er einen Luftballon aufzublasen, aber ohne die nötige Kraft. Sanne stieß ihn an, worauf er sich murrend auf die andere Seite drehte, aber nach ein paar Minuten wieder pustete. Sanne schob die Füße unter der Bettdecke hervor und stand wieder auf.

Sie tappte ins Bad. Der Mond schickte fahles Licht durch das geriffelte Fenster. Sie erschrak über den dunklen Fleck vor dem Klo. Aber es war bloß ihre Jeans. Sanne hob sie auf und warf sie über den Rand der Badewanne.

Du klingst so merkwürdig«, sagte Jürgen. Petra räusperte sich, um die Enge in ihrer Kehle zu vertreiben. Ein Gefühl wie damals, wenn sie die Grenzlinie, die Fliederstraße, wieder in die andere Richtung überquert hatte. Zurück in das schmale Haus. Wenn sie geglaubt hatte, die Dagmarwelt hafte an ihr wie ein Geruch und es könnte für sie so kommen wie bei einem kleinen Tier, das von fremden Händen angefasst worden war und deswegen von den Eltern verstoßen wurde. Weil man es nicht mehr erkannte. Es preisgab.

Für Dagmars Eltern war es selbstverständlich gewesen, dass nach dem Abitur ein Studium folgen müsste. Im schmalen Haus stieß dieser Gedanke auf Verwunderung. So lange schon Schule und trotzdem immer weiter lernen? Für das Über-den-Büchern-Sitzen bekam man nichts. Im Gegenteil. Es kostete. Zwar bekam Petra Unterstützung vom Staat. Aber warum? Wenn sie doch genauso gut arbeiten gehen könnte. Geld verdienen.

Mit Gittis Arbeit in einer Schokoladenfabrik konnten die Eltern mehr anfangen. Gut bezahlt wurde die.

Und Sanne hatte gerade ihre Ausbildung abgeschlossen. MTRA. Medizinisch-technische Radiologieassistentin. Hatte schon eine Stelle in der Klinik in Lahnfels.

Die Mutter wusch, stärkte und bügelte die weißen Kittel für sie. Im Sommer wehten sie draußen im Garten an der Wäscheleine. Wie Siegesfahnen. Seht her, unsere Große hat es zu etwas gebracht. Auf der Arbeit ist sie von den Ärzten kaum zu unterscheiden. Alles Weißkittel.

Sanne hatte Petra Geldscheine unter die Nase gehalten. »Riech mal«, hatte sie grinsend gesagt. »Das ist Freiheit.« Sie hatte Petra neue Schuhe vorgeführt, neue Kleider, neue Jeans. Eines Tages hatte sie ihr auch Uwe vorgeführt. Mit dem gleichen Stolz wie bei den Schuhen und den Kleidern und den Jeans. Als hätte sie ihn gekauft. Von ihrem Geld. Uwe arbeitete in der Klinikverwaltung, war auf dem Weg zur Verbeamtung. Petra dagegen hockte in Hörsälen und in engen Labors. Sanne schenkte ihr die abgelegte Kleidung und Petra nahm sie gern, sie fühlte sich nicht beleidigt. Es war wie früher. Alle jüngeren Geschwister hatten die Sachen getragen, aus denen die älteren herausgewachsen waren.

Bloß Sannes Schlaghosen hatte Petra seltsamerweise nie bekommen. Die waren plötzlich weg gewesen. Dabei hätte sie die auch furchtbar gern gehabt.

Wenn sie in Sannes Hosen oder Pullover schlüpfte, fühlte sie sich ihr nahe, obwohl sie sich doch immer weiter voneinander entfernten.

Als Petra ins vierte Semester kam, zog Sanne mit Uwe zusammen. Als sie ins sechste kam, heirateten die beiden. Sie sparten auf ein Haus. Sanne konnte sich nicht mehr so viele Kleider leisten. Sanne bekam zwei Kinder. Das erste, als das Haus kaum fertig war.

Ob Sanne glücklich gewesen war? Ganz sicher. So zielstrebig wie sie ihr Leben geregelt hatte, schien sie genau gewusst zu haben, wohin sie wollte. Dabei begleitet vom anerkennenden Lächeln der Eltern.

Petra hingegen hatte immer das Gefühl gehabt, sie folge irgendwelchen Umständen, die sie selbst nicht richtig durchschaute. So, als wenn man ein großes fremdes Haus betritt und sich von Raum zu Raum vorantastet. Stand man vor einer Tür, wusste man nie, was sich dahinter verbarg. Selbst wenn man die Tür geöffnet hatte, musste man den Raum erst erkunden, wusste nicht, wo man am besten damit anfing, und dachte hinterher: Hätte ich nicht besser an der rechten Wand entlanggehen sollen? Dann hätte ich vielleicht die Tür dort, die in das nächste Zimmer führt, viel schneller gefunden?

Petra hatte sich vorangetastet. Stirnrunzelnd beobachtet von den Eltern.

»Bist du noch da?«, fragte Jürgen.

»Wie findet man die richtigen Türen?«, fragte Petra.

Sanne saß auf ihrer Jeans, um die Porzellankälte des Badewannenrands nicht spüren zu müssen. Sie zog ein frisches Papiertuch aus einer Box und wischte sich damit im Gesicht herum. Niemals wäre so viel Creme von selbst eingezogen.

Während ein Tuch nach dem anderen im Waschbecken landete, sah Sanne auf einmal die Mutter vor sich. Wie sie ihre Gesichtscreme andächtig verwendete. Genau so, auf dem Badewannenrand sitzend, hatte Sanne ihr als Kind manchmal zugesehen. Creme 21. Einen Tupfen auf die Stirn, einen auf Nase und Kinn und noch je einen auf die Wangen. Ob es die Creme in diesen orangefarbenen Dosen noch gab? Die Tupfen hatte die Mutter sorgfältig verrieben. Was an den Fingern blieb, wurde ebenfalls gründlich einmassiert. Manchmal fuhr sie zum Abschluss noch Sanne über die Wangen. Wie eine Auszeichnung war ihr das als Kind vorgekommen. Wie ein Segen oder etwas in der Art.

Bei den Eltern hing über dem Waschbecken ein dreitüriger Spiegelschrank. Für fünf Menschen. Er hing bis heute.

In der Pubertät hatte Sanne sich immer mehr darin ausgebreitet. Was die Eltern benötigten, hatte hinter eine Tür gepasst.

Mit der Ausbreitung im Spiegelschrank hatten auch bald die Kämpfe angefangen. »So gehst du mir nicht aus dem Haus«, hatte die Mutter gesagt, als Sanne mit grasgrünen Augenlidern aus dem Bad kam. Als sie mit pinkglitzernden

Lippen aus dem Bad kam. Als sie mit schwarz umrandeten Augen aus dem Bad kam. Es gab Tränen und Ohrfeigen.

Den Höhepunkt hatte die mütterliche Erbitterung erreicht, als Sanne zum ersten Mal zum Friseur gegangen war. Heimlich. Mit dem Geld, das sie sich zusammengespart hatte von dem, was die Oma aus dem schiefen Haus am Kirchberg ihr ab und an zusteckte. Bis dahin hatte die Mutter die Haare geschnitten. Kinder zum Friseur zu schicken war nicht üblich. Unnötige Ausgaben.

Zwei, drei Mal im Jahr wurden sie samstags nacheinander in der Küche auf einen Hocker gesetzt. Zuerst Sanne, dann Gitti, dann Petra.

Warum eigentlich nicht in der richtigen Reihenfolge?

Die Mutter legte ihnen ein Handtuch über die Schultern und schnitt die Haare rundherum auf Schulterlänge gerade ab. So ganz genau kam es nicht darauf an. Ein paar Zacken taten nichts zur Sache. Die Haare wurden sowieso zusammengebunden. Zu Pferdeschwänzen. Oder zu Rattenschwänzen. So hingen sie nicht ins Gesicht. Das war wichtig. Ins Gesicht hängende Haare waren liederlich. Manchmal versuchte sich die Mutter auch an Ponys. »Das ist doch mal eine hübsche Abwechslung.« Gelangen sie nicht, wurden sie mit Haarklemmen zur Seite gehalten. Haarklemmen sowieso, sobald der Pony die Augenbrauen erreichte. Und das ging immer schnell.

Sanne hatte dem Friseur ein Bild gezeigt, das sie aus einer Zeitschrift ausgeschnitten hatte. Er hatte genickt und ihre Haare dann strähnenweise hochgenommen, Schnecken daraus gedreht und mit großen Klemmen festgesteckt. Sich vom Nacken bis zum Scheitel arbeitend, hatte er jede einzelne Strähne wieder gelöst und immer längere Stücke davon abgeschnitten. Sanne hatte nach unten geschielt, auf die Haare, die sich rund um den Friseurstuhl sammelten. Ihre Haare. Die längsten Strähnen schnitt der Friseur am Oberkopf ab.

Als Sanne den Salon verließ, waren die Haare zwar immer noch schulterlang, aber von oben bis unten gestuft. Oben auf dem Kopf hatte sie straffe Wellen, die der Friseur sorgfältig über eine Rundbürste geföhnt hatte. Als er einen großen runden Spiegel hinter ihren Kopf hielt, ihn nach rechts und nach links schwenkte, damit sie sich von allen Seiten sehen konnte, war Sanne sich furchtbar erwachsen vorgekommen. Mit einem Hochgefühl hatte sie den Salon verlassen, eine Wolke aus Haarspraygeruch hinter sich herziehend.

Doch mit jedem Schritt in Richtung des schmalen Hauses war das Hochgefühl kleiner geworden, bis es am Gartenpförtchen ganz verschwunden war. Noch vor der Haustür hatte sie ihre Schuhe ausgezogen, war in Strümpfen durch den Flur gehuscht, hatte ihren Fuß schon auf die unterste Treppenstufe gesetzt, als die Mutter hinter ihr aufgetaucht und arglos »Warum schleichst du denn so herein?« gefragt hatte.

Ganz langsam hatte Sanne sich herumgedreht und den Augen der Mutter beim Weiten zugesehen. »Was, was …«, hatte die gestammelt. Als wäre Sanne etwas Schlimmes zugestoßen. Als hätte sie einen Unfall gehabt. Oder wäre überfallen worden. »Was, was … ist denn passiert?« Dabei deutete sie auf Sannes Kopf.

»Friseur«, hatte Sanne gesagt und die Schultern gezuckt. Zu mehr Erklärung war sie nicht fähig gewesen. Keine Worte im Kopf. Einen Kloß im Hals. Die Mutter hatte ihr Schulterzucken wohl als lässige Frechheit empfunden.

Sie hatte die Hand der Mutter wie in Zeitlupe verfolgt. Wie sie auf ihren Kopf zugesaust war, Sanne auf den Schlag gewartet hatte. Der Kopf war regelrecht zur Seite geflogen.

Sannes Hand war zu ihrer Wange gefahren. Nachträglich. Sie standen dicht voreinander und sahen sich in die Augen.

Seltsamerweise war plötzlich das Hochgefühl zurückgekommen. Die Hand an der brennenden Wange, hatte Sanne sogar grinsen müssen. Die Hand der Mutter schwebte erneut in der Luft. Und sank dann langsam herab.

In diesem Moment hatten sie es beide gewusst. Den Kampf um ihr Gesicht, um ihren Kopf hatte Sanne gewonnen.

Sanne erhob sich vom Badewannenrand, drückte die Papiertücher im Waschbecken zu einem einzigen dicken Knäuel zusammen und warf es in den Mülleimer.

Jürgen hatte noch gefragt, was das denn für eine merkwürdige Frage sei, welche Türen sie meine. »Ist wirklich alles in Ordnung bei dir?«

In einer Hotelbar hatten Jürgen und sie sich kennengelernt. Samstags war sie früher immer losgezogen. Bars. Wenn man es ernst meinte, waren Hotelbars am besten. Irgendein Mann, der ein Zimmer in diesem Hotel hatte und Gesellschaft suchte, fand sich immer. Nettes Geplauder. Der Alkohol löste ihre Zunge. Lockerte ihre Gesichtszüge. Ab dem dritten Drink lachte sie auf eine Art, auf die sie sonst nie lachte. Ein Teil von ihr saß dann auf dem benachbarten Barhocker und beobachtete sie. Staunte über ihren Charme. Über ihren Wortwitz. Über ihre Entschlossenheit.

Wo nimmst du das plötzlich her, Petra? So kenne ich dich gar nicht.

Die Samstagspetra.

Die meisten Männer traf sie nie wieder. Nur einmal war es schiefgegangen mit der Anonymität. Mit dem Abstand. Da hatte sich einer, noch dazu ein paar Jahre jünger als Petra, heftig in sie verliebt.

Dabei hatte alles angefangen wie immer. Nein! Nicht ganz so wie immer. Ohne Umschweife hatte er sich gleich nach dem Betreten der Bar auf den Hocker neben sie geschoben und »Was trinken Sie?« gefragt. Petra trank immer Martini Dry.

Ihm dagegen schob der Barmann eins dieser kunterbunten Getränke über den Tresen, mit irgendwelchen glitzernden Schirmchen und Fähnchen geschmückt. Sie hatten gelacht über dieses *Frauengetränk*. »Ich mag's gern süß«, hatte er zugegeben. »Prost.«

Petra hatte ihn und seine Direktheit sofort gemocht. Keine umständlichen Spielchen, deren Ergebnis doch von vornherein feststand. Beinahe war ihr seine Art wie eine Garantie für die Unverbindlichkeit ihrer Begegnung erschienen. So konnte sich jemand nur verhalten, wenn er wusste, es bedeutet nicht viel.

Sie hatten sich unterhalten, als kennten sie sich ewig. Hatten sich einen Spaß daraus gemacht, über die Berufe und Familienverhältnisse der Umsitzenden zu fantasieren. Der hat drei Kinder und eine hässliche Frau. Die betrinkt sich, weil sie heute nicht genug Geschäftsabschlüsse gemacht hat. Der plant gerade einen Bankraub, weil ihm sein Hauskredit über den Kopf gewachsen ist. Sie hatten festgestellt, dass sie nicht nur am liebsten Science-Fiction im Kino guckten, sondern *PI* für den besten Film überhaupt hielten. Petra hatte noch nie einen Mann getroffen, der diesen Film auch nur kannte.

Mitten in der Nacht hatte sie sein Hotelzimmer mit einem beinahe zärtlichen Gefühl für ihn verlassen. Nie blieb sie. Ein entsetzlicher Gedanke, gemeinsam aufzuwachen. Sich in die morgenbleichen Gesichter zu gucken und sich plötzlich vollkommen fremd zu sein. Niemals hätte sie das riskiert.

Doch dann hatte er sie angerufen. Petra erinnerte sich nicht, ihm ihre Nummer gegeben zu haben. Aber offenbar hatte sie.

»Ich habe mich verliebt.« So jedenfalls hatte er alles, was dann kam, begründet. »Ich liebe dich. Was ist dein Problem mit der Liebe? Erklär es mir.« Petra hatte es nicht erklären können. Oder vielmehr, er hatte ihr das, was sie ihm zu sagen wusste, nicht geglaubt. »Ich suche die Liebe nicht, brauche sie nicht. Will keinen Mann in meinem Leben.«

Eine ganze Weile rief er sie noch an und sie verstrickten sich in sinnlose Gespräche. Er schickte ihr Blumen, die sie umstandslos zu den Müllcontainern brachte. Es dauerte eine Zeit, bis Petra wieder samstags ausging, weil sie zunächst ihre Angst, ihm zu begegnen, hatte überwinden müssen.

Warum sie dann ausgerechnet Jürgen noch ein zweites und drittes Mal getroffen hatte, wusste sie selbst nicht.

Bei ihrer ersten Begegnung waren sie nicht einmal in seinem Hotelzimmer gelandet. Auch beim zweiten Aufeinandertreffen siezten sie sich noch. Mit dieser zweiten Begegnung hatte Petra sowieso gar nicht gerechnet. Hatte ihn dermaßen vergessen gehabt, dass sie einen Moment überlegen musste, als er sie ansprach. »Wie nett, Sie wiederzutreffen.«

Es war nichts Besonderes an ihm. Er sah nicht einmal sonderlich gut aus. Vielleicht genau deswegen. Vielleicht, weil er das krasse Gegenteil von *Mr. Love* zu sein schien. Vielleicht, weil er sich sehr höflich und distanziert verhalten hatte. Wie ein Mensch, mit dem man ganz zufällig ins Gespräch gekommen war. Eine Situation, die sich auch am helllichten Nachmittag in einem Café hätte abspielen können. Kein Schmus. Nichts Klebriges. Vielleicht war das der Grund für weitere Verabredungen. Aus denen irgendwann eine sporadische Regelmäßigkeit geworden war.

Je mehr Jahre vergingen, je älter Petra wurde, desto mehr schätzte sie Jürgen. Die Bars wurden irgendwann anstrengend. Die Frauen um sie herum jünger und frischer. Die Männer, die infrage kamen, älter und müder.

Jürgen hatte eine Frau und zwei Kinder. Petra wusste nicht einmal, ob Jungen oder Mädchen. Jürgen belästigte sie nicht mit Details. Auch nicht mit Beziehungsproblemen. Manche der Samstagnachtmänner hatten sich bei ihr ausgeheult. Angespannt hatte Petra sich die Geschichten angehört.

Wann war etwas in Ordnung bei einem? Bei einer? Bei ihr? Jürgen hatte sich längst verabschiedet. »Du, ich muss dann mal wieder.« Petra hatte nicht gefragt, was er denn mal wieder müsse. Es war eine Formel, hinter der sich wer weiß was verbergen konnte. Keine Lust mehr, länger zu telefonieren. Noch eben die Spätnachrichten gucken. Vielleicht hatte er aber auch seine Frau näher kommen hören und wollte nicht beim Telefonieren mit seiner Geliebten erwischt werden. Petra wusste ja gar nicht, von wo aus er telefonierte. Stand er im Garten? Wo ihn in der Dunkelheit niemand sah? Hatte er überhaupt einen Garten?

Vielleicht verbarg sich hinter dem »Ich muss dann mal« aber auch etwas Wichtiges. Die Steuererklärung, für die schon eine Mahnung gekommen war. Aber nachts machte man keine Steuererklärungen, oder? Petra wusste nichts von Jürgen. Und er wusste nichts von ihr.

Das war das Wesen ihrer Beziehung. Sie fand im freien Raum statt. Jürgen kam von irgendwoher. War einfach da. Sie gingen essen, ins Theater, in eine Ausstellung. Sie bummelten durch die Stadt. Sie gingen ins Bett.

Petra machte das Programm, wenn Jürgen anrief: Ich komme. Am Freitagabend. Am Samstagnachmittag. Nie sagte sie: »Es passt mir nicht.« Es passte ihr immer.

Zu ihrem eigenen Erstaunen spürte Petra zum ersten Mal das Bedürfnis, etwas von Jürgen zu wissen. Zu wissen, was er denn hatte müssen. Zu wissen, wie sein Haus aussah. Seine Frau. Ob er sie noch liebte. Was für ein Vater er seinen Kindern war. Und wo er herkam. Das wüsste sie am allerliebsten. Wie war sein Vater gewesen? Hatte er Brüder? Schwestern? Wenn ja, was bedeuteten sie ihm? Machte er sich überhaupt Gedanken darüber?

Aber wenn Jürgen dann auch sie fragte? Und? Wie war das bei dir? Was würde sie erzählen? Würde sie etwas erzählen wollen?

Hast du geheult?«, fragte Lisa.

Sie war in die Küche geschlurft gekommen, hatte ein »Morgen« ins Ungefähre gegähnt, und erst als Sanne »Du bist ja früh« sagte, hatte sie ihrer Mutter mit plötzlicher Aufmerksamkeit ins Gesicht gesehen.

»Hast du?«, fragte Lisa nochmals. Aber mehr neugierig als besorgt.

Sanne schüttelte den Kopf. »Warum sollte ich?«

Lisa zuckte mit den Schultern und deutete auf ihre eigenen Augen. »Siehst so aus.«

Mit den flachen Händen rieb Sanne sich kräftig durch das Gesicht. Hatte sie überhaupt geschlafen, nachdem sie wieder ins Bett getappt war? Sanne hatte nicht das Gefühl. »Was machst du so früh?«, fragte sie Lisa.

»Durst«, antwortete Lisa und hielt ein großes Glas unter den Wasserhahn. »Ich geh gleich noch mal.« Sie deutete mit dem Zeigefinger an die Decke.

»Ich bin dann wieder weg«, sagte Sanne und deutete nach draußen. In Richtung des Elternhauses. Lisa nickte.

Lisa fragte nicht, ob sie helfen könne. Sanne hatte Lisa auch nicht gefragt, ob sie helfen könne. Sie sagte sich, Lisa müsse lernen. Habe genug zu tun mit dem Studium, habe Prüfungen. Aber sie wollte Lisa auch gar nicht dabeihaben. Lisa hatte gesagt, es sei gemein, die eigenen Eltern aus deren Haus zu werfen.

Sie werfe ihre Eltern nicht aus dem Haus, hatte Sanne gerufen. Sie sorge für sie. Sie tue das Richtige. Seltsamerweise hatte sie in Lisas Gegenwart trotzdem ein schlechtes Gewissen.

Eine Selbstversorgerwohnung in einem Altenheim hatten die Eltern rundweg abgelehnt. »Altenheim! So weit kommts. Selbstversorgung hin oder her.« Auf ebenerdig und ein behindertengerechtes Bad hatten sie sich schließlich eingelassen. Sie wollten ja eigenständig bleiben, Sanne aber auch nicht zur Last fallen.

Sanne dachte daran, wie die Eltern sich die Wohnung angesehen hatten, die sie schließlich für sie gefunden hatte. Betont munter hatte sie die Korridortür aufgeschlossen. Fast schüchtern hatte die Mutter im Flur gestanden, der

Vater war zunächst im Rahmen der Eingangstür stehen geblieben. In jeden Raum hatte Sanne die beiden praktisch einladen müssen. »Ja, nun kommt doch!« Sanne hatte Türen geöffnet, gerufen »Guckt doch mal, was für eine hübsche Aussicht«, oder »Ist diese Küche nicht praktisch?« oder »Das Bad ist viel größer als eures. Und vor allem kann man in die Dusche fahren.«

Die Eltern hatten genickt und »Ja, ja« gesagt. Wie gehorsame Kinder, hatte Sanne gedacht. Als sie sie wieder an ihrem schmalen Haus abgesetzt hatte, war Sanne so erschöpft gewesen, als hätte sie zwölf Stunden ohne Pause gearbeitet.

Sie hatte den Eltern noch viel bessere Wohnungen gezeigt. Moderner. Offener. Größere Fenster. Aber sie hatten die Köpfe geschüttelt. »Das ist nichts für uns.«

Einmal hatte die Mutter die Hand auf ihre gelegt und »Du meinst es ja gut« gesagt. Als müsste Sanne getröstet werden.

Warum bloß hatte man als diejenige, die sich sorgte und kümmerte und organisierte, ständig mit einem schlechten Gewissen zu kämpfen, dachte Sanne, als sie am Gartenzaun des schmalen Hauses hielt und den Motor abstellte. Heute stand die Mutter nicht an der Tür.

Dafür joggte Heiko vorbei, als sie aus dem Auto stieg. Sanne erschrak fast zu Tode, als er grüßend eine Brötchentüte schwenkte und laut »Kommt ihr gut voran?« rief.

Was ging das Heiko an? Und überhaupt, was machte er hier? Noch nie hatte sie ihn in der Fliederstraße gesehen. Hatte er nach diesem verflixten Doppelkopfabend gedacht, das gucke ich mir doch mal genauer an? Hatte mit seinem dicken Auto vor dem schmalen Haus gehalten, war vielleicht sogar ausgestiegen und hatte alles *gecheckt*? Die Lage, die Maße des Grundstücks. Ja, Sanne hat nicht übertrieben. Es ist wirklich ein Sahnestückchen. Und nun joggte er jeden Morgen hier vorbei, weil er es kaum erwarten konnte.

Sanne sah ihm hinterher, bis er in seinen weiten knielangen Sporthosen, unter denen er eine Art Strumpfhose zu tragen schien, um die Ecke bog. Ihr wurde flau, wenn sie sich sein Maklerschild am Gartenzaun des schmalen Hauses vorstellte.

Auf dem Waschbetonplattenweg kam ihr der Vater mit einem Besen entgegen.

»Was willst du denn mit dem Besen?«, fragte Sanne.

»Straße fegen«, sagte der Vater.

»Aber …« Das musst du nicht mehr, wollte sie sagen. Doch es blieb ihr im Hals stecken.

Sie blickte über die Schulter Richtung Straße. Waren die anderen schon draußen? Kurt von rechts nebenan, Hans von links?

Alle gingen sie samstags mit dem Besen vor die Tür, nickten sich zu und trafen sich irgendwann an den Grundstücksgrenzen. Dann pausierten sie, stützten sich auf ihre Besen und hielten einen Schwatz. Darüber, was *die da oben* wieder alles verzapften und dass *die* keine Ahnung hätten vom Leben, von den Sorgen der kleinen Leute. Oder sie sprachen über das Wetter. Politik und Wetter. Beides schicksalhaft. Kann man nichts machen. Näher war es ihnen, wenn Kurt oder Hans oder der Vater von den jüngsten Reparaturen an ihren Häusern redeten. Habe die Fenster gestrichen oder die Dachtraufe geflickt oder das Wohnzimmer frisch tapeziert. Inzwischen kam auch manches Gebrechen als Gesprächsthema dazu. Was macht dein Bein, Hans? Dein Rücken, Kurt?

Die Straßenfegegespräche unterschieden sich nicht von denen, wie sie auch sonst geführt wurden. Über den Zaun. Beim Bier auf der Gartenbank. Sanne kannte sie in- und auswendig. Sie endeten immer mit: »Ich mach dann mal weiter.«

Samstags mussten die zusammengefegten Dreckhäufchen noch auf die Schippen praktiziert und in den Mülleimer entsorgt werden.

Früher hatten sie als Kinder das Fegen auch öfter übernehmen müssen. Aber mehr als Erziehungsmaßnahme. Damit man lernte, was im Leben wichtig war. Lisa und Philipp hatten in ihrem ganzen Leben noch keinen Straßenbesen in der Hand gehabt.

Der Vater ging mit dem Besen den Gartenweg hinunter, wie er das seit über fünfzig Jahren tat. Jeder Samstagmorgen wie der andere. Hier und da bückte er sich und zog etwas zwischen den Waschbetonplatten hervor. Auch das unnötig. Ausnahmen sind in ihrem Leben nicht zugelassen, dachte Sanne, während sie ihm hinterhersah, nicht einmal der Auszug rechtfertigte eine.

Petra ließ den Zeigefinger über dem Senden-Pfeil schweben. Doch immer, wenn sie ihn auf das Display senken wollte, zuckte sie wieder zurück.

Sie hatte eine Nachricht geschrieben. An Jürgen. Zum ersten Mal.

Er solle sich keine Sorgen machen. Machte er sich überhaupt Sorgen? Sie sei in einer merkwürdigen Stimmung. Und sie habe sich gefragt, ob er Geschwister habe. Und überhaupt wüssten sie nichts voneinander. Nach so vielen Jahren.

Petra hatte nicht bloß Sorge, dass die Nachricht in einem für Jürgen ungünstigen Moment bei ihm einträfe. Vor allem hatte sie Angst, Jürgen in die Flucht zu schlagen. Vielleicht genoss er ja, dass sie sich begegneten wie zwei Menschen ohne Geschichte. Waren Männer nicht ohnehin so? Redeten nur ungern über sich?

Petra legte das Handy zur Seite, ohne die Nachricht zu löschen. Sie ließ sie als Entwurf stehen. Entwurf klang gut. Erst mal bloß eine Idee. Ein Gedanke. Musste nicht zwangsläufig in die Tat umgesetzt werden.

Sie beschloss, einkaufen zu gehen. Sie würde kochen. Kochen erforderte Konzentration. Sie war gerne konzentriert. Kochen gab ihr außerdem das Gefühl, für etwas sorgen zu können. Auch wenn es nur für sie selbst war.

Zwei Stunden später hackte sie Petersilie und sang leise zur Musik, die sie sich aufgelegt hatte. Mehr murmelte Petra vor sich hin. Let's go dancing. O lalala. Zum Kochen was Munteres. Aber nicht zu sehr abgelenkt werden. Das große Messer exakt auf das grüne Bündel niedersausen lassen. In der Pfanne schmurgelten Pilze. Mit der linken Hand rührte sie sie immer mal wieder um. Vor ihr standen Förmchen, ausgelegt mit einer feinen Scheibe Speck.

»Hauchdünn«, hatte sie zu der Metzgereiverkäuferin gesagt. Und »hauchdünn bitte« mit fester Stimme wiederholt, als die sie mit zusammengezogenen Augenbrauen mürrisch angesehen hatte. So, als hätte Petra etwas ganz Unverschämtes verlangt. Petra hatte zwischen Augen, Nase und Mund der Verkäuferin hin und her gesehen. Sie hatte mal gelesen, dass das Gegenüber es als festen Blickkontakt wahrnehmen, dieses schnelle Wandern der Augen gar nicht bemerken würde. Oft machte sie das.

Petra hatte den Vorwurf in den Verkäuferinnenaugen nicht sehen wollen. Vier Scheiben hauchdünner Speck. Das ist nicht zu viel verlangt, hatte sie trotzig gedacht. Als die Verkäuferin drohend »Noch etwas?« gefragt hatte, hatte Petra den Kopf geschüttelt und mit ihren Speckscheiben beinahe fluchtartig die Metzgerei verlassen. Ich werde mir eine andere suchen müssen, hatte sie gedacht, als sie einen kurzen Blick zurückgeworfen hatte.

Der Gemüseeinkauf auf dem Markt war freundlicher verlaufen. Vor lauter Dankbarkeit hatte sie den Zahlbetrag großzügig aufgerundet. »Stimmt so.« Der Verkäufer hatte überrascht auf den Schein in seiner Hand gesehen, sich stotternd bedankt und ihr, weil sie schon wieder auf der Flucht war, laut »Schönes Wochenende« hinterhergerufen.

Die Kontrolllampe war aus. Der Backofen hatte die richtige Temperatur erreicht. Das Rezept, das sie sich ausgesucht hatte, war kompliziert. Ausreichend kompliziert, um sie abzulenken an diesem merkwürdigen Wochenende. Kniffelige Rezepte mochte sie aber generell. Wie ihre Zahlen, wie komplexe Formeln kamen sie ihr vor.

Petra rührte die Pilze in den vorbereiteten Teig und verteilte anschließend alles in die Förmchen. Auf die Speckscheiben. Sie spürte erneut den Blick der Metzgereiverkäuferin. Hauchdünn? So wichtig ist das doch gar nicht. Gib's zu.

Immer hatte Petra es zugegeben. Den Kopf geschüttelt, wenn die Mutter gefragt hatte, ob sie Hilfe bei den Hausaufgaben brauche. Genickt, wenn die Mutter gesagt hatte:

»Der Pony ist doch gut so, oder? Dieser Pullover ist doch noch gut für dich.« Einer, der Sanne zu klein geworden war. Schon aus der Stimme der Mutter hatte Petra herausgehört, dass es für sie gut so war.

Wie hätte sie als Kind wissen können, dass es vielleicht nicht gut so war? Wie lernte man zu wissen, wann etwas gut für einen war? Wie, was man verlangen durfte? Von der Mutter? Vom Vater? Von anderen Menschen? Vom Leben? Petra wusste es bis heute nicht. Auch nicht, ob sie etwas von Jürgen verlangen durfte.

Hast du geheult?« Wie Lisa fragte auch die Mutter.

»Wieso?« Sanne tat überrascht. Sie machte einen Schritt zurück in den Flur und beugte sich zum Garderobenspiegel. Wirklich so schlimm?

»Hast du?«, fragte die Mutter und guckte besorgt, als Sanne sich an den Küchentisch setzte. Aber auch neugierig.

»Quatsch«, sagte Sanne. »Warum denn auch.«

Selbst wenn es einen Grund zum Heulen gäbe, würde Sanne der Mutter nichts davon erzählen.

Die Kindertränen hatte die Mutter immer schnell beseitigen wollen. Morgen sieht die Welt wieder anders aus. Und wenn die Welt am nächsten Tag nicht anders ausgesehen hatte, war die Mutter ungeduldig geworden. So schlimm ist es doch auch wieder nicht. Man darf sich nicht jede Kleinigkeit zu Herzen nehmen. Doch wer bestimmte, was eine Kleinigkeit war? Für die Eltern wogen sie nicht schwer, die Kindersorgen.

Den Vater interessierten die Tränen seiner Töchter überhaupt nicht. Frauentränen. Frauensache. Da hatte er sich immer rausgehalten. Je älter Petra, Gitti und sie geworden waren, umso mehr. Als sie noch kleiner gewesen waren und es mehr um aufgeschlagene Knie oder so was gegangen war, da hatte er schon mal getröstet. Sie auf den Schoß genommen und mit seiner rauen Stimme *Heile, heile Gänschen* gesummt. Wenn er überhaupt zu Hause gewesen war. Aber später?

Später, für die Pubertätssorgen, hatte man auch längst Freundinnen, mit denen man sich besprach, und brauchte die Mutter nicht mehr. Sowieso unvorstellbar, mit ihr darüber zu reden, dass dieser Junge zwei Klassen höher einen auf dem Schulhof wie Luft behandelte. Und dass einen das beinahe um den Verstand brachte. Lächerlich hätte die Mutter das gefunden. Echte Sorgen hatte man, wenn man nichts zu essen und kein Dach über dem Kopf hatte.

Und die erste schwere Frauensorge hatte sich angefühlt, als hätte die Mutter nie eine ähnliche gehabt haben können. Obwohl sie doch eine Frau war. Sanne hatte damals nicht gewusst, wohin. Nicht einmal die beste Freundin kam infrage. Sie hatte sich so geschämt. Und war so voller überbordender Angst gewesen. Petra, hatte sie irgendwann gedacht. Warum ausgerechnet Petra, hätte sie selbst nicht beantworten können. Ganz früh am Morgen hatte sie sich in einen Zug gesetzt. War durch die Straßen geirrt, bis sie das Wohnheim gefunden hatte. Hatte hilflos vor den unzähligen Klingeln gestanden und Petras gesucht. Es hatte gedauert, bis ihre Schwester geöffnet hatte. Die Blicke der jungen Leute, die die Köpfe aus ihren Zimmertüren streckten. Petra, die sie endlich auf ihr Bett bugsiert und sich selbst auf den Fußboden gesetzt hatte. Mehr Platz war in dieser kleinen

Bude nicht gewesen. Petra, die ihr etwas von Indikationsregel und Pro Familia erzählte, hatte Sanne erstaunt. Und beruhigt. Es gab eine Lösung für ihr Problem. Sie hatten die Nacht in dem schmalen Wohnheimbett verbracht. Rücken an Rücken. Und waren am nächsten Tag zu Pro Familia gegangen, einen Beratungstermin für Sanne vereinbaren. Und hatten zu Hause angerufen, dass Sanne bei Petra war. Zwei Tage später hatte ihre Periode eingesetzt. Sehr schmerzhaft, aber Sanne war nur erleichtert gewesen. Hatte die Schmerzen als konsequent empfunden. Beinahe wie eine Strafe, die eine Wiederholung verhindern musste. Nie wieder durfte das passieren. An Petras Reaktion konnte Sanne sich gar nicht mehr erinnern. Hatte sie sich gefreut? Für Sanne? Ob Petra sich noch daran erinnerte? Bestimmt nicht.

Bei ihrer Rückkehr hatten die Eltern sich aufgeregt, dass sie, ohne etwas zu sagen, zu Petra gefahren war. Ich bin schon fast zwanzig, hatte Sanne ganz lässig geantwortet. Da werde ich ja wohl mal spontan meine Schwester besuchen dürfen. Sehr erwachsen hatte sie sich gefühlt. Viel älter schon als neunzehn. Und überhaupt war sie seit über einem Jahr volljährig.

Sanne sah zur Mutter, die das Geschirrtuch ausschwenkte und dann über den Heizkörper legte. Bis heute wusste sie nichts davon. Oder? Hatte Petra es ihr vielleicht erzählt? Ganz bestimmt nicht. Nicht Petra. War das vielleicht das Gute daran gewesen, zu Petra zu gehen? Sich ihrer Verschwiegenheit sicher sein zu können? Für immer?

Mit dicken Topfhandschuhen holte Petra die Schälchen aus dem Backofen. Vorsichtig stach sie mit der Gabel in die bräunliche Kruste, die dabei ein feines Geräusch von sich gab. Perfekt. Sie probierte, verbrannte sich, stürzte zum Wasserhahn und hielt die ausgestreckte Zunge darunter. Die blieb trotzdem ein wenig taub. Von ihrem Essen schmeckte Petra nicht viel. Wie immer blieb auch eine Menge übrig. Aber sie besaß einen großen Gefrierschrank.

War das Essen erst einmal eingefroren, holte sie selten etwas wieder heraus. Oft fiel ihr erst, nachdem sie eine Pizza oder gebratene Nudeln mit Ente vom Asia-Imbiss gegessen hatte, ein: Ach, ich hätte mir doch auch etwas auftauen können.

Für den überfüllten Gefrierschrank hatte Petra ein System entwickelt. Das jüngst eingefrorene Essen kam in die unterste Schublade. War die voll, wurde alles aus der obersten weggeworfen, die mittlere Schublade wanderte eine Stufe nach oben und die geleerte wurde zuunterst eingeschoben. Wieder Platz.

Als sie zuletzt die Gefrierschrankschublade bei den Müllcontainern ausgeleert hatte, war eine Nachbarin dazugekommen. »Zu viel vorgesorgt?« Petra hatte genickt und war sich nicht sicher gewesen, wie sie den Blick der Nachbarin deuten sollte. Hieß er: Mit der stimmt doch was nicht. Oder hatte sie gezwinkert? Ein unausgesprochenes: Kenn ich. Geht mir auch so.

Petra hatte sich vorgenommen, beim nächsten Mal einen Müllsack zu benutzen.

Jetzt öffnete sie die Fenster weit und räumte die Küche auf. Dann stellte sie sich ans Fenster auf der Küchenseite und zündete sich eine Zigarette an. Das gehörte zu ihrem Samstagsritual.

Zigaretten waren auch beim Ausgehen eine gute Strategie gewesen. Jedenfalls solange man in Bars noch rauchen durfte. Haben Sie vielleicht Feuer? Oft hatte sie nicht mal fragen müssen. Sobald sie eine Zigarette aus der Packung zog, war ein Flämmchen vor ihr aufgeblitzt. Angezündet von einem Mann, der nur darauf gewartet zu haben schien.

Jürgen hatte nicht geraucht. Weil sie bei ihrer ersten Begegnung ihr Feuerzeug aber tatsächlich nicht dabeigehabt hatte, hatte er beim Barmann Streichhölzer besorgt. Er hatte eins angerissen, seine Hände zu einer Schale geformt, als wären sie im Freien und er müsste das Flämmchen vor Wind schützen. Petra hatte ihre Zigarette daran gehalten, die Rauchwolke an seinem Gesicht vorbeigeblasen und ihn sofort gemocht. Er war ihr so umsichtig und fürsorglich vorgekommen. Dass er sie nicht vor den gesundheitlichen Auswirkungen des Rauchens warnte, sondern ihr Feuer besorgte, gefiel ihr auch.

Petra probierte einen Rauchring. Das hatte ihr der Vater beigebracht. Er hatte ja beinahe berufsmäßig geraucht. Immer eine Zigarette im Mundwinkel, auch bei der Arbeit. Ab vierzehn, nach der Konfirmation, hatte er sie immer mal eine mitrauchen lassen. Damals fand niemand etwas dabei. Bloß konfirmiert hatte man sein müssen. Dann galt man als erwachsen. Durfte auch ein Glas Bier mittrinken.

Für die Rauchringe musste man den Rauch im Mund behalten. Nicht inhalieren. So hatte der Vater es vorher erklärt. Denn beim Vormachen konnte man nicht mehr sprechen. An der Zigarette ziehen, den Rauch im Mund behalten, die Backen leicht aufblasen, den Kopf in den Nacken legen, er hatte auf sie hinuntergesehen, ob sie es richtig machte, bevor er selbst den Kopf wieder hob und nach hinten legte, Zunge an den Gaumen, das hatte er auch vorher gesagt, den Mund spitzen, wie für einen Kuss, dann öffnen, wie beim O-Sagen. Dann den Rauch auspusten. Nicht zu kräftig, nicht zu sachte. Sondern genau richtig. Muss man üben, kann man nicht erklären.

An dieses Gefühl, so neben dem Vater zu stehen, erinnerte Petra sich genau. Es erzeugte eine Wärme in ihr.

Sie drückte ihre Zigarette in dem Blumentopf aus, der extra dafür auf der Fensterbank stand, und zündete sich gedankenlos eine weitere an. Hatte er es Sanne und Gitti auch beigebracht? Sie erinnerte sich nicht. Schüttelte den Kopf darüber. So, wie man eine Schachtel mit ungeordneten Fotos schüttelt, um sie neu zu sortieren, um dieses eine Bild zu finden, von dem man vermutete, es müsste da sein. Irgendwo.

Doch sie sah nur sich und den Vater vor der Haustür stehen. Nicht einmal die Mutter, die sie vom Küchenfenster aus beobachtet haben könnte. Schimpfend. »Was machst du denn da nur wieder. Es reicht doch, wenn du hier alles vollqualmst. Und dann auch noch Kunststückchen.«

Petra entließ ein perfektes weißes Wölkchen mit einem großen Loch in der Mitte aus ihrem Mund. Sah ihm hinterher. Wie es schwebte, größer wurde, dünner, dann ausfranste und zerfloss. Sie drückte ihre Zigarette aus und schloss das Fenster.

Spät am Abend fiel ihr der Nachrichtenentwurf an Jürgen wieder ein. Sie öffnete die App auf ihrem Smartphone und starrte darauf. Überhaupt wissen wir nichts voneinander.

Entschlossen tippte sie auf den Senden-Pfeil.

Zwanzig nach neun war Gitti erschienen und hatte statt einer Begrüßung »Mein einziger freier Tag« gestöhnt. Vielleicht, weil Sanne statt einer Begrüßung auf die Uhr geguckt hatte.

Und dann hatten sie den ganzen Tag gestritten. Nein, nicht gestritten. Das wäre übertrieben. Wegen jeder Kleinigkeit verhandelt hatten sie. Die Kleiderkartons im Elternschlafzimmer lassen oder unten im Flur stapeln? Gitti fand im Flur praktischer. Müssen die Umzugsleute morgen nicht die Treppen hoch. Sanne meinte, im Schlafzimmer lassen. Im Flur sei kein Platz mehr. Und schließlich müssten sie da ständig durchlaufen.

Und so war es immer hin und her gegangen.

»Diese Schüssel ist doch angeschlagen. Warum überhaupt noch einpacken?«

»Es ist Mamas Lieblingsschüssel.«

Die Mutter hatte nicht dabeigestanden, um es zu bestätigen.

Die Eltern wichen ihren keifenden Töchtern aus. Gingen ihrer eigenen Wege. Der Vater hantierte in seinem Schuppen. Mit Gartengeräten, die in der neuen Wohnung keinerlei Nutzen haben würden, ja nicht einmal mitgenommen werden konnten. Die Mutter putzte Fenster. Sein Haus hinterließ man sauber. Was sollten denn sonst die Nachbarn sagen.

Gitti hatte die angeschlagene Schüssel eingepackt. Und Sanne hatte gedacht: Das macht sie nur, um zu triumphieren.

Warum bloß hatte sie Gitti gefragt, ob sie helfen könnte. Sanne hatte es mehr und mehr bereut. Wäre sie nicht schneller vorangekommen ohne sie?

Diese renitente kleine Schwester. An die die Eltern wenig

Ansprüche gehabt hatten. Die ihr Ding machte. Führte sie nicht das freieste Leben von ihnen dreien? Geschieden. Alleinerziehend.

»Einfach zu früh geheiratet«, hatte Gitti das selbst lakonisch kommentiert.

Sanne hatte auch früh geheiratet.

Seit ihrer Scheidung hatte Gitti immer mal wechselnde Partner. Wobei, mit Roland, das ging doch jetzt schon eine Weile. Oder? Roland war nicht Daniels Vater, aber sie hatte ein gutes Verhältnis zu Daniels Vater. Behauptete sie jedenfalls.

Beruflich hatte sie viel ausprobiert. Vor Kurzem hatte sie einen kleinen Blumenladen eröffnet. »Mein Ding«, hatte sie strahlend gesagt.

Wenn sie nichts zum Debattieren fanden, stellte Gitti den Auszug infrage. »Also, ich hab ein Scheißgefühl bei dem, was wir hier machen.«

»Es ist ein Scheißgefühl, wenn die Eltern alt werden«, konterte Sanne.

Dann arbeiteten sie wieder eine Weile grimmig vor sich hin.

Gitti in irgendeinem Zimmer, Sanne ging irgendwann in den Keller.

Habe ich dich geweckt?«

»Ja.« Petra räusperte sich.

»Tut mir leid«, sagte Jürgen.

»Muss es nicht«, sagte Petra und sah zu der kleinen Uhr neben ihrem Bett. Halb neun. Obwohl es niemanden gab, der das Recht gehabt hätte, ihr Vorhaltungen zu machen, spürte sie eine seltsame Erleichterung. Sonntagmorgens um halb neun. Es war nicht peinlich, dass sie noch geschlafen, das Klingeln erst beim x-ten Mal gehört hatte. Eigentlich wusste sie gar nicht, wie viel mal das Telefon geklingelt hatte. Sonntagmorgens um halb neun hatte Jürgen noch nie angerufen.

Warum saß er nicht mit seiner Familie beim Frühstück? Oder machte irgendwas anderes, das Familienväter am Sonntagmorgen machten? Holte am Bahnhofskiosk eine Zeitung und bei irgendeinem Backshop frische Brötchen?

Petra schob sich im Bett hoch, bis sie mit dem Rücken am Kopfende lehnte. »Kein Sonntagmorgenfrühstück mit der Familie?«, fragte sie.

Jürgen verneinte.

»Bloß heute nicht?«, fragte Petra. Vielleicht waren die Kinder ja schon zu groß, um Lust auf ein Frühstück mit den Eltern zu haben. Vielleicht war seine Frau eine Langschläferin. Oder bestand darauf, wenigstens am Sonntag so lange schlafen zu können, wie sie wollte.

Petra dachte an die Kindheitssonntage in Rotshausen. Die Eltern hatten nur ein ganz klein wenig länger geschlafen als im Alltag. Vielleicht bis acht. Allerhöchstens. Kaum später waren auch Sanne, Gitti und sie aus dem Bett getrommelt worden.

Nur Faulenzer schliefen lange. Und Faulenzer waren das Letzte, das im schmalen Haus geduldet wurde. Überhaupt kam durch langes Schlafen der ganze Tag aus dem Takt. Das pünktliche Mittagessen um halb eins. Wie sollte das klappen, wenn man um zehn frühstückte? Das Kaffeetrinken um vier. Direkt nach dem Sonntagsspaziergang.

Spaziergang nur, wenn das Wetter einigermaßen gewesen war.

Sanne hatte diese Sonntage gehasst, schon früh Auflehnungsversuche dagegen unternommen.

Petra dagegen hatte die Steifheit der Sonntage gemocht. Unbeweglich, aber festgefügt.

Eine Familie wie auf diesen alten Fotos, wo jeder auf dem ihm zugewiesenen Platz stand. Sonntags waren sie eine Fotoalbumfamilie gewesen.

»Nur, wenn wir uns verabreden«, sagte Jürgen. »Also, die Kinder und ich.«

»Verabreden?« Petra verstand nicht.

»Sie wohnen bei ihrer Mutter.«

»Ach so«, sagte Petra, verstand aber immer noch nicht. Der Groschen fiel ganz langsam. In ihrem Kopf, der sonst eigentlich ziemlich schnell war.

Als er gefallen war, schnappte sie unwillkürlich nach Luft.

»Wie lange schon?«

»Anderthalb Jahre«, erklärte Jürgen.

Hektisch versuchte Petra, nach dem Handy zu fassen, das ihr aus der Hand gerutscht war. Sie hörte Jürgens Stimme, drückte auf die rote Taste. Versehentlich oder vor Schreck, sie wusste es selbst nicht.

Vorsichtig setzte Sanne ihre Schritte. Die Stufen waren schmal. Eine schwache Lampe beleuchtete die Kellertreppe kaum.

Plötzlich erinnerte sie sich an ihre Kinderangst. Wenn sie hier hinuntergeschickt worden war. Kartoffeln oder

Äpfel holen. Vielleicht auch ein Glas eingeweckte Bohnen. Oder einen Eimer Kohlen. Einweckgläser und Kohlen, wenn man nicht mehr ganz so klein war. Weil Glas zerbrechlich war und die Kohlen schwer.

Kohlen mussten irgendwann aber gar nicht mehr geholt werden, weil die Öfen durch elektrische ersetzt worden waren. Kein Schleppen und kein Dreck mehr. Öfen, die sich von selbst aufheizten. In der Nacht, weil da der Strom billiger gewesen war.

Die Kellertreppe war Sanne auch als Kind immer sehr langsam hinuntergegangen. Alle anderen Treppen war sie hinuntergerannt, oft zwei Stufen auf einmal nehmend, einen ordentlichen Lärm dabei machend. »Da kommt wieder der Poltergeist«, hatte es geheißen. »Kannst du die Treppen nicht gehen wie alle? Wie ein vernünftiger Mensch?«

Doch die Kellertreppe immer mit Vorsicht. Hinunterstarrend in die Dunkelheit, die ihr besonders tief erschienen war. Rabenschwarz. Alle Sinne waren angespannt gewesen. Die Härchen an den Armen aufgestellt. Hatte da nicht etwas geraschelt? Geseufzt? Gefaucht? Ein Tier? Oder, viel schlimmer, ein menschenartiges Wesen? Ein zotteliges? Das einen packte, noch bevor man den Lichtschalter erreicht haben würde?

Denn erst, wenn man ganz unten angekommen war, konnte man dort das Licht einschalten. Musste sich dazu ein kleines Stück an der Wand zur Rechten entlangtasten.

Diese Lampe war ebenfalls eine Funzel gewesen. Fünfzehn Watt. Bloß nicht zu viel Strom verbrauchen. Nicht einmal mit einer Glühbirne, die selten und wenn, dann nur kurz eingeschaltet wurde. Wehe, jemand ließ das Kellerlicht an und es brannte vielleicht sogar tagelang.

»Wer war zuletzt im Keller?«

»Ich nicht!«, hatten dann Petra, Gitti und sie wie aus einem Mund gerufen. War Gitti überhaupt jemals in den Keller geschickt worden?

Bloß der Schelte entgehen. Und diesem Gefühl, dass man etwas Schlimmes angestellt hatte.

Doch nicht nur einmal hatte Sanne es wirklich vergessen, die Lampe wieder auszuschalten. Weil sie so erleichtert gewesen war, den Keller hinter sich lassen zu können, die Treppe wieder erreicht zu haben, mit dem Bohnenglas in der Hand. Oder dem Kohleneimer. Oder dem Beutel mit den Kartoffeln. Dem Licht, der Helligkeit oben im Flur entgegenzugehen, das ihr vorgekommen war wie das Licht, von dem der Pfarrer sprach, wenn er den Himmel meinte.

Sanne tastete sich rechts an der Wand entlang und suchte den Lichtschalter. Der trübe Schein fiel auf ein Regal, übervoll mit Einmachgläsern. Alles, was der große Garten der Mutter hergab. Äpfel, Birnen, Zwetschen. Schnippelbohnen und Wachsbohnen. Gurken und Karotten.

In der Nachbarschaft erzählte man sich, wie viele Gläser die Gurkenernte dieses Jahr ergeben hatte. Es war auch ein Wettbewerb. Wer war die erfolgreichste Gärtnerin? Die beste Hausfrau? Das bemaß sich auch an der Anzahl der Einweckgläser im Keller.

Als Kind hatte es Sanne mit Stolz erfüllt, wenn die Mutter beim Mittagessen gesagt hatte: »Meine Bohnen gedeihen einwandfrei, Karin hat leider die Bohnenfliege.« Es war ihr erschienen, als habe die Mutter besondere Kräfte, die Bohnenfliege abzuhalten.

Sie hatte die Finger der Mutter angesehen, in deren rissiger Haut sich in feinsten schwarzen Linien die Arbeit festgesetzt hatte. So sahen tüchtige Hausfrauenhände aus. So würden ihre auch einmal aussehen, wenn sie groß war.

Später hatte Sanne die Hände der Mutter verachtet. Ihre eigenen besonders gepflegt. Handcreme aufgetragen. Die Nägel lackiert. »Wie soll man denn mit solchen Händen arbeiten«, hatte die Mutter missbilligend gesagt. Am besten gar nicht, hatte Sanne trotzig gedacht.

Trotzdem hatte sie später bei ihrem eigenen Haus einen Gemüsegarten angelegt. Klein. Aber immerhin. Es wäre ihr erschienen, als stimme mit ihr etwas nicht, hätte sie keinen gehabt.

Längst hatte sie ihn abgeschafft. Stück für Stück. Uwe hatte Rasen eingesät. Der Garten war nach und nach sein Gebiet geworden, weil dort inzwischen vor allem gemäht werden musste.

Ihr Eingemachtes bot die Mutter Sanne und Gitti an. Petra ebenfalls? Vermutlich nicht. Was sollte eine Einzelperson mit Regalen voller Einweckgläser.

»Das ist doch schön, wenn man im Winter bloß ein Glas aufmachen muss und hat ein Essen«, sagte die Mutter zu Sanne und Gitti. Lehnten sie ab, »Du, wir kochen lieber was Frisches«, verstand die Mutter es nicht. Nicht, dass frisch besser und gesünder war, nicht, dass es etwas Besseres als das Gemüse aus ihrem Garten geben sollte.

Verzagt sah Sanne sich um. Als ihre Augen sich langsam an das trübe Licht gewöhnten, gab der Keller immer mehr lange Vergessenes preis. Alte Blumentöpfe, Stücke von bejahrten Gartenschläuchen, verrostete Gitter. Gammelige

Packungen mit Blaukorn und mit Schneckenkorn. Hier vergessen. Spinnweben, auf die sich der Staub von Jahrzehnten gelegt hatte, hingen über allem wie schmutzige Lappen. Verrostete Hacken und Grabgabeln an den Wänden, weil die Eltern bessere Geräte angeschafft hatten. Hat die Gerda auch. Ist ganz modern. Und spart Kräfte. Gespart werden musste immer etwas. Wenn nicht Geld, dann etwas anderes.

In Zukunft werden sie noch viel mehr Kräfte sparen, dachte Sanne trotzig.

Die Mutter sah besorgt in die Salatschüssel, in der bloß noch ein kleiner Rest war. »Seid ihr auch wirklich satt? Vielleicht noch eine Wurst?« Von den heißen Würstchen waren noch reichlich da.

»Mh, mh«, sagte Gitti und winkte mit der Gabel ab. Auch der Vater schüttelte den Kopf.

»Die sauren Gurken haben wirklich gefehlt«, sagte die Mutter bedauernd.

Sie saßen am Küchentisch. Die Küche war der einzige Raum, der seine ursprüngliche Eigenheit noch nicht vollkommen verloren hatte. Auch wenn die Gardinen schon abgenommen waren, die Fensterbank leer geräumt. Die Küche würde ja dableiben. Bis auf den Inhalt der Schränke.

»Bring ein Glas von den sauren Gurken mit«, hatte die Mutter irgendwann zu Sanne in den Keller hinuntergerufen. Doch die hatte die Gurkengläser bereits sorgfältig verpackt.

Der Kartoffelsalat der Mutter war immer gleich. Mayonnaise, gekochte Eier, saure Gurken und Äpfel. All ihre Gerichte waren immer gleich. Warum etwas Erprobtes, etwas, das allen schmeckte, ändern? Einfach nur, weil man es konnte? Darin hatte die Mutter noch nie einen Sinn gesehen. Schenkte Sanne ihr Kochbücher, nahm sie die geduldig entgegen und sammelte sie im Küchenschrank. Jetzt würden sie in einen Umzugskarton wandern. Aber warum eigentlich? Wenn sie auch in der neuen Wohnung nie benutzt würden?

»Isst du noch?«, fragte die Mutter, griff aber schon nach Sannes Teller.

Sanne beugte sich vor und fasste auch danach, als wollte sie ihren Teller festhalten. Die Mutter stellte ihn klirrend auf den Stapel.

»Kommt, wir gehen eine rauchen«, sagte Gitti und schob ihren Stuhl zurück. Die Mutter wischte bereits über die Wachstuchdecke.

Als sie aus der Haustür traten, kniff Sanne die Augen zusammen. Sonnengrell hier draußen.

Der Vater brach den Filter von der Zigarette ab, die er sich aus Gittis hingehaltener Schachtel genommen hatte. Zögernd griff auch Sanne zu, drehte die Zigarette aber unentschlossen zwischen den Fingern. Schon lange hatte sie nicht mehr geraucht. Gittis Zigaretten waren außerdem stark.

Gitti knipste ihr Feuerzeug vor Sannes Gesicht an. »Willst du oder willst du nicht?«

Sanne nahm die Zigarette zwischen die Lippen und hielt die Spitze in die Flamme. »Du musst schon ziehen«, sagte Gitti mit zusammengezogenen Augenbrauen, als sie nicht sofort anging.

Scharf fuhr der Rauch ihr in die Lunge. Angestrengt unterdrückte Sanne ein Husten. Bloß nicht blamieren. Nicht vor Gitti und dem Vater.

Schweigend standen sie nebeneinander, schauten Richtung Fliederstraße, die still dalag. Keine spielenden Kinder, keine Spaziergänger. Sonntägliche Mittagszeit.

»Kannst du noch Rauchringe?«, fragte Gitti plötzlich.

»Rauchringe?«, fragte Sanne irritiert.

»Kannst du keine?«

»Du etwa?«

»Klar«, sagte Gitti. »Hat Papa uns doch beigebracht.« Sie zog an ihrer Zigarette und entließ bedächtig einen Ring aus ihrem Mund. »Geht besser«, sagte sie, während sie hinterhersah, und versuchte es erneut.

Siggi, der drei Häuser weiter wohnte und schon mehrfach seine Bedenken wegen alter Bäume, die man nicht verpflanze, geäußert hatte, lief vorbei und rief: »Na, genießt ihr euren Nachtisch?«

Der Vater hob die Hand. »Gruß an die Gertrud.«

Petra starrte auf das Telefon und war ganz durcheinander. Ihr war, als sei ein Teil von Jürgen abgebrochen. Seine Familie hatte zu ihm gehört. Unsichtbar für Petra. Aber vorhanden.

Sollte sie ihn nochmals anrufen? Sich entschuldigen? Für die plötzliche Unterbrechung? Aber dann? Was sollte sie sagen?

Petra schob die Bettdecke zur Seite und tappte barfuß in die Küche. Drückte auf den Knopf der vollautomatischen Kaffeemaschine. Lärmend ratterte sie los, mahlte die Kaffeebohnen, um dann zischend die kleine Tasse zu füllen.

Petra löffelte einen Berg Zucker hinein und kippte ihn in

einem Zug hinunter. Sie ließ sich die Tasse nochmals füllen, setzte sich damit auf einen Hocker und rührte unentschlossen darin herum.

Wir hätten uns verabreden können, dachte sie. Spontan. Jetzt, wo Jürgen frei war. Frei. Petra lauschte dem Gedanken, dem gedachten Wort nach. Ein angenehmes Gefühl wollte sich aber nicht einstellen. Im Gegenteil, sie empfand plötzlich Beklemmung.

Sie schüttete den kalt gewordenen Espresso hinunter und verzog angewidert das Gesicht. Jetzt duschen, Petra, kommandierte sie sich selbst. Sie fühlte sich wie jemand, der in eine ihm vollkommen unbekannte Zivilisation geraten war. Dem man sagen musste, das macht man hier so, dies so.

Zwei Stunden später saß sie auf *ihrer* Bank und beobachtete eine Giraffe dabei, wie sie gemächlich Heu aus einem hoch aufgehängten Korb zupfte und langsam kaute. Selbstvergessen schien es ihr.

Petra war oft im Zoo. Immer dann, wenn sie etwas unternehmen wollte, aber nicht recht wusste, was. Allein. Allein in den Zoo war gut zu machen. Sie ging allerdings immer nur zu den Giraffen. Löwen in einem Gehege deprimierten sie. Elefanten erst recht.

Die Giraffen wirkten sanft und zufrieden. Vielleicht weil wenigstens ihre Art zu fressen hier beinahe der natürlichen entsprach. Während sich ein gefangener Löwe seine Nahrung, die er in der Natur erjagte, hier vorsetzen lassen musste.

Oder weil die Giraffen mit ihren extrem langen Hälsen alles überschauen konnten. Petra bildete sich ein, sie könnten mit ihrer Größe ihre Gefangenschaft ein wenig ausgleichen. Bis zu sechs Meter groß wurden Giraffen.

Auch gefiel ihr der Gedanke, dass das Fellmuster jedes Tiers so einmalig war wie der Fingerabdruck eines Menschen.

Als ein Mann mit einem kleinen Kind an der Hand vorbeikam, fiel Petra ein, dass sie vor Jahren mal mit Jürgen hier gewesen war. Und nicht bloß bei den Giraffen.

»Findest du das nicht traurig? Ein Elefant, der eigentlich nomadisch lebt, in einem Gehege?«, hatte sie ihn gefragt.

Jürgen hatte es nicht deprimierend gefunden, hatte »Wir schützen so die Arten« gesagt. Die Tiere würden es nicht anders kennen. Und es sei toll für Kinder.

Für einen Moment hatte sie ihn damals als jungen Vater mit seinen Kindern beim Zoobesuch vor sich gesehen. Wie er sich zu den Kleinen hinunterbeugte, mit dem ausgestreckten Arm zeigte und erklärte. Sie hatte diesen Jürgen, den sie sich ja bloß vorstellen konnte, aber nie erlebt hatte, gemocht.

Jetzt hatte Jürgen wohl bloß noch Besuchsrecht bei seinen Kindern.

Ach, das waren doch gar keine Kinder mehr. Besuchsrechte würden keine Rolle mehr spielen. Junge Erwachsene mussten es längst sein. Die hingingen, wo sie wollten. Die vielleicht sowieso fast schon zu Hause ausgezogen waren. Ob sie sie nun kennenlernen würde? Irgendwann?

Jürgen musste nun kein Geheimnis mehr aus ihr machen. Oder doch?

Die angespannte Stimmung im schmalen Haus änderte sich ganz plötzlich, als Gitti das Service auf der Wohnzimmerfensterbank entdeckte.

»Das Bowleservice!«, schrie sie. Alle liefen ins Wohnzimmer, weil sie dachten, es sei etwas passiert. Doch Gitti drehte bloß mit leuchtenden Augen eins der Kristallgläser in der Hand.

»Bist du verrückt, so zu kreischen?«, raunzte Sanne sie an.

»Wir machen Bowle«, sagte Gitti und guckte immer noch wie ein Kind an Weihnachten. »Und wir«, sie wedelte mit ihrem Zeigefinger zwischen Sanne und sich hin und her, »schlafen ein letztes Mal in unserem Kinderzimmer.«

»Dosenpfirsiche!« Gitti hatte darauf bestanden, dass die Bowle genau so werden musste wie früher. Sie war in den Keller gerannt und eine Konservendose schwenkend zurückgekommen. »Hab eine gefunden.«

Sanne hatte den Bowletopf in die Küche getragen. Gitti die Dose geöffnet und sie über das große Glasgefäß gehalten. Mitten in der Bewegung hatte sie gestoppt, als vollführe sie ein Zauberkunststück und wollte ihre Zuschauer noch ein wenig auf die Folter spannen. »Mit oder ohne Flüssigkeit?«

Alle blickten ratlos.

»Mit«, entschied Gitti und kippte alles in den Bowletopf.

»Aber die müssen doch klein geschnitten werden!«, rief die Mutter.

»Habt ihr überhaupt Weißwein?«, fragte Sanne.

Der Vater schüttelte den Kopf.

»Aber Kognak?«, sagte Gitti. Sie fischte bereits die Pfirsichhälften wieder heraus und begann, sie in Würfel zu schneiden.

Der Vater verschwand und kam mit einer Flasche wieder. Sie sah verstaubt aus und war halb leer. Sanne drehte den Verschluss auf und schnupperte.

»Kognak wird nicht schlecht«, sagte der Vater.

Sanne hielt sie Gitti hin. Die roch auch, nickte und kippte einen ordentlichen Schuss auf die Pfirsiche.

»Mann, das war viel zu viel«, sagte Sanne.

»Ach was«, sagte Gitti.

Weißwein und Sekt hatte Sanne bei sich zu Hause geholt. Sie war die schmale Treppe zur Außenkellertür hinuntergeschlichen und hatte sich mit den beiden Flaschen schnell wieder davongemacht. Bloß Uwe oder gar den Kindern nicht begegnen. Für die Nacht abgemeldet hatte sie sich per SMS. *Bleibe heute mit Gitti in der Fliederstraße.*

Sanne war sich vorgekommen wie früher. Als sie den Eltern schon mal eine Flasche Schnaps oder Likör geklaut hatte. Im Elternhaus hatte es bloß keine Außenkellertür gegeben. Die Treppe zum Keller lag im Haus. Man musste die Beute also durch den Flur und aus der Haustür hinausbringen. Das große Hallo, wenn man die Flasche den Freunden wie eine Trophäe präsentierte. Ganz cool hatte man vom Beutezug erzählt, nichts von dem Herzklopfen und den weichen Knien. Weil sich, kurz bevor man aus der Haustür heraus war, irgendwo eine Türklinke bewegt hatte und man sicher gewesen war, erwischt zu werden. Eine Woche Hausarrest. Mindestens.

Als der Pizzabote kam, öffnete der Vater ihm vorsichtig, den Kopf aus der Tür herausgestreckt, als wollte er sicherstellen, dass sie nicht beobachtet wurden. Als brächte der Bote Drogen. Es ist ihm peinlich, es ist ihnen beiden peinlich, dachte Sanne. Essen kommen zu lassen. Sich bedienen zu lassen. Und dann auch noch Pizza. Teig mit Gemüse drauf.

Das war Sannes Idee gewesen. Machen wir es uns leicht heute Abend. Mühelos.

Bei der Auswahl hatten die Eltern sich schwergetan.

»Tonno?«

»Thunfisch!«

»Aha.«

»Margherita?«

»Tomate, Mozzarella.«

»Mozzarella? Das ist doch dieser weiße Käse, der nach nichts schmeckt, oder?«

Der Vater hatte sich für Schinken und Pilze entschieden und dafür, sich die Pizza mit der Mutter zu teilen. Die Mutter war einverstanden gewesen. Wir essen abends nicht mehr so viel. Sie kauten an ihren Pizzastücken und nickten, als Sanne fragte, ob es ihnen schmecke. Sanne hatte einen Mordshunger. Sie verschlang ihre Pizza und noch ein Stück von der der Eltern dazu.

Danach zogen sie ins Wohnzimmer, wo die Bowle schon wartete.

Die Eltern nippten lange an einem einzigen Glas, fischten mit den winzigen Gäbelchen, die am Nachmittag noch in einer Schublade gefunden worden waren, Pfirsichstücke heraus und verabschiedeten sich früh ins Bett. »Wir sind müde. Morgen wird ja auch wieder anstrengend.«

»Sie werden echt alt.« Gitti sah ihnen hinterher, ihre Stimme klang weinerlich.

Sag ich doch die ganze Zeit, dachte Sanne.

Nachdem sich die Tür hinter den Eltern geschlossen

hatte, lauschte Sanne dem Rauschen des Wassers aus dem Badezimmer und den tappenden Schritten auf der Treppe nach oben. Dann war es still im Haus.

Sanne sah sich um. Das Licht der Deckenlampe leuchtete die Zimmermitte grell aus, die Ecken waren fast schwarz. Die Wände, an denen die abgehängten Bilder helle Flecken hinterlassen hatten, wirkten plötzlich nackt und schäbig. In den Scheiben der Vitrine, hinter denen es leer war, spiegelte sich das Zimmer mit Gitti und ihr darin. Zwei verlorene Gestalten, wie vergessen in einem Raum, der zu nichts mehr dienen würde.

»Komm, wir gehen auch hoch«, sagte Gitti und schnappte sich den Bowletopf. »Du nimmst die Gläser.«

Sanne hockte sich auf das Bett, Gitti auf den Boden. Die Bowle platzierte sie genau vor ihren untergeschlagenen Beinen. Sie füllte die Gläser und hielt Sanne eins hin. »Prost!«, rief sie und stieß ihr Glas an Sannes. »Auf den Abschied von unserem Kinderzimmer!«

Immer alberner wurden sie. Schoben den angespannten Tag beiseite und machten sich lächerliche Vorwürfe.

»Du warst schon immer leichtfertig«, nuschelte Sanne.

»Und du eine Gouvernante.«

»Mal ehrlich: Kann man vom Blümchenverkauf leben?«

»Ist jedenfalls gesünder, als zwischen Röntgengeräten hin und her zu laufen.«

»Mit deinem Roland, das geht aber jetzt schon eine ganze Weile, oder?«

»Mit deinem Uwe doch auch.« Vor Lachen, vielleicht auch vom Alkohol, bekam Gitti einen Schluckauf. »Fünfundzwanzig Jahre?«, hickste sie fragend.

Sie zielten mit den feinen Zinken der kleinen Gabeln

auf die Pfirsichstücke und trafen erst nach mehreren Versuchen.

»Hab eins!«, rief Gitti und hielt Sanne immer wieder triumphierend ihr Gäbelchen hin.

»Ich auch!«, rief Sanne, wenn sie eins erwischte, und dachte, wenn Lisa und Philipp mich so sehen würden. Doch der Gedanke erschreckte sie seltsamerweise kein bisschen. Oder Uwe. Auch die Vorstellung ließ sie nicht zusammenfahren. »Siebenundzwanzig«, sagte sie zu Gitti. Wie lange deren Frage schon her war, wusste sie nicht mehr.

Gitti antwortete: »Häh?«

Irgendwann quetschten sie sich Rücken an Rücken in das schmale Bett, Sanne mit dem Gesicht zur Wand, Gitti an die Kante.

Jürgen nahm sofort ab. Als hätte er auf ihren Anruf gewartet.

»Hast du auf meinen Anruf gewartet?« Petra hockte noch im Mantel auf der Kante ihres Sofas. Mit dem Finger fuhr sie über die Platte des Tischchens, verwischte einen Ring, den ihr Weinglas dort am Vorabend hinterlassen hatte.

Aus der Wohnung über ihr polterte es, nebenan wurde laut Musik gespielt. Irgendwas Klassisches. Viel Geige und Cello. Sonntags war das Haus voller Menschen.

In ihrer Wohnung gab es nur sie. Kein Schuh, kein Mantel eines anderen, überhaupt nichts von irgendeinem weiteren Menschen.

»Ich hatte das Telefon sowieso in der Hand«, sagte Jürgen. »Habe gerade mit meiner Tochter telefoniert.«

Das versetzte Petra einen Stich der Enttäuschung. Genau das, was sie nie gewollt hatte. Erwartungen. Enttäuschungen. Zwei Seiten der gleichen Medaille. Deswegen hatte sie sich Erwartungen immer verboten.

»Wie geht's dir?«, fragte Jürgen.

»Ich war im Zoo«, sagte Petra.

»Im Zoo«, wiederholte Jürgen. Mit fragendem Tonfall.

Petra erzählte noch vom Wetter. Angenehm, ein wirklich schöner Septembertag. Ein Tag, an dem man vor die Tür müsse, ob man Lust habe oder nicht, denn gleich vom nächsten Tag an warte ja wieder eine ganze Woche Büro. Und von den vielen Familien erzählte sie noch, mit denen der Zoo voll gewesen sei.

Er sei auch draußen gewesen, erzählte Jürgen. Bevor er mit seiner Tochter telefoniert habe. Und mit dem Wetter, ja, da habe sie recht.

Sie redeten um etwas herum. Um etwas, das zwischen ihnen lag wie ein Berg, dessen Namen und dessen Höhe sie nicht kannten. Oder war es nicht genau genommen etwas, das *nicht* mehr zwischen ihnen lag? Kein Berg, sondern ein Tal?

In jedem Fall eine Lücke. Eine Barriere war plötzlich nicht mehr da.

Nach dem Wetter war ein Moment Schweigen. Mitten hinein fragte Petra plötzlich, ob er sich vorstellen könne, mit ihr nach Hause zu fahren. In ihr Elternhaus. Es sei aber sehr schmal.

Überrascht, ja, beinahe erschrocken lauschte sie ihrem eigenen Vorschlag. Wo kam der her? So aus dem Nichts.

Ich müsste die Eltern anrufen, dachte sie noch. Fragen, ob es ihnen passte. Aber das würde es. Es passte ihnen immer. Doch sie würde auch noch sagen müssen, dass sie jemanden mitbrächte. Oder nicht? Sie einfach vor vollendete Tatsachen stellen?

Mama, Papa, das ist Jürgen. Ich kenne ihn seit zehn, nein, seit fast zwölf Jahren. Warum ich euch nie von ihm erzählt habe? Ihr habt nicht gefragt. Nein. Das war nicht der Grund. Ich habe nichts erzählt, weil er verheiratet ist. Weil ich mich vor eurer Missbilligung gefürchtet habe.

»Seid ihr geschieden?«, fragte Petra.

Nein, antwortete Jürgen. Das sei ihm nicht eilig. Und seiner Frau auch nicht. Das *meine Frau* versetzte Petra schon wieder einen Stich.

Wann sie den Besuch bei ihren Eltern denn machen wolle?

»Jetzt.« Petra schlug sich mit der Hand auf den Mund, als könnte sie das Wort noch aufhalten, das genauso unvermittelt aufgetaucht war wie das ganze Ansinnen.

»Warum nicht«, sagte Jürgen. Wo genau Rotshausen noch mal läge?

Das *Jetzt* sei ein Scherz gewesen, sagte Petra. Das sei doch vollkommen verrückt, koste Stunden, stünde in keinem Verhältnis zur kurzen Besuchszeit. Und überhaupt kämen sie erst am Abend an und müssten ja auch wieder zurück.

Petra argumentierte gegen diese seltsame Spontaneität an, die sie so unvermittelt überfallen hatte und die ihr selbst Angst machte.

Manchmal müsse man auch etwas Verrücktes machen, sagte Jürgen. Außerdem habe er Urlaub.

»Dann komm doch erst mal hierher«, schoss es aus Petra heraus.

Ein anderer Mantel würde an ihrer Garderobe hängen. Ein paar Herrenschuhe in ihrem Flur herumstehen. Ein zweites Weinglas Ringe auf ihrem Couchtisch hinterlassen.

Aspirin«, stöhnte Gitti, als sie in die Küche geschlurft kam.

Sanne schob ihr die Packung über den Tisch.

»Gott sei Dank«, sagte Gitti. »Du hast welche dabei.«

In Sannes Glas sprudelte noch ein winziges Restchen der Tablette auf der Wasseroberfläche, kurz davor, sich komplett aufzulösen.

Gitti holte sich ein Glas aus dem Küchenschrank, ließ es unter dem Wasserhahn volllaufen und warf sich dann auf den Stuhl ihr gegenüber.

»Ich hab's vorher gewusst«, nuschelte Sanne mit dem Gesicht in den Händen.

»Das ist der Preis«, sagte Gitti und riss die Verpackung der Brausetablette auf. »War doch ein lustiger Abend.«

Sanne nahm den letzten Schluck ihrer Brause, bei der der Zitronengeschmack die leichte Bitterkeit wohl überdecken sollte, es aber nicht schaffte.

Sie war froh, in der Fliederstraße zu sein. Nicht schon wieder von Uwe beim Trinken erwischt zu werden. Oder vielmehr bei den Nachwirkungen. Uwe trank nicht. Uwe schlug nicht über die Stränge. »Der hat sich nicht unter Kontrolle« war die schlechteste Beurteilung, die man sich bei ihm abholen konnte. Und damit war nicht einmal der Kontrollverlust der Trunkenheit gemeint, sondern meistens viel Harmloseres.

Sanne hatte sich nun schon das zweite Mal an einem einzigen Wochenende betrunken.

»Ich glaube, ich brauche noch eine«, sagte Gitti und langte nach der Aspirin-Packung.

»Ich auch«, sagte Sanne.

Auf der Straße wurde gehupt. War das etwa schon der Umzugslaster? Im Haus schlug irgendwo eine Tür zu. Alles klang, als hätte sie Watte in den Ohren, war aber trotzdem schmerzhaft laut. Sanne sah in ihr Glas und beobachtete die Brausetablette beim Sprudeln und beim Aufsteigen. Sie hielt die Stirn dicht über das Glas und fand die feine Gischt angenehm erfrischend.

»Ihr wart ja so laut«, sagte die Mutter, die in diesem Augenblick die Küche betrat.

»Wir warten schon seit einer Stunde«, sagte der Vater, der hinter ihr herkam.

»Das Bowleservice muss nicht eingepackt werden«, sagte Gitti. »Das möchte ich gern haben.«

Petra schlich aus dem Schlafzimmer, warf beim Türzuziehen einen Blick auf Jürgen. Mit offenem Mund lag er auf dem Rücken und schnarchte ganz sanft, ein Fuß hing aus dem Bett bis fast auf den Boden.

In der Küche legte sie den Finger auf den Knopf der Kaffeemaschine, zog ihn aber wieder zurück. Der Lärm würde Jürgen wecken. Sie durchwühlte ihren Küchenschrank. Vielleicht fand sich irgendwo noch ein Beutel Tee. Irgendwann mal gekauft und wieder vergessen. Für jemanden, der gerne Tee trank. Für sie selbst, weil sie sonst zu viel Kaffee trank.

Sie fand keinen Tee und trank einfach das heiße Wasser, das sie für den Tee schon hatte kochen lassen.

Beim Anziehen stellte sie fest, dass sie die Bluse im Schlafzimmer vergessen hatte. Und eine Strumpfhose hatte sie auch nicht.

Jürgen hatte sich auf die Seite gedreht, lag mitten im Bett, ihre Seite halb eingenommen. Hastig zog Petra eine

Bluse aus dem Schrank. Die Kommodenschublade mit den Strumpfhosen gab beim Herausziehen ein scharrendes Geräusch von sich. Sie ließ sie offen stehen. Auf Zehenspitzen verließ Petra das Zimmer wieder.

Als sie vor dem Aufzug stand, fiel ihr ein, dass Jürgen gar keinen Schlüssel hatte. Verließ er die Wohnung, würde er nicht wieder hineinkommen.

In meiner Wohnung gefangen, dachte Petra. Die Aufzugtüren öffneten sich und die Spiegelwand warf ihr schiefes Lächeln zurück. Willst du wirklich Gefangene machen?

Als sie ihren Pausenkaffee trank, dabei hinunter auf die Sechsspurige sah und an die Bedeutung des Abstands dachte, den sie gerade zu verlieren drohte, klingelte ihr Handy.

»Wo finde ich denn einen Wohnungsschlüssel?«

Petra erklärte es ihm. Mit ihrer zweiten Tasse Pausenkaffee stellte sie sich wieder ans Fenster. Beim Umherblicken sah sie plötzlich, dass im gegenüberliegenden Bürohaus jemand ganz dicht hinter einer der spiegelnden Scheiben stand, im achten Stockwerk, mit der Stirn daran lehnte. Eine Frau? Petra meinte, auch lange Haare zu erkennen. Sie bekam Herzklopfen, weil alles aus seiner Ordnung zu fallen schien.

Sie brachte ihre Tasse, erst halb ausgetrunken, zurück. Schüttete den Kaffee in den Ausguss. Mit schlechtem Gewissen. Es ist nicht schade um diese scheußliche Brühe, Petra, sagte sie zu sich selbst. Und hoffte trotzdem, von niemandem beobachtet worden zu sein.

Als sie wieder vor ihrem Computerbildschirm saß, beruhigte sie sich. Zahlen waren verlässlich, waren beherrschbar, konnten in Tabellen geordnet werden.

Und? Hast du Oma und Opa gut verfrachtet?« Lisa griff in eine Chipstüte und löste den Blick nicht vom Fernsehbildschirm.

»Ich habe sie nicht verfrachtet«, sagte Sanne ärgerlich und warf sich in den Sessel ihrer Tochter gegenüber. Sie war so müde. Zu müde auch, um sich ausführlicher gegen Lisas Unverschämtheit zu wehren. Da war zudem eine ganz weit entfernte Stimme in ihrem Inneren, die Lisa recht geben wollte.

»Habt ihr nichts gegessen?« Sie deutete auf die Chipstüte.

Hier hatte das ganze Wochenende niemand für eine Mahlzeit gesorgt. Nach der Tiefkühlpizza am Freitag hatte es am Samstag Tiefkühllasagne gegeben, am Sonntag den Braten, den Sanne irgendwann zubereitet und eingefroren hatte. Mit Rotkohl und Klößen. Sie hatte abends immer nur die leeren Verpackungen und Gefrierdosen zu Gesicht bekommen.

Und heute hatte offenbar nicht einmal mehr jemand etwas aus der Gefriertruhe geholt.

Bevor Sanne zu Vorhaltungen ansetzen konnte, fragte Lisa: »Wie ging's ihnen?« Jetzt sah sie Sanne direkt an.

»Gut«, behauptete Sanne schnell. »Die neue Wohnung ist wirklich super. Vor allem das Bad.«

In Wirklichkeit hatte Sanne keine Ahnung, wie es den Eltern ergangen war. Gitti hatte das Bowleservice eingepackt. Die Mutter hatte ihr dabei dringend helfen wollen. Gemeinsam hatten sie alles so sorgfältig in Papier gewickelt, als sollte es ans andere Ende der Welt verschifft werden.

»Vorsicht! Obacht! Lieber noch eine Lage Zeitung!«, hatte die Mutter gerufen. Gitti hatte sie gewähren lassen, Sanne öfter mal ein Augenrollen schickend. Dann hatte sie sich schleunigst davongemacht. »Mein Laden wartet.« Das Aufschließen habe sie schon einer Freundin übertragen. Aber jetzt müsse sie dringend.

Sanne hätte Gitti gern dabehalten. Trotz der Auseinandersetzungen am Vortag.

Die Eltern waren den Möbelpackern ständig im Weg gewesen. Ein ums andere Mal hatten die Männer »Achtung!« und »Aus dem Weg bitte!« gerufen. Dem Vater, der versucht hatte, tragen zu helfen, hatten sie alles wieder aus der Hand genommen. »Wir machen das schon. Dazu sind wir ja da.« Überhaupt waren sie sehr höflich gewesen. Ungeschlachte Männer mit guten Manieren.

Sanne hatte die Zeit genutzt, zur Mülldeponie in Lahnfels zu fahren. Sachen wegbringen, die nicht mit umgezogen werden konnten.

Ballast abwerfen. In diese riesigen Container, in denen der Ballast auf einmal ganz klein aussah. Sanne kannte das gut. Sie mistete in ihrem eigenen Haus oft aus und entsorgte die Sachen sofort.

Sie mochte das, musste sich fast bremsen, um nicht noch zum Beispiel die Schuhe und die Mäntel und die Taschen an der übervollen Garderobe und noch dieses Blumenübertopf-Sammelsurium auf der Wohnzimmerfensterbank und die verstaubten Bilderrahmen mit den Kinder- und Familienfotos und dieses Hochzeitsgeschirr von ihren Schwiegereltern und die Modellautos von Uwe in der Vitrine, deren Scheiben schon wieder poliert werden müssten, alles, alles, alles in Kartons zu werfen und weg damit. Es wäre befreiend, dachte sie öfter.

War sie herzlos? Weil sie Befriedigung empfand, als sie jetzt den Karton mit Geschirr und den Hocker aus dem

Elternbadezimmer, dessen Plüschbezug schon ganz räudig war, und das Schränkchen aus dem Flur, an dem man immer hängen geblieben war, und die Lampe mit dem fadenscheinigen Schirm, die sowieso nie eingeschaltet wurde, weil sie gar nicht genug Licht gab, mit Schwung in den Container warf. Und bevor sie wieder in ihr Auto stieg, noch einen Moment zusah, wie ein Arbeiter den Müll mit einer Baggerschaufel zusammendrückte, dass es knackte und krachte, als würden die Knochen eines riesigen Tiers zermalmt.

Sanne war zurückgefahren. Die Umzugskartonstapel, die sich an den Wänden entlang aufgetürmt hatten, waren in der Zwischenzeit schon viel kleiner geworden. Als im Flur überhaupt keiner mehr stand, die Zimmer von den Möbeln befreit waren, hatte Sanne »Wir fahren dann jetzt mal los« zu den Eltern gesagt.

Die Mutter war hinten eingestiegen, der Vater auf der Beifahrerseite. Die Situation hatte Sanne plötzlich an eine ganz andere erinnert. Bloß, dass die Eltern jetzt nicht so feingemacht waren wie damals. Die Arbeit würde ja direkt weitergehen. Die Mutter hatte die Kittelschürze anbehalten, der Vater den Blaumann.

Für den Notartermin hatte er einen Anzug angehabt. Schwarz. Der, den er auch zu Beerdigungen trug. Er hatte um den Vater herumgeschlackert, stammte noch aus kräftigeren Zeiten. Auch der Kragen des weißen Hemds hatte von seinem dürr gewordenen Hals abgestanden. Die Mutter hatte ihr gutes Kleid angehabt. Gekauft für die Goldene Hochzeit von Hans und Karin. Dunkelblau. Konnte man ebenfalls zu Beerdigungen tragen.

Feierlich und ernst waren sie in Sannes Auto gestiegen.

Feierlich und ernst hatten sie auch auf den hochlehnigen Stühlen vor dem imposanten Schreibtisch des Notars gesessen.

Der hatte die Urkunde noch einmal vorgelesen. Das sei nicht nötig, hatten die Eltern gesagt. Es sei zwingend, hatte der Notar erwidert. Die Eltern hatten ihm daraufhin gelauscht wie dem Pfarrer bei der Sonntagspredigt, wenn die zu lang ausfiel. Mit einer Mischung aus Ungeduld und Ergebenheit.

Es hatte Sanne ganz unvermittelt gerührt, sie so sitzen zu sehen.

»Du bist die Älteste«, hatten die Eltern gesagt. Ihr zaghafter Einwand »Warum ich?« war damit beiseitegewischt worden.

Es ging ihnen nicht darum, wer das Haus *haben* wollte. Oder wer es *benötigte*. Keine der drei Töchter tat das.

Sanne hatte einen Termin beim Notar vereinbart. Die Fragen, die der vor dem Aufsetzen des Vertrags gestellt hatte, waren den Eltern erschienen wie Spitzfindigkeiten. Für sie war alles ganz einfach. Das Haus der Ältesten überschreiben bedeutete, es über ihr eigenes Leben hinaus festhalten zu können.

Nacheinander hatten sie unterschrieben. Sanne hatte als Letzte den Stift über das für sie vorgesehene Feld gleiten lassen, das Elternhaus damit angenommen. Eine Mischung aus Stolz, aber auch Angst war durch sie hindurchgeflutet und ihr Herz hatte geklopft, als wäre sie gerade die Treppe im schmalen Haus hinaufgerannt.

Sie hatte einen Auftrag bekommen, über dessen Einzelheiten niemand sprach. Als gäbe es eine natürliche Anweisung, der sie bloß folgen müsste.

Als Sanne heute Morgen gerade den Zündschlüssel hatte umdrehen wollen, hatte jemand heftig an die Heckscheibe geklopft. Sie war erschrocken zusammengezuckt, hatte ihr Fenster heruntergelassen und den Kopf nach hinten gestreckt.

»Stopp!« Hans und Karin waren ganz außer Atem gewesen. Sie waren gestikulierend um das Auto herumgelaufen.

Die Eltern hatten ihnen gewinkt und gleichzeitig versucht, die Knöpfe zum Öffnen ihrer Fenster zu finden.

Sanne hatte die Knöpfe an der Fahrertür gedrückt und summend waren die Scheiben heruntergefahren. Hans hatte den Kopf zum Vater hereingestreckt, Karin zu Mutter. »Wir müssen doch Tschüss sagen. Und alles Gute.« Sanne hatte gemeint, die beiden hätten Tränen in den Augen. Die Eltern hatten hilflos gelächelt und die hereingestreckten Hände gedrückt.

Hans und Karin waren auch an jedem der drei vergangenen Tage vorbeigekommen. Hatten sich neugierig umgesehen. Gefragt, ob die Eltern sich wirklich sicher seien. Einen alten Baum verpflanze man doch nicht. Das mit dem alten Baum hatte auch Kurt gesagt und bedenklich den Kopf dazu gewiegt.

Sanne hatte die ganzen alten Nachbarn als lebendige Vorwürfe empfunden. War froh gewesen, als sie wieder verschwunden waren. Gitti hatte jedes Mal »Ihr habt so nette Nachbarn« gesagt.

Hans und Karin waren winkend in Sannes Rückspiegel zu sehen gewesen, bis sie in die Weißdornstraße abgebogen war. Die Eltern hatten sich nicht umgedreht.

Nachdem Petra ihren Computer heruntergefahren und ihren Stuhl dicht an den Schreibtisch geschoben hatte, verließ sie ihr Büro und ging geräuschlos über den Teppichboden zum Fahrstuhl.

Beim Öffnen der Glastür im Erdgeschoss brandete ihr wie immer der Straßenlärm entgegen. Sie zog die Schultern ein und ging mit eiligen Schritten Richtung U-Bahn.

»Ich koche«, hatte Jürgen ihr geschrieben. Er war also noch da. Verabredet hatten sie nichts.

Petra hatte nicht einmal gewusst, dass er kochen konnte.

Vielleicht konnte er aber auch gar nicht kochen, brutzelte einfach irgendetwas zusammen und hielt das für kreativ. Oder machte ein Fertiggericht. Oder kaufte fertigen Pizzateig und haute ein paar Zutaten darauf. Salami, Tomaten, Pilze aus der Dose.

Petra überlegte, wie sie sich verhalten sollte. Könnte sie sagen: Du, das schmeckt ja grauenhaft. Überhaupt halte ich nichts von Fertiggerichten. Und Gemüse aus der Dose finde ich ganz fürchterlich. In meiner Kindheit gab es den ganzen Winter Eingemachtes. Also keine Dosen, sondern Einweckgläser. Das Gemüse immer zu weich. Kennst du das auch? Bis heute bietet meine Mutter mir immer mal ein Glas an. Ich weiß dann gar nicht, was ich antworten soll.

Oder müsste sie sagen: Schmeckt prima, Jürgen. Danke fürs Kochen. Weil man den anderen nicht kränken durfte? Nicht verschrecken?

Petra kannte sich nicht aus mit Beziehungen. Affären waren keine Beziehungen. Auch nicht die mit Jürgen, die schon so lange dauerte. Was würde aus ihnen nun werden? Ein richtiges Paar? Wünschte sie sich das überhaupt? Was war ein richtiges Paar? Waren die Eltern ein richtiges Paar?

Sanne und Uwe? Gitti und Roland? Hieß der überhaupt Roland? Nicht Robert?

Als sie die Tür aufschloss, rief sie »Hallo«. Als müsste sie ein Zeichen geben. Achtung: Ich komme. Wie früher beim Versteckspiel. *Alles muss versteckt sein. Eins, zwei, drei, ich komme*. Eine Warnung.

Petra streifte die Schuhe ab und hängte ihren Mantel an den Haken. Dabei hob sie die Nase. Knoblauch, Speck und noch etwas, das sie nicht einordnen konnte. Appetitlich. Ihr lief das Wasser im Mund zusammen.

Schon auf dem Weg durch den Flur konnte sie sehen, wie Jürgen am Herd stand und gerade an einer Pfanne rüttelte. Er hatte sich ihre Schürze umgebunden, die ihm viel zu kurz war. Ein bisschen lächerlich sah er aus. Er sah einen Augenblick auf und grinste sie an. Sie grinste auch. Doch Jürgen blickte schon wieder konzentriert auf den Herd.

Petra setzte sich auf einen der Hocker am Tresen direkt gegenüber. Jürgen stellte ein Glas vor sie hin und zeigte fragend auf die Weinflasche. Petra nickte. Gluckernd goss er ihr ein. Dann hielt er sein Glas hoch, prostete ihr zu und sie tranken beide einen Schluck.

»Wie war dein Tag?«, fragte Jürgen.

»Gut«, sagte Petra. Woher weiß er eigentlich, wo meine Weingläser stehen, überlegte sie.

Einen Augenblick stellte sie sich vor, wie Jürgen sämtliche Schranktüren geöffnet, ihre ganze Küche durchwühlt hatte. Nicht nur die Gläser musste er gesucht haben. Auch die Pfanne. Und die Kochlöffel. Und den Topf für die Nudeln. Das Öl. Die Gewürze.

Petra fühlte sich plötzlich unbehaglich bei dem Gedanken. Nicht, weil er etwas entdeckt haben könnte, was ihr unangenehm wäre. Oder weil in ihren Schränken Unordnung herrschte. Sie waren sogar extrem ordentlich.

Es fühlte sich bloß an, als hätte er dadurch einen Anspruch erworben. Als gehörte das alles auf einmal nicht mehr ihr allein. Als könnte Jürgen sich jetzt jederzeit einmischen. Du, ich finde, die Teller sollten in diesem Schrank stehen. Und die Weingläser muss man so in den Geschirrspüler stellen. Petra stellte die Weingläser gar nicht in die Spülmaschine, sondern wusch sie mit der Hand.

Nachdem Jürgen die Spaghetti abgegossen und den vorbereiteten Salat gemischt hatte, hatte er Petra in ihrer eigenen Wohnung zum Tisch komplimentiert. Was heißt zum Tisch. Petra hatte keinen Esstisch. Sie hatte bloß ihren Küchentresen. Doch Jürgen hatte den niedrigen Couchtisch gedeckt.

Breitbeinig saß er nun da und versuchte, zwischen seinen Knien hindurch mit Gabel und Löffel zu hantieren, Petra versuchte es eleganter, hatte ihre Knie zu einer Seite geschoben und aß mit verdrehtem Oberkörper.

»Schmeckt's?«, fragte Jürgen.

Petra nickte. Es schmeckte ihr wirklich ganz ausgezeichnet. »Hervorragend«, fügte sie ihrem Nicken mit vollem Mund hinzu.

Im gleichen Moment stieg etwas in ihr auf. Ein Übermut, das Gefühl, dass die ganze Situation wunderbar, aber auch unglaublich komisch war. Und als ihr dann noch die Gabel mit säuberlich aufgedrehten Spaghetti zurück in den Teller fiel, prustete sie los. Jürgen sah irritiert auf. Doch als Petra sich laut lachend gegen die Sofalehne warf, schüttelte es plötzlich auch ihn.

Sie lachten, bis sie keine Luft mehr bekamen, sie prosteten sich zu, sie streckten die angespannten Beine aus. Die

Spaghetti, die wegen des umständlichen Essens sowieso schon abgekühlt gewesen waren, wurden vollends kalt.

»Ich wusste gar nicht, dass du kochen kannst«, sagte Petra ganz atemlos.

»Du weißt vieles nicht«, sagte Jürgen und versuchte ein todernstes Gesicht.

»Warum hast du mir eigentlich nicht gesagt, dass du getrennt bist?«, fragte Petra, als sie wieder zu Atem gekommen war.

»Ich dachte, meine Trennung spielt keine Rolle zwischen uns«, erwiderte er.

Den ganzen Tag wartete Sanne. Sie hatte ihr Handy in der Kitteltasche, etwas, das sie sonst nie machte. Etwas, das auch nicht erwünscht, wenn nicht sogar verboten war.

Geübt sprach sie mit den Patienten, in Sätzen, die ihr Gehirn automatisch produzierte, die keinerlei Nachdenken erforderten, Wortkombinationen wie: Ihre Krankenkassenkarte bitte. Haben Sie Ihre Blutwerte dabei? Sie müssen nur den Oberkörper freimachen. Bitte die Ohrringe ablegen.

Doch ihre ganze Aufmerksamkeit war auf ihre Kitteltasche gerichtet. Sie wartete auf ein Vibrieren, das sich als Kribbeln an ihrer Hüfte bemerkbar machen müsste. Sie wartete vergeblich. Verstohlen sah sie trotzdem immer wieder nach, ob nicht doch eine Nachricht eingegangen war. Aber da war nichts.

»Hast du einen Liebhaber?«, hatte eine Kollegin irgendwann augenzwinkernd gefragt. Vollkommen verständnislos hatte Sanne sie angeguckt und wie ein Echo »Liebhaber?« gefragt. »Na, so oft, wie du heute schon auf dein

Handy geguckt hast«, sagte die Kollegin und deutete auf Sannes Kitteltasche, bevor sie mit diesen typisch quietschenden Sohlen, wie auch Sannes Turnschuhe sie auf dem Kunststoffboden der Praxis verursachten, in Richtung Untersuchungsraum drei gegangen war, der, in dem der Computertomograph auf den nächsten Patienten wartete.

Nein. Sanne hatte keinen Liebhaber. Sanne war einfach nur unglücklich.

Die Entlastung, die Freiheit, die sie sich vom Umzug der Eltern versprochen hatte, war nicht eingetreten. Im Gegenteil, die Eltern mussten nicht einmal mehr anrufen. Uns fehlt dies oder das. Kannst du vielleicht? Sanne fuhr noch viel öfter zu ihnen in ihre neue Wohnung als ins schmale Haus. Einfach bloß so. Um zu gucken, ob alles in Ordnung war mit ihnen. Es beruhigte sie, wenn sie die Eltern sah. Doch kaum war sie weg, setzte die Unruhe wieder ein.

Ihr fehlte das Gespür dafür, ob es in Ordnung war. Alles war fremd. Selbst die Eltern, die doch noch dieselben waren, schienen ihr in der neuen Umgebung wie aus einem anderen Universum ausgestanzte und willkürlich hier eingesetzte Figuren. Wenn sie eine Tasse Kaffee tranken in dieser Küche, deren Schubladen Sanne der Mutter so begeistert vorgeführt hatte. »Schau!« Dieses leise Plopp, mit denen sie sich nach einem kleinen Schubs von selbst schlossen. »Nicht wie bei deinem alten Küchenschrank.« Dessen Schubladen hatte der Vater regelmäßig mit Seife eingerieben, damit sie wieder ein wenig leichter zu schieben waren.

Sanne vermisste plötzlich diesen alten unpraktischen Schrank. Und den alten Tisch.

Du hast das Richtige getan, Sanne, sagte sie sich weiter wie ein Mantra vor.

Aber erst von Lisas Bekanntmachung fühlte sie sich so richtig aus der Bahn geworfen: Lisa würde ausziehen. Sie war auf Zimmersuche. Sanne war so durcheinander gewesen, dass sie am Morgen nicht einmal gefragt hatte, wo Lisa übernachten würde. Nicht einmal den Namen der Stadt hatte sie sich gemerkt. Hatte Lisa den überhaupt gesagt? Und jetzt meldete sie sich nicht, ob sie gut angekommen war. Das Handy in der Kitteltasche blieb still.

In der Früh hatte Sanne Lisa zum Bahnhof gebracht. »Nein«, hatte die ihr Ansinnen, sie zum Bahnsteig zu begleiten, abgewehrt. »Du musst mir nicht winken. Ich komm doch schon morgen wieder.«

Doch Sanne hatte Lisas Abreise als einen Vorgeschmack empfunden. Einen vorweggenommenen Abschied. Als den Verlust ihrer Tochter.

Lisa musste sich ein paar Zimmer ansehen. Sie wollte ihren Master nicht in Lahnfels machen. Längst hatte sie sich woanders beworben. Heimlich. Oder zumindest ohne ihre Eltern darüber zu informieren. Wie ein Schlag hatte es Sanne getroffen, als Lisa es eines Abends beim Essen verkündet hatte. Was heißt verkündet. Sie hatte es gesagt, wie man von einem Einkauf oder so erzählte. Ich habe mir heute neue Schuhe gekauft. Eine neue Handtasche. Ganz beiläufig.

In genau solch einer Beiläufigkeit hatte sie »Ich will weg aus Lahnfels« gesagt. »In eine richtige Stadt.«

»Aber …«, hatte Sanne bloß stammeln können, »aber …«

»Ich muss auch mal Großstadtluft schnuppern, Mama!«

Lisa und Petra standen verlegen voreinander. Wie begrüßten sich Tante und Nichte, die sich so selten sahen? Die sich so unbekannt waren? Nach ein paar winzigen Bewegungen, ein Zucken in den Händen für einen Handschlag oder ein angedeutetes Winken, fanden sie sich in einer unbeholfenen Umarmung wieder, die sie schnell wieder lösten.

»Da bist du«, sagte Petra und Lisa nickte.

Petra hatte einen Flyer mit den U-Bahn-Linien für Lisa besorgt. »U-Bahn ist das Einfachste, wenn man sich nicht so gut auskennt, die Stationen sind leicht zu finden.« Und einen Stadtplan.

»Stadtplan?« Lisa lächelte und deutete auf ihr Handy.

»Nur zur Orientierung«, sagte Petra schnell. »Damit du ein Gefühl dafür hast, wo in der Stadt du ungefähr bist.« Sie war der Meinung, dass man mit einer Handy-App zwar ohne Umwege seine Ziele erreichte, aber im Grunde gar nicht wusste, wo man sich tatsächlich befand. Ein bisschen hinterwäldlerisch kam sie sich aber auch vor. Lisas Lächeln erschien ihr nachsichtig. Ein Lächeln, wie es junge Menschen für die Alten reservierten: Ihr habt null Ahnung, aber keine Angst, wir nehmen es euch nicht allzu übel. Denn wir sind eh die Zukunft.

Bereitwillig beugte Lisa sich mit ihr über den Stadtplan und Petra kringelte die Adressen, die Lisa ihr vorlas, ein. »Alles gut zu erreichen«, stellte Petra fest und Lisa sah sie an, doch auch ein wenig Erleichterung im Blick.

Abends kam sie mit roten Wangen wieder. Petra schien sie dazu erwachsener als noch am Morgen, was ja gar nicht sein konnte. Oder?

Sie gingen in eine nahe gelegene Pizzeria.

»Wie war's?«, fragte Petra und war sich nicht sicher, ob sie das etwas anging.

Aber Lisa legte so sprudelnd los, als sei es das Selbstverständlichste der Welt. Verwundert erfuhr Petra, dass Studenten heutzutage ihre potenziellen Wohnungsgenossen regelrechten Bewerbungsverfahren unterzogen, ihnen Fragen stellten, wie Petra sie bisher nur von Jobinterviews kannte. »Wirklich?«, fragte sie. »Sie stellen sogar diese unsägliche Frage nach Stärken und Schwächen?« Auf die habe sie sich besonders gut vorbereitet, erzählte Lisa.

Doch ob sie eins der Zimmer denn nun bekäme, diese Frage konnte sie nicht beantworten. »Die müssen sich ja jetzt erst mal beraten.«

Als Lisa eingerollt in ihren Schlafsack auf dem Sofa sofort einschlief, sah Petra gerührt auf sie hinunter. Noch nie hatte Lisa sie allein besucht. Wann überhaupt je? Als kleines Kind, mit Sanne und Uwe. Petra erinnerte sich kaum. Und nun hatte sie sich überraschend gemeldet. »Kann ich bei dir übernachten?«

Plötzlich fiel Petra diese uralte Geschichte ein.

Unverhofft hatte es damals bei ihr geklingelt. Sie hatte gar nicht gewusst gehabt, dass sie eine Klingel hatte für dieses Wohnheimzimmer. Und dann hatte Sanne dagestanden. Mit verquollenen Augen und verlaufener Wimperntusche. Neugierig hatten die Mitbewohner auf Petras Flur aus ihren Zimmertüren geguckt. »Du hast eine Schwester?«

Petra war erschrocken gewesen. Nicht nur wegen ihres ramponierten Aussehens. Dass Sanne zu *ihr* kam, musste einen besonderen, einen schwerwiegenden Grund haben.

Zögernd hatte Petra den Arm um sie gelegt und sie an den neugierigen Blicken vorbei in ihr winziges Zimmer bugsiert.

Dort hatte sie eine ganze Weile einfach bloß Sannes Schluchzen gelauscht.

Beim Beobachten der zuckenden Schultern ihrer großen Schwester hatte sich zu ihrem anfänglichen Schrecken Rührung gesellt. Sannes Tränen fielen auf ihr Bett, auf ihren Fußboden. Der Schmerz, dessen Ursache Petra noch nicht kannte, schien sie auf eine besondere Art zu verbinden in diesem Studentenbudenkokon. Längst war es dunkel geworden, sie hatten sich nicht gerührt, kein Licht eingeschaltet.

Als Petra schon meinte, die Schwester müsste eigentlich gar nichts sagen, sie könnten einfach ewig so beieinander sitzen, hatte Sanne mit einer Stimme, so rau, als sei sie lange nicht benutzt worden, gesagt: »Ich glaube, ich bin schwanger.« Dann war sie erneut in lautes Schluchzen ausgebrochen. »Im zweiten Ausbildungsjahr. Ich kann doch jetzt kein Kind. Mama und Papa, die bringen mich um.«

Petra hatte ihren Wortschwall zunächst über sich ergehen lassen wie einen Regenguss. Er schien die stille Einheit zwischen ihnen davonzuschwemmen und Petra fühlte Bedauern darüber.

Aber irgendwann, in eine kleine Sprechpause hinein, hatte sie etwas sagen müssen. Wenn Sanne schon zu ihr kam, musste sie ihr auch zu helfen versuchen.

»Und was sagt Uwe?«, war jedoch das Einzige gewesen, das ihr eingefallen war.

Augenblicklich hatte Sannes Schluchzen aufgehört. Was das denn für eine Frage sei, hatte sie gerufen. *Sie* würde es doch kriegen müssen. *Sie* müsse ihre Ausbildung abbrechen. *Sie* sei die Gelackmeierte. Was sich für Uwe denn ändern würde, bitte schön. Männer seien in dieser Angelegenheit doch immer in der besseren Lage. Im Zweifel würden die Frauen noch als leichtfertig angesehen.

Petras Einwand, sie lebten schließlich im zwanzigsten Jahrhundert, hatte Sanne bloß noch verzweifelter den Kopf schütteln lassen.

Darauf hatte Petra ihr die Indikationsregel erklärt, einen Termin bei Pro Familia vereinbart und sich von Sanne für diese Kenntnisse und ihre Souveränität bewundern lassen.

Als wenige Tage später Sannes Periode überraschend eingesetzt hatte, hatte Petra versucht, sich zu freuen.

Aber dieses Gefühl von Enttäuschung hatte nicht zur Seite gehen wollen. Sosehr sie es auch versucht hatte, sosehr sie diesem Gefühl befohlen hatte zu verschwinden. Nicht, dass sie Sanne einen Abbruch gewünscht hatte. Aber wenn es dazu gekommen wäre, hätte sie das auf ewig verbunden.

Diese Nähe zu ihrer Schwester hatte sie einfach nur glücklich gemacht. Eine Nähe, wie es sie nie zuvor und auch später nie wieder gegeben hatte.

Jetzt streckte Petra die Hand aus, um Lisa über den Kopf zu streichen, zog sie aber schnell wieder zurück. Ob Sanne sich noch daran erinnerte?

Petra hatte von ihrem Wissen ein halbes Jahr später selbst Gebrauch gemacht. Zu dem Kommilitonen hatte sie nichts gesagt und es sich selbst damit erklärt, dass alles etwas ganz anderes sei als bei Sanne und Uwe. Die schon damals wussten, sie würden heiraten.

Bei ihr kam die soziale Indikation zum Tragen. Eine mittellose Studentin. Eine Notlage.

Petra rauchte noch eine Zigarette am geöffneten Küchenfenster. Hinter ihr knisterte der Schlafsack, in dem Lisa sich seufzend umdrehte. Schnell drückte Petra die Kippe im Blumentopf aus und schloss das Fenster.

Sanne stellte eine Maschine Buntwäsche an. Jeans von Philipp, die er nach dem nächsten Wochenende wieder mitnehmen würde. T-Shirts von Lisa. Die streichelte sie und steckte ihre Nase hinein, bevor sie sie in die Trommel drückte. Am liebsten hätte sie hineingeweint.

Als das Wasser in die Waschtrommel rauschte, beschloss Sanne zu Marion zu flüchten. Sie konnte den Abend nicht allein verbringen. Nicht heute. Und außer Marion wusste sie niemanden, wo sie spontan hingehen konnte. Dazu hatte man doch Nachbarn, oder?

Mit einer Weinflasche in der Hand stieg sie wenig später über die niedrige Hecke, die den Plattenweg, der zu ihrer Haustür führte, von dem trennte, auf dem man zu Heikos und Marions Eingang gelangte.

Diese Hecke war von Anfang an mehr symbolisch gewesen. Zum Darübersteigen gedacht. Um schnell mal eben zu den netten Nachbarn hinübergehen zu können. Auf ein Glas Wein oder ein Bier. »Mir ist das Mehl ausgegangen. Hast du welches da?« Um die Schlüssel zum Blumengießen abzugeben, wenn man in den Urlaub fuhr. Immer hatten sie einen großen Schritt über diese Hecke hinweg gemacht. Mehr Abtrennung als diese hatten sie nie für nötig befunden.

Von Anfang an hatten sie sich gut verstanden. Die beiden Söhne von Heiko und Marion hatten mit Lisa gespielt.

Als Philipp so alt gewesen war, dass er als Spielkamerad infrage kam, hatten sie auch mit ihm gespielt.

Mit fünf hatte Lisa einen Fußball so treten können, dass der Vater regelmäßig gesagt hatte: »An ihr ist ein Junge verloren gegangen.« Das Glänzen in seinen Augen hatte Sanne damals öfter denken lassen, er habe sich, statt der drei Töchter, vielleicht immer einen Jungen gewünscht. Oder wenigstens noch einen Jungen dazu.

Die Kindergeburtstage waren oft zu Feten ausgeartet, an denen die Erwachsenen spätabends immer noch zusammengesessen hatten, meist ziemlich angesäuselt, und die Kinder glücklich gewesen waren, dass niemand sie ins Bett schickte.

»Ich war sicher, sie macht ihren Master in Lahnfels«, sagte Sanne zu Marion. »Warum bloß will sie jetzt so plötzlich weg?« Sie versuchte den Kloß im Hals, der ihr die eigene Stimme ganz fremd klingen ließ, mit einem Schluck Wein wegzuspülen, aber er drückte weiterhin.

»Irgendwann gehen sie doch sowieso«, sagte Marion. Sie hatte es schon hinter sich. Keine Dramen, an die sich Sanne erinnern konnte. Marions Umgang damit war lässig gewesen. Beinahe schulterzuckend. Marion und Heiko hatten zwei Söhne. Mit Söhnen war es anders als mit Töchtern. Das wusste sie doch selbst.

Marion strich Sanne in einem fort über den Arm. Doch ihr »Du musst dich daran gewöhnen« klang wie ein Befehl. Sanne zog ihren Arm von Marions streichelnder Hand weg. Deren Mitleid kam ihr plötzlich geheuchelt vor. Marion hatte keine Tochter. Marion konnte gar nicht wissen, wie sie sich fühlte.

Sanne hatte keine Vorstellung, wie sie sich je daran

gewöhnen sollte. Ein Haus, bloß noch mit Uwe und ihr darin. Die Kinder, Lisa, bloß noch auf Stippvisite. Und auch diese Besuche würden wohl irgendwann sporadischer werden.

»Wenn erst das Haus deiner Eltern verkauft ist, macht ihr eine Weltreise, Uwe und du«, sagte Marion grinsend. Heiko sei schon ganz zappelig. So ein tolles Grundstück habe er schon lange nicht mehr im Portfolio gehabt.

Marion sagte wahrhaftig *Portfolio*. Manchmal sprach sie wie Heiko.

Sanne hob die Weinflasche an und hielt sie gegen das Licht. Leer.

»Ich geh dann mal wieder.«

»Alles wird gut«, sagte Marion und strich ihr noch einmal über den Arm.

Weltreise, dachte Sanne, als sie über die Hecke zurückstieg. Ich will keine Weltreise machen.

Auch an jenem Abend hatte sie nicht an Weltreisen gedacht. Aber der Gedanke, das schmale Haus loszuwerden, hatte sie erleichtert. Als hätte ihr jemand eine untragbare Last von den Schultern genommen.

Sie hatten Doppelkopf gespielt. Lustig war es gewesen. Heiko hatte irgendwann Schnaps geholt. »Hab ich entdeckt.« Heiko bildete sich viel darauf ein, Weine und Schnäpse zu *entdecken*. Aus Quellen, die immer sehr geheimnisvoll klangen. Und so, als habe bloß Heiko Zugang dazu. Aufgrund persönlicher Beziehungen. »Müsst ihr probieren.«

Sie legten die Karten zur Seite und probierten. Sanne

erzählte vom Elternhausausräumen. Heiko wechselte unmittelbar vom Freundschaftston in den Geschäftston. »Wo wohnen deine Eltern genau? Wie groß ist das Grundstück?«

»Damals lag es ganz am Rand von Rotshausen«, erzählte sie. »Eine Seite Wald. Eine Seite Acker. Preiswert. Sonst hätten die Eltern es sich gar nicht leisten können.«

Der Wald war für viele weitere Häuser längst zurückgewichen, die Äcker auch.

»Toplage heutzutage.« Anerkennend pfiff Heiko.

Dieser Pfiff elektrisierte sie. Als werte er die Eltern auf. Als werte er Sanne gleich mit auf. Heiko war Makler. Heiko musste es wissen. Bisher hatte sie das Elternhaus nie mit Geldbeträgen in Verbindung gebracht. Was war ein Elternhaus wert?

Irgendwann, ziemlich spät schon, sie war todmüde gewesen, hatte sie ihre Unterschrift unter ein paar Bögen dickes bedrucktes Papier gesetzt, die Heiko ihr hingelegt hatte. »Ich verkauf dir das Häuschen!« Durchgelesen hatte sie sich nichts, aber sich plötzlich gefühlt, als hätte sie etwas von sich geworfen.

Seitdem fragte sie sich, was auf diesen vielen Blättern gestanden hatte. Und sie hatte Heiko gemieden, so gut es ging. Sie fürchtete Heiko. Heiko, der triumphierend sagen würde: Du, das hast du eigenhändig unterschrieben. Da gibt's jetzt kein Zurück.

Ihn zu fragen: Du, was habe ich da eigentlich unterschrieben?, kam ihr so selten dämlich vor, dass sie es sich nicht traute.

Gab es wirklich kein Zurück? Warum hatte Uwe sie eigentlich nicht abgehalten? Oder war er schon vor ihr nach Hause gegangen? Manchmal war Sanne nicht einmal mehr sicher, ob Marion noch mit am Tisch gesessen hatte.

Der Abend verschwamm immer mehr zu einem nebligen Ereignis.

Sanne wusste nicht, was mit dem schmalen Haus geschehen sollte. Es zu verkaufen schien ihr unmöglich. Es gehörte ihr. Und doch nicht ihr.

Petra sah dem abfahrenden Zug hinterher. Wie er sich riesenschlangengleich aus dem Bahnhof schob. Sie hob die Hand an, ließ sie aber schon auf Taillenhöhe wieder sinken. Man winkte doch schon lange nicht mehr. Niemand auf dem Bahnsteig und auch niemand mehr aus einem heruntergeschobenen Zugfenster. Weil es keine Zugfenster zum Herunterschieben mehr gab. Petra fand es plötzlich unglaublich traurig.

Lisa und sie hatten wieder verlegen voreinander gestanden und sich dann in einer nicht mehr ganz so unbeholfenen Umarmung wiedergefunden. Lisas Haare hatten Petras Nase gekitzelt. Sie hatte niesen müssen und Lisa deswegen abrupt losgelassen. Sie hatten gelacht und Lisa hatte »Gesundheit!« und »Danke für alles!« gesagt.

»Nichts zu danken«, hatte Petra in ihr Papiertaschentuch hinein geantwortet und es auch genau so gemeint. Sie hatte es genossen, Lisa dazuhaben, obwohl sie sich ein wenig gefürchtet hatte vor dem Besuch ihrer Nichte. Sie war so wenig geübt im Umgang mit jungen Menschen, wusste nicht, wie deren Welt aussah, für was sie sich interessierten.

Doch das hatte gar keine Rolle gespielt. Lisa war ohnehin die meiste Zeit unterwegs gewesen. Und hatte ihre

Welt am Abend mitgebracht. Petra hatte nur zuhören und staunen müssen. Öfter hatte sie dabei an Jürgens Kinder denken müssen. Noch immer wusste sie nicht, ob Jungen oder Mädchen. In ihrer Vorstellung waren es auch immer noch kleine Kinder. Dabei mussten es auch längst junge Männer oder Frauen sein.

Petra blieb stehen, bis die roten Rücklichter des Zuges, in dem Lisa saß, auf dem Weg nach Rotshausen, auf dem Weg zu Sanne, im Gleisgewimmel und zwischen anderen ankommenden und abfahrenden Zügen verschwunden waren. Als sie sich zum Gehen umwandte und langsam über den Bahnsteig schlenderte, meinte sie, den Geruch von Lisas Haaren immer noch in der Nase zu haben. Irgendetwas Fruchtiges. Etwas Junges. Es erinnerte sie an etwas.

Grüner Apfel! Petra blieb so abrupt stehen, dass ihr jemand in den Rücken lief. »Können Sie nicht aufpassen«, zischte eine Frau. Petra holte schon Luft, um zu sagen, »Sie sind in *mich* hineingelaufen«, aber die Frau überholte sie so schnell, dass ihr die Worte buchstäblich im Hals stecken blieben. Petra sah ihr nach, wie sie ihren Koffer hinter sich herziehend im Zickzack über den Bahnsteig hastete. Wo sie wohl hin wollte? Hin *musste*?

Zum Hauptstudium war Petra vom Wohnheim in eine WG gezogen. Drei Leute von ihrem Wohnheimflur hatten sie gefragt. »Wir haben da eine Wohnung. Und für eins der Zimmer suchen wir noch jemanden.« Warum genau sie gefragt wurde, hatte Petra gewundert, aber sie hatte Ja gesagt.

Ihr Zimmer war nun riesig, aber heruntergekommen. So wie die ganze Wohnung. Rissige, klebrige PVC-Fußböden, halb blinde Fenster, abblätternde Türen.

Das WG-Bad finster und mit schwärzlichen Fugen. Aber der Badewannenrand voller bunter Behälter, aus denen die Flaschen mit den quietschgrünen Äpfeln herausleuchteten. Eine ihrer Mitbewohnerinnen, Astrid?, hatte damit angefangen. »Riech mal. Affengeil, oder? Benutzen jetzt alle.« Petra hatte es ihr nachgekauft. Die Männer wurden irgendwann verdächtigt, heimlich das Grüner-Apfel-Shampoo mitzubenutzen. Nach dem Haarewaschen roch das ganze Bad danach und vertrieb für einen Moment den Schimmelgeruch.

Nie hatten die Eltern diese Wohnung gesehen. Petra hätte es auch nicht gewollt. Sie hätten die Hände über dem Kopf zusammengeschlagen. Noch schlimmer war die Vorstellung gewesen, die Mutter könnte anfangen zu putzen. Sich ihre Kittelschürze überstreifen und fragen, wo habt ihr Scheuersand, Putzeimer und Schrubber? Hier muss mal jemand ordentlich sauber machen.

Doch die Eltern hatten keine Vorstellung davon gehabt, wie Petra wohnte. Sie hatte WG gesagt, und schon das war den Eltern nicht nur fremd, sondern suspekt. Wohnten so nicht diese Gammler?

Petra hatte das Gefühl gehabt, etwas Verbotenes zu leben. Etwas Unheimliches, aber auch Faszinierendes. Wie ein Wagnis war es ihr vorgekommen, das sie tagtäglich einging.

Sanne würde sich das Zimmer von Lisa ansehen. Überhaupt stand Sanne ganz sicher hinter den Plänen ihrer Tochter, begleitete sie mit mutterstolzem Lächeln.

Petra stellte sich Sanne vor, wie sie das WG-Zimmer von Lisa inspizierte, das ganz bestimmt ein sehr ordentliches Zimmer wäre, ein Zimmer, für das man sich bewerben musste wie für einen Job, konnte kein dreckiges Loch sein. Dabei kam ihr zum allerersten Mal der Gedanke, ob in dem Desinteresse der Eltern, diesem kompletten Unwissen über ihr Leben, nicht auch eine Freiheit für sie selbst gelegen haben könnte.

Schon im Rahmen der Abteiltür stehend, hatte Lisa sich noch einmal umgedreht und etwas gerufen, das Petra aber nicht gut verstanden hatte, weil auf dem Nachbargleis gerade ein Zug eingefahren war. »Kommst du mal wieder nach Rotshausen?« Vielleicht auch: »Kannst du mal nach Rotshausen kommen?« Es könnte sogar »Du musst nach Rotshausen kommen« geheißen haben.

Viele Grüße von Petra«, sagte Lisa, klappte die Blende an der Frontscheibe herunter und warf einen kritischen Blick in den Kosmetikspiegel.

Sie standen an einer Kreuzung, die Ampel war rot. Sanne schob ihr Gesicht vor den Rückspiegel, ebenfalls um einen prüfenden Blick hineinzuwerfen.

Dann zuckte sie plötzlich zusammen. »Petra?«, wiederholte sie. Hinter ihr hupte es. Die Ampel war auf Grün gesprungen. Petra! Sie hatte ihre Schwester vollkommen vergessen! Sanne legte den ersten Gang ein. Sie hatte vergessen, dass sie Petra wegen des Elternhauses hatte anrufen wollen. Hätte anrufen müssen. »Wieso denn von Petra?«, fragte sie Lisa. Ihre eigene Stimme schien Sanne kreischend, wie eine Säge, die auf Metall getroffen war.

Hinter ihr entwickelte sich ein Hupkonzert. Ruckelnd setzte Sanne endlich das Auto in Bewegung, fuhr hüpfend über die Kreuzung. Das Hupen brach nicht ab, entfernte sich bloß. Offenbar war die Ampel nach ihr direkt wieder rot geworden. Im Rückspiegel sah sie den Fahrer, der hinter ihr gestanden hatte, fuchteln. Und ihr einen Vogel zeigen? Sanne konnte es nicht mehr richtig erkennen.

Lisa sah ihre Mutter kopfschüttelnd an. »Ich habe vielleicht bei Petra geschlafen? Und sie hat mir ein bisschen geholfen? Mit der U-Bahn und so?«

Sanne kam sich vor, als sei sie verrückt geworden. Genau das schien ihr auch Lisas Blick zu sagen.

»Wieso weiß ich nicht, dass du zu Petra ziehen willst?«, rief sie. Ihre Aufregung nahm von Sekunde zu Sekunde zu.

»Ich will nicht zu Petra ziehen«, sagte Lisa ganz ruhig.

»Aber in ihre Stadt!«, rief Sanne.

»Es ist nicht Petras Stadt!«

»Du hättest sagen müssen, dass du Petra triffst.«

»Aber das habe ich dir doch gesagt«, erklärte Lisa.

»Hast du nicht.« Der Kreischton ihrer Stimme schien zuzunehmen. Als wäre die Säge nicht nur auf Metall gestoßen, sondern daran hängen geblieben.

Nicht einmal die Stadt, in der sie ein Zimmer suche, habe sie ihr gesagt. Das rutschte Sanne heraus. Dass sie sich nicht gemerkt hatte, wohin ihre eigene Tochter ziehen wollte, hatte sie nicht sagen wollen.

Zu hundert Prozent habe sie ihr alles gesagt!, rief Lisa. Und schließlich habe Sanne sie eigenhändig zum Bahnhof gebracht.

»Aber nicht zum Bahnsteig«, wehrte Sanne sich.

Dann herrschte lautes Schweigen im Auto.

Sanne stellte sich für einen Moment ihre Schwester vor, wie sie jetzt gemütlich in ihrem großen Wohnzimmer saß, vielleicht Musik hörte oder ein Buch las, froh, ihre gepflegte Ruhe wiederzuhaben.

Sie stellte sich aber auch vor, wie Petra Lisa durch die

Tücken der Großstadt begleitet hatte. Hier musst du das beachten, das machst du am besten so, hier, die Tickets für die Straßenbahn.

Es versetzte ihr einen Stich. Ach was, einen. Das Messer stach mehrmals zu.

Als Sanne vor dem Haus hielt, riss Lisa die Beifahrertür auf. Sanne schrie »Obacht!«, weil sie die Tür schon an den Laternenpfahl krachen sah, neben dem sie geparkt hatte. Die Tür krachte nicht an den Laternenpfahl, sondern nur beinahe.

Lisa ließ sie offen stehen, lief um das Auto herum und zerrte ihre Tasche aus dem Kofferraum. Den knallte sie so zu, dass der ganze Wagen wackelte. Sie stampfte vor Sanne her über den Plattenweg auf die Haustür zu. Dort musste sie warten, bis Sanne aufgeschlossen hatte. Dann blieben sie fast Schulter an Schulter im Türrahmen stecken, weil sie gleichzeitig hindurchstürmen wollten.

Lisa warf ihre Tasche auf den Boden, riss sich die Jacke herunter und schrie in die Hausstille: »Du hörst doch schon seit Wochen nicht mehr richtig zu!« Dann verschwand sie türenknallend in ihrem Zimmer.

»Was ist denn hier los?«, fragte Uwe, der gerade von der Arbeit kam und das Türenknallen noch hörte, vielleicht auch Lisas Geschrei, als er bereits vor der Haustür gestanden hatte. »Kommt die Pubertät noch mal zurück?«

»Unsere Tochter will zu Petra ziehen«, sagte Sanne.

»Aber das ist doch prima!«, rief er. »Sie ist die Großstadt ja nicht gewohnt«, sagte Uwe auch noch. »Hat sie jemanden aus der Familie. Bekommt sie Unterstützung. Ist sie vielleicht nicht ganz so verloren.«

Sanne starrte Uwe an. Wie das Maul eines Fischs in einem Aquarium nahm sie die Bewegungen seines Munds wahr.

Diese typische Fischmaulbewegung, die nur für den Fisch etwas bedeutete, nicht für den Betrachter. Ganz fremd waren einem Fische. Die würden Lisa auch gar nicht vermissen. Fische vermissten nichts. Fische fühlten sich nicht verlassen.

Zu ihrer eigenen Überraschung brach Sanne in Tränen aus. »Du verstehst überhaupt nichts«, schluchzte sie.

Petra bog in ihre Straße ein. Die ersten heruntergefallenen Blätter raschelten auf dem Bürgersteig. Ein junger Mann kam ihr entgegen und lächelte sie an. Petra schickte ihm einen stirnrunzelnden Blick zurück. Doch als er an ihr vorbei war, drehte sie sich um. War das nicht der von neulich? Der seine Kumpels nicht hatte warten lassen wollen? Die Krähe war heute nicht da.

Als Petra ihre Korridortür hinter sich schloss, schlug ihr die Leere ihrer Wohnung entgegen wie der Hall eines viel zu großen Zimmers. Sie hängte ihren Mantel auf und ging dann umher, nach etwas suchend, das zu tun wäre. Sie räumte die zwei Gläser in die Spülmaschine, aus denen Lisa und sie noch schnell etwas getrunken hatten, bevor sie zum Bahnhof aufgebrochen waren. Die Butterschale, die noch herumstand, weil Lisa sich ein Brot für unterwegs geschmiert hatte, stellte sie in den Kühlschrank.

Ihr Spülbecken fand sie plötzlich ganz fleckig. Sie streifte sich Gummihandschuhe über und scheuerte es gründlich aus.

Während sie sich selbst beobachtete, ihren Händen zuschaute, wie sie das Putzmittel kräftig auf dem Chrom verrieben, sah sie die Mutter vor sich. Putzen ließ sie automatisch an die Mutter denken. Wie sie sich konzentriert und zielgerichtet durch ihren, oder auch durch einen fremden, Haushalt gearbeitet hatte, genau wissend, was zu tun war. Es bedurfte keinerlei Überlegungen: Mache ich dies jetzt so oder lieber anders. Nur die richtigen Mittel. Scheuersand, Schmierseife, Möbelpolitur. Und die richtigen Tücher. Staubtuch, Schwammtuch, Fensterleder. Nie war ihr die Mutter so selbstbewusst erschienen wie beim Putzen. Wenn ihr eine der Frauen, für die sie putzte, etwas erklären wollte, vielleicht, dass mit diesem oder jenem Mittel die Spiegel noch blanker würden, bestand sie auf ihrer Methode. Wem das nicht passte, der musste sich jemand anderen für die Sauberkeit seiner Wohnung suchen. Jawohl.

Petra spülte das Becken aus und sah befriedigt dem milchigen Strudel zu, wie er im Abfluss verschwand. Sie rieb das Becken mit einem Geschirrtuch auch noch trocken.

Wenn sie putzte, fühlte sie sich auf eine eigenartige Weise mit der Mutter verbunden. Seit Jahren hinderte sie das daran, sich eine Haushaltshilfe zu suchen. Eine beinahe trotzige Solidarität mit der Mutter empfand sie. Wäre sie dann nicht genau wie diese Frauen, die sich der Mutter überlegen gefühlt hatten?

Wie genau Petra das immer wahrgenommen hatte.

Sie ging auch noch ins Bad und polierte den Wasserhahn, hauchte hier und hauchte da, bis auch der letzte Fleck verschwunden war. Dann streifte sie die Gummihandschuhe ab. Die Mutter hatte nie welche getragen. An der Stelle verriet Petra sie. Solch raue Hände vom Putzen wollte sie nicht haben. Keine Handcreme war dagegen angekommen.

Im Wohnzimmer schüttelte Petra die Sofakissen auf und pflückte ein paar Haare herunter. Mittelblond und gelockt. Eindeutig von Lisa.

Schließlich fand sie nichts mehr zu tun und setzte sich mit einem Glas Weißwein aufs Sofa. Doch sofort sprang sie wieder auf und stellte ihre Stereoanlage an. Französische Chansons. Wie Nebel an einem Herbstmorgen breitete sich eine Melancholie aus. Petra sprang wieder auf und legte Tangos ein. Die drückten den Nebel mit ihrem Schwung so plötzlich zur Seite, dass es Petra auch wieder nicht recht war. Doch sie ließ sie laufen.

Gedankenverloren griff sie in die Schale, in der sich noch ein paar Chips befanden. Chips aß sie sonst nie, hatte auch nie welche im Haus. Die hatte sie wegen Lisas Besuch gekauft. Was zum Knabbern dahaben für den Besuch. Sie hatte auch noch Erdnussflips, Salzstangen und gesalzene Erdnüsse gekauft. Dazu, für den Fall, dass Lisa nichts Salziges, sondern lieber Süßes aß, vielleicht aber auch beides, verschiedene Schokoriegel, mehrere Sorten Kekse und Gummibärchen. »Chips«, hatte Lisa gesagt, als Petra sie gefragt hatte, was sie gern naschen würde. »Ich liebe Chips.«

Petra stippte auch noch die letzten Krümel aus der Schale und leckte sich die salzigen Fingerspitzen ab. Dabei stellte sie sich Lisa vor, wie sie jetzt zu Hause in Rotshausen in ihrem großen Elternhaus im Wohnzimmer saß, mit untergeschlagenen Beinen auf dem Sofa, so, wie sie auch auf Petras Sofa gesessen hatte, vielleicht wieder Chips kauend. Dabei Sanne und Uwe erzählend, wie es gewesen war. Die beiden nickend, lächelnd, ein paar Fragen stellend. Welches Zimmer hat dir am besten gefallen? Liegen sie günstig zur Uni? Hast du dich gut zurechtgefunden?

Petra fühlte einen Stich. Neid? Aber warum? Sie hatte doch ein solches Leben mit Haus, Ehemann und Kindern nie gewollt. Ganz fern war ihr das gewesen. Außerhalb ihrer Fähigkeiten.

Was aber hatte sie von ihren Möglichkeiten gewusst, als diese Entscheidungen hätten fallen müssen?

Nein!«, rief die Mutter. »Viel zu dicht!«

»Wieso denn zu dicht?« Sanne verlor fast das Gleichgewicht. Der Aufschrei der Mutter hatte sie so erschreckt, dass sie am Spaten gezogen hatte, den Fuß noch darauf, mit dem sie ihn gerade in den Boden rammen wollte.

»So machst du die Wurzeln kaputt!« Mit in die Seiten gestemmten Armen stand die Mutter dicht neben ihr. »Lass mich mal.« Sie wollte nach dem Spatenstiel greifen.

»Nein!« Sanne riss den Spaten zur Seite. »Ich werde ja wohl eine Rose ausgraben können.«

Den Spaten erneut ansetzend fragte sie: »So besser?«

Die Mutter guckte stirnrunzelnd, verneinte aber auch nicht. Mutig stach Sanne in die Erde.

Mittlerweile war es Oktober geworden. Ein kühler, grauer Tag. Der Wind wirbelte welke Nussbaumblätter durch den Garten.

»Optimale Zeit, um Rosen zu pflanzen«, hatte die Mutter vor ein paar Tagen gesagt. Dabei hatte sie nicht Sanne angesehen, sondern aus dem Fenster geguckt. Sie hatten in der neuen Küche gesessen. Der Vater war nicht da gewesen. »Er geht jetzt viel spazieren«, hatte die Mutter erklärt.

Sanne hatte sich den Kopf zermartert, was sie gegen diesen sehnsüchtigen Blick der Mutter tun könnte. »Wir könnten doch eine deiner Rosen hierher holen«, sagte sie nach einer Weile, während sich die Stille zwischen ihnen immer weiter ausgebreitet hatte.

»Wo soll die Rose denn hin?«, hatte die Mutter gefragt,

aber ihr Blick war nicht abwehrend, sondern neugierig gewesen.

»Hier auf eure Terrasse?« Zur Wohnung der Eltern gehörte ein kleiner Freisitz. »In einem großen Topf?«

Die Mutter hatte bedächtig den Kopf gewiegt.

Sanne war gleich am nächsten Tag ins Gartencenter gefahren und hatte sich beraten lassen. Ja, Rosen könne man im Topf halten. Sie hatte einen riesengroßen gekauft. Und eine Menge kleiner Säcke mit Blumenerde.

»Nehmen Sie doch den Achtzigliter«, hatte der Verkäufer gesagt. »Ist billiger.«

»Kann ich aber nicht tragen«, hatte Sanne geantwortet.

»Ich bring's Ihnen zum Auto.« Der Verkäufer war wirklich nett gewesen.

»Fahren Sie auch mit? Zum Wiederausladen?«

Der Verkäufer hatte sie mitleidig angesehen und Sanne hatte seine Gedanken hören können. Aha. Alleinstehend.

Sanne hatte es nicht aufgeklärt. Sie war nicht alleinstehend, bloß alleingelassen mit all der Arbeit und den unaufhörlichen Gedanken um die ganze Familie.

Auch von Gitti fühlte sie sich alleingelassen. Gitti hatte die Eltern noch nicht wieder besucht und beklagte sich darüber bei Sanne. »Ich halte das nicht aus, sie in dieser Wohnung zu erleben.« Gitti sagte immer *diese* Wohnung. Und Sanne fragte nicht: Was würdest du sagen, wenn auch ich sie nicht besuchte?

Die Mutter war im Garten herumgelaufen und hatte nicht gewusst, für welche ihrer vielen Rosen sie sich entscheiden sollte. Sanne hatte nicht gewusst, zu welcher sie ihr raten sollte. Der Vater war zwar mitgekommen, hatte sich aber in die Nachbarschaft verdrückt. Rosen waren Frauensache.

Sanne hatte sich auf der Bank vor dem Haus niedergelassen und schon angefangen zu frieren, als die Mutter schließlich »Eine von den niedrigen hier« gesagt und dabei auf das Beet unterhalb des Wohnzimmerfensters gezeigt hatte. Auch jetzt im Oktober hingen an den üppigen Büschen noch ein paar leuchtgelbe Blüten. Aus den meisten waren aber schon rote Hagebutten geworden.

»Ich hätte sie längst schneiden müssen«, sagte die Mutter kopfschüttelnd.

Sanne mochte nicht sagen: Das musst du doch jetzt gar nicht mehr, während sie sich daran erinnerte, wie die Mutter diese Rosen für den Winter immer so gestutzt hatte, dass man glauben musste, es würde nie wieder auch nur ein Blatt daran wachsen.

»Die Rosenschere muss mit«, sagte die Mutter, als sie die Pflanze aus der Erde geholt hatten.

Es fing an zu nieseln.

Sanne wollte den Spaten zurücktragen, als der Vater plötzlich dastand. »Gib mal her«, sagte er. »Der muss gründlich sauber gemacht werden, sonst rostet er.«

Sanne sah dem Vater hinterher, wie er Richtung Schuppen ging. Sie meinte mit einem Mal, sie habe ihn aus der Haustür kommen sehen. Ein urvertrautes Bild.

Aber es konnte nicht sein. Die Eltern hatten keine Schlüssel mehr. Die hatte alle sie.

»Wo ist Papa denn jetzt eigentlich hergekommen?«

Die Mutter zuckte mit den Schultern.

Die ausgegrabene Rose legten sie vorsichtig in den mit Zeitung ausgelegten Kofferraum.

Als Sanne das Auto startete, warf sie einen Blick zum Gartenzaun. Noch immer kein Schild. Heiko drängte.

Sanne hielt ihn hin. »Es ist noch so viel zu tun.« Heiko schüttelte den Kopf. »Warte nicht zu lang. Der Winter ist schlecht für den Hausverkauf.« Heiko konnte nicht wissen, dass sie auch noch allen erst beibringen musste, dass das Haus verkauft würde.

Würde es denn?, fragte sie sich regelmäßig. Müsste es? Sie wusste es immer weniger, fühlte sich zerrieben von ihrer eigenen Zwiespältigkeit.

Petra ahnte noch immer nichts. Nicht einmal vom Umzug der Eltern. Jedes Mal wenn Sanne das Telefon in die Hand nahm und Petras Nummer wählen wollte, legte sie es nach einem kurzen Zögern wieder zur Seite und verschob den Anruf auf später, morgen vielleicht. Oder nächste Woche. Jetzt kam es auf einen Tag auch nicht mehr an.

Kam es überhaupt darauf an? Hatte es nicht Zeit, bis Petra sich entschloss, mal wieder vorbeizuschauen? Petra, die, wenn sie denn mal kam, vorbeischaute wie eine Reisende, die irgendwo an einem unbedeutenden Ort bloß einen Zwischenstopp einlegte. Und die schnell wieder davonfuhr, Rotshausen hinter sich ließ.

Und diese Geschichte mit Lisa, Sanne bekam Zornesherzklopfen, wenn sie nur daran dachte: Hätte nicht Petra mal bei ihr anrufen können? Du, Lisa will mich besuchen, ich freue mich auf sie. Oder hinterher: Du, es war sehr nett mit deiner Tochter. Machten Schwestern das nicht so? Aber sie waren einfach keine Schwestern, die irgendetwas *so* machten.

Lisa hatte keins der Zimmer bekommen, die sie sich angesehen hatte. »Glaub bloß nicht, ich bleibe hier. Ich finde schon was«, hatte sie zu Sanne gesagt.

Offenbar hatte sie den Hoffnungsschimmer in deren Augen gesehen.

Petra stand mitten auf der Fliederstraße und starrte. Da, wo das Haus gestanden hatte, war nur die Haustür. Wie aus der Fassade ausgeschnitten. Das Haus war weit nach hinten in den Garten gerückt. Das Dach schwebte darüber, hatte keine Verbindung mehr zum Gemäuer. Auch der Schornstein hatte sich gelöst und baumelte über dem Nussbaum. Alles hatte seine Dreidimensionalität verloren. Petra war es, als blickte sie auf eine seltsame Postkarte, deren Motiv ihr vertraut und doch nicht vertraut war.

In ihren Ohren fing es an zu rauschen, sie fühlte sich wie in ein Vakuum hineingezogen. Sie öffnete den Mund, um zu schreien. Aber es kam kein Ton.

Umdrehen. Weg hier. Aber sie konnte sich auch nicht bewegen. Stattdessen schien sie zu schrumpfen, wie ein Luftballon, der irgendwo ein kleines Löchlein hat. Petra fasste nach ihrem linken Arm. Er war noch da und sie kniff sich hinein.

In diesem Moment rüttelte jemand sachte an ihrer Schulter. »Ist dir nicht gut?« Sie drehte den Kopf in Richtung der Stimme und meinte für einen Sekundenbruchteil, es sei die Mutter. Doch es war Karin, auf deren besorgtes Gesicht sie hinuntersah. Petra kniff die Augen zusammen und riss sie wieder auf. Karin sah immer noch aus wie Karin. Gott sei Dank.

Petra sah an sich hinunter. Auf ihre Beine in den Jeans, auf ihre Füße, die in Sneakern steckten. Die Dimensionen stimmten, die Größe der Füße auch. Fest auf dem Boden standen sie. Petra spürte, wie sie von einem Gefühl der Dankbarkeit gegenüber ihren Füßen überströmt wurde.

Sie hob den Kopf und sah noch einmal zum Zaun. Auf dieses Schild. »Zu verkaufen«. Darunter eine Telefonnummer. Darunter eine Internetadresse. Maklerbüro sowieso.

Von diesem Schild wanderte ihr Blick zum Elternhaus. Die Augen zusammengekniffen, ganz vorsichtig durch einen kleinen Spalt guckend. Doch es sah wieder aus wie das Elternhaus. Alles war an seinem Platz. Alles hatte wieder Höhe, Breite und Tiefe. Du kannst die Augen richtig öffnen, Petra.

»Wir verstehen es ja auch nicht«, sagte Karin, die sich neben Petra gestellt hatte und mit ihr auf das Haus sah. »Wir haben schon nicht verstanden, warum eure Eltern nicht mehr im Haus bleiben können. Aber das Haus jetzt auch noch verkaufen?«

»Das Haus verkaufen«, wiederholte Petra wie eine Sprechpuppe. Die Eltern waren also noch da. Nicht verschwunden. Das andere Wort mochte sie nicht denken.

»Aber wenn ihr alle einverstanden seid«, sagte Karin und ließ den Rest des Satzes in der Luft stehen. Petra meinte, ihn dort hängen zu sehen. Wie eine Girlande.

Sie standen weiter mitten auf der Straße. Bis Karin sich mit einer ruckartigen Bewegung zu Petra drehte und sie misstrauisch von der Seite ansah: »Oder wusstest du es gar nicht?«

»Doch, doch«, antwortete Petra. So schnell, dass sie selbst nicht wusste, wo dieses *doch, doch* herkam. Und wen es schützen sollte. Sanne? Oder sie selbst? »Doch, doch«, sagte sie noch einmal. Auch weil sich dieses *doch, doch* so leicht aussprechen ließ. Es fiel einfach aus dem Mund. Ohne jede Anstrengung. Immer weiter hätte sie *doch, doch* sagen können. In ihrem Kopf ließ sie die beiden Wörter herumkullern. Der Klang beruhigte sie.

Lisas Frage, ob sie nach Rotshausen käme, war Petra nicht mehr aus dem Kopf gegangen. Je länger sie darüber nachgedacht hatte, desto sicherer war sie, Lisa habe »Du *musst* nach Rotshausen kommen« gerufen.

Als sie Tage später dann noch eine Socke von Lisa zwischen den Sofakissen gefunden hatte, dunkelblau mit Smileys in allen Farben, hatte sie mit der Socke gesprochen: »Was meinst du? War es bloß eine ganz gewöhnliche Einladung? Oder steckt etwas anderes dahinter?«

»Soll ich?« Die Smileys hatten ihr ermutigend zugezwinkert.

Dann mache ich es, hatte sie sich gesagt. Ich fahre, rufe nicht vorher an, stehe einfach vor der Tür, sage, hallo, da bin ich.

Karin hob ihren bunten Nylon-Einkaufsbeutel. »Ich muss dann mal. Hans wartet aufs Mittagessen.«

Petra nickte und meinte in Karins Blick Zweifel zu entdecken. Zweifel an ihrem *doch, doch*? Sie wartete, bis Karin zum Haus gegangen, bis sie ganz sicher drinnen angekommen war, dann ging sie zögernd auf das Elternhaus zu. Immer noch in der Erwartung, dass sich alles wieder auflösen könnte. Aber es passierte nicht noch einmal.

Das Gartenpförtchen quietschte, als Petra es öffnete. Nach dem genau gleichen Quietschton fiel es hinter ihr auch wieder ins Schloss.

Für einen Augenblick sah Petra den Vater vor sich, wie er sich mit seinem kleinen Ölkännchen aus Messing über die Scharniere beugte. Quietschende Türen hatte er nie geduldet.

Schritt für Schritt hielt Petra auf das Haus zu, beobachtete dabei aber ihre Füße. Wie sie sich über die Wegplatten bewegten. Waschbeton. Warum hieß das eigentlich Waschbeton?

Als Kind hatte sie öfter auf dem Bauch gelegen und die Ameisen beobachtet, die zwischen den einzelnen Steinchen herumliefen und sich in den Fugen zwischen den Platten einnisteten, kleine Sandhügel entstehen ließen, die Petra meist nicht angerührt, manchmal aber auch zerstört hatte, nur um zu sehen, wie sie die Körnchen wieder zusammentrugen. Die fleißigen Ameisen. Warum hieß es eigentlich bienenfleißig und nicht ameisenfleißig?

Petra drückte gegen die Haustür. Zu.

So gut wie nie war diese Tür tagsüber verschlossen gewesen. Ausgenommen die Eltern waren beide nicht da. Wenn sie aber da waren, oder auch bloß einer von beiden, hatten die Eltern das Schloss immer so eingestellt, dass man die Tür bloß aufdrücken musste.

Man ging hinein. Rief »Hallo«. Wenn einem nicht die Mutter oder der Vater schon entgegenkamen. Weil sie einen hatten kommen sehen.

Petra fühlte sich von der verschlossenen Tür zurückgestoßen.

Sie machte zwei Schritte seitwärts zum Küchenfenster. Die Nase an der Scheibe und die Hände seitlich der Augen, versuchte sie hineinzusehen. Schemenhaft konnte sie den alten Küchenschrank erkennen. Auch die Spüle. Die Küche war noch da.

Hinter ihr auf der Fliederstraße wurde eine Autotür zugeschlagen. Petra fuhr herum. Kam sich ertappt vor. Eine Frau, die sie nicht kannte, warf einen kurzen Blick in ihre Richtung, war dann aber damit beschäftigt, ein kleines Kind dazu zu bringen, auf der straßenabgewandten Seite aus dem Auto zu steigen – »Nein, nicht hier, die andere

Tür, hier fahren doch die Autos!« – und dann große Einkaufstaschen aus dem Kofferraum zu nehmen.

Einen seltsamen Eindruck muss ich abgeben, wie ich hier herumschleiche, dachte Petra. Als die Frau mit Kind und Einkaufstaschen in einem der gegenüberliegenden Reihenhäuser verschwunden war, beeilte sie sich, hinter das schmale Haus zu kommen. Einen Moment wurde sie dabei sogar von der Hoffnung beflügelt, die Terrassentür könnte unverschlossen sein.

Aber auch die war zu. Natürlich. Petra lehnte sich mit dem Rücken dagegen und blickte in den Garten.

Auf die alten Obstbäume, die bis auf ein paar einzelne Blätter schon kahl waren. Kirschen, Birnen, Mirabellen, Zwetschen, Äpfel. Alle Obstsorten gab es. Schwarz und knorrig standen ihre Äste vor dem fahlen Himmel. In den Apfelbäumen hing noch hier und da ein Apfel. Vergessen. Oder auch hängen gelassen, weil nicht heranzukommen gewesen war. Zu weit oben. Oder zu weit außen. Die würden sich die Vögel im Laufe des Winters holen.

Neben dem Wiesenstreifen mit den Bäumen zog sich der Grabgarten den Hang hinauf. Nackte Erde, säuberlich umgestochen. Leuchtblau hier und da ein Asternbusch.

Die Mutter hatte sie angehalten zu helfen, die Gartenarbeit zu lernen. Petra hatte sich oft ablenken lassen, vergessen, die Samenkörnchen, die ihr die Mutter in die Hand geschüttet hatte, an der gespannten Schnur entlang in die vorbereitete Erdrille zu legen.

Der Käfer mit dem grünschillernden Rücken, den Petra fasziniert beobachtete, hatte die Mutter seltsamerweise nicht interessiert. Nicht einmal wahrgenommen zu haben schien sie ihn. Sie hatte sich immer auf das Wesentliche konzentriert. Auf das Nützliche. Sanne hatte es ihr schon früh abgeguckt. Nie hatte sie geträumt, immer ihre Arbeit getan.

Petra hatte sich gern mit dem Nebensächlichen beschäftigt. Wenn sie Erbsen auspulen sollten, hatte sie sich erst einmal genau angesehen, wie die grünen Kügelchen in den Schoten befestigt waren. Beim Bohnenpflücken hatte sie sich mehr dafür interessiert, wie die Pflanzen an den Stangen hochgeklettert waren, wie sie sich festhielten. Und bei den Möhren dafür, wieso sie unter der Erde wuchsen und warum das Grün genau wie die Möhren schmeckte.

Als Petra ihren Blick weg von der braunen Erde wieder hin zu den Bäumen wandern ließ, entdeckte sie plötzlich die Schaukel. Sie stieß sich mit Rücken von der Verandatür ab. Nie war jemand auf die Idee gekommen, sie abzuhängen. Seltsam eigentlich, dachte Petra. Wo sie doch vollkommen überflüssig geworden war. Sie setzte sich auf das von der Zeit und von den wechselnden Witterungen rau gewordene Brett und schwang sachte hin und her, drehte sich dann ein, nahm die Füße hoch und ließ sich von der sich wieder ausdrehenden Schaukel im Kreis wirbeln. Ein ums andere Mal wiederholte sie das. Bis ihr schwindlig wurde. Dann wartete sie einen Moment. Und begann wieder von vorn.

An dieser Schaukel hatten sie sich oft gemessen, Sanne und sie. Das heißt, Sanne hatte ihren Vorsprung gemessen, Petra die Möglichkeit, ihr auf den Fersen zu bleiben, sich Sanne nicht entwischen zu lassen. Erst recht, als sie aufs Gymnasium gekommen war. Wenigstens in der Freizeit wollte sie in der Nähe ihrer Schwester bleiben.

Als Sanne aber behauptet hatte, sie könne beim Schaukeln abspringen, war Petra verzagt gewesen. Dieses sich dem selbst erzeugten wilden Schwung Anvertrauen, ja beinahe Fliegen, war ihr unheimlich.

Dennoch hatte sie angefangen, mit ganz kleinen, geradezu lächerlichen Sprüngen ihre Angst zu bezwingen. Wochenlang hatte sie geübt, beobachtet von Sanne, begleitet von ihren hämischen Kommentaren. »Man muss schon Schwung nehmen, nicht hüpfen wie ein Huhn.«

Als Petra es jedoch von Mal zu Mal besser gelang, waren Sannes Augen immer schmaler geworden. Petra konnte es noch vor sich sehen.

Seltsam eigentlich, dachte sie jetzt. Sanne hatte ihr in dieser Zeit nie vorgeführt, wie viel besser sie springen konnte. Das hatte sie sonst immer gern getan, ihr zeigen, wie viel besser sie alles konnte.

Als Petra fand, sie habe genug geübt, hatte sie Sanne herausgefordert. »Wer von uns beiden am weitesten kommt!«

Gleich beim ersten Absprung hatte Sanne sich übel den Knöchel verstaucht. Obwohl sie sich nicht einmal so hoch geschaukelt hatte, wie sie zuvor immer behauptet hatte, dass sie es könnte.

Eine plötzliche, um Jahrzehnte verspätete Erkenntnis ließ Petra zusammenzucken. Was bist du bloß für ein Schaf, dachte sie. Nicht einmal auf die Idee gekommen war sie, bis heute, Sanne habe etwas nicht gekonnt. Dass sie, zumindest was das Abspringen von der Schaukel betraf, nichts als eine Angeberin gewesen war.

Es wurde dämmrig und Petra saß noch immer auf der Schaukel. Es wurde dunkel und Petra bewegte sich nicht fort. Dachte nichts mehr. Nicht: Ich muss zu Sanne. Sie anschreien. Sie verprügeln. Aber auch nicht: Ich setze mich jetzt wieder in mein Auto und fahre nach Hause.

Erst ihre klappernden Zähne forderten eine Entscheidung. Du kannst hier nicht sitzen bleiben, Petra. Steif erhob sie sich. Das Schaukelbrett schlug ihr gegen die Kniekehlen. Ihre Hose war durchfeuchtet, die Schuhe klatschnass. Ins Haus, dachte sie. Ich muss ins Haus. Sie drückte nochmals gegen die Verandatür. Als könnte die sich mittlerweile von selbst geöffnet haben. Petra drückte auch noch gegen das hintere Wohnzimmerfenster.

Ihr war kalt, aber plötzlich auch heiß. Sie schlotterte. Als hätte sie Fieber. Konnte man so plötzlich Fieber bekommen?

Die Verandatür einschlagen, dachte sie. Auch der Gedanke fiebrig. Ihr Hirn schien überhitzt. Überdreht. Es schickte sie zum Schuppen, um einen Spaten oder etwas in der Art zu holen. Aber die Schuppentür war mit einem Vorhängeschloss versehen. Es schickte sie auf die Suche nach einem Stein. Das Trockenmäuerchen, das das Grundstück nach oben begrenzte, fiel ihr ein. Sie ging durch den Garten, wunderte sich, wie gut man sich in der Dunkelheit orientieren, ja sehen konnte. Sie schaffte es, mit bloßen Fingern einen Stein aus dem Mäuerchen zu befreien. Doch als sie wieder vor der Verandatür stand, wurden ihre Arme plötzlich so schwer, dass sie sie nicht gegen die Scheibe erheben konnte. Und ihre Hände zitterten so, dass sie den Stein fallen ließ, beinahe auf ihre Füße.

Keller, dachte sie, als sie einen Moment so gestanden und ihren klappernden Zähnen gelauscht hatte. Das probiere ich noch. Sie kletterte in einen der beiden engen Schächte, die zu den Kellerfenstern führten, und versuchte, es aufzudrücken. Verriegelt. Angestrengt kletterte sie wieder hinaus und zwängte sich in den zweiten Schacht. Gerade so schaffte sie es in dieser Enge, sich auf alle viere niederzulassen und mit der Schulter gegen das Gitterfenster zu drücken. Es gab nach. Petra hörte sich plötzlich vor Erleichterung schluchzen. Sie hatte eine Öffnung gefunden. Sie würde ins Haus kommen.

Mühsam richtete sie sich wieder auf, um sich mit den Füßen voran durch das Fenster schieben zu können. Sie schrammte sich die Hände auf und, als sie schon fast hindurch war, auch noch die Stirn. Ihre Jeans zerriss am linken Knie und an der rechten Pobacke.

Nach einem winzigen Moment in der Luft landete sie mit den Füßen hart auf dem Kellerboden. Kurz geriet sie ins Schwanken, fing sich dann aber.

Sie sah sich um. Hier gab es keine Orientierung mehr. Stockfinster. Sie musste sich vorantasten. Ihre Hände fuhren an den Wänden und am Regal für die Einweckgläser entlang, bis sie den Lichtschalter erreicht hatte. Sie drehte. Nichts.

Natürlich, dachte Petra. In einem Haus, in dem niemand mehr wohnt, stellt man den Strom ab. Sie tastete sich weiter zur Treppe. Als sie die unterste Stufe betrat und nach oben schaute, überkam sie die Angst, die Tür könnte verschlossen sein. Dann war alles umsonst. Ihr Einstieg in den Keller. Und die Hoffnung.

Ganz langsam nahm sie Stufe für Stufe, legte dann ihre Hand auf die Klinke und wagte nicht, sie herunterzudrücken.

Sanne stand mit herunterhängenden Armen an ihrem Wohnzimmerfenster, in der Hand einen Putzlappen, und beobachtete eine Amsel, die mit dem Schnabel welke Blätter herumwarf, um an die Erde darunter zu kommen. Auf der Suche nach einem Regenwurm, nach einer Spinne, nach einem Käfer.

Die Terrasse war schon abgeräumt. Uwe hatte die Sitzmöbel und den Sonnenschirm vor ein paar Tagen in die Garage geschafft. Wie jedes Jahr empfand Sanne es als verfrüht. Die Terrasse abzuräumen war ihr, wie den Sommer endgültig zu vertreiben. Der beginnende Herbst machte sie wehmütig. »Man kann auch im Oktober immer noch mal draußen sitzen«, hatte sie eingewandt. Uwe hatte nur »Pfff« gemacht, und »Du kannst dir ja zur Not einen Küchenstuhl nach draußen tragen« gesagt. Er brachte die anstehenden Erledigungen gerne hinter sich.

Die Amsel zog an einem Wurm. Dieses kleine Vogelleben schien Sanne auf einmal so angenehm schlicht. Beneidenswert. Nur auf das Wesentliche konzentriert. Fressen. Ruhen. Im nächsten Frühjahr wieder brüten. Nach wenigen Wochen die Jungen in ihr eigenes Leben entlassen. Oder machten Amseln sich Sorgen, was aus ihnen wurde? Sanne schüttelte unwillkürlich den Kopf. Sicher nicht.

In diesem Moment merkte sie, dass es von ihrer rechten Hand auf den Boden tropfte. Schnell bückte sie sich, wischte die Pfütze auf, spülte den Lappen im Putzeimer aus und machte sich wieder daran, das Fenster zu putzen.

Sie hörte Lisa im oberen Stock rumoren. Sie packte Koffer. Im Nachrückverfahren hatte sie einen Studienplatz in Frankfurt bekommen. Und fürs Erste ein Zimmer in einem Wohnheim.

»Dann kannst du ja pendeln.« Das war Sannes letzte Hoffnung gewesen. Viele fuhren doch täglich nach Frankfurt zur Arbeit. Aber Lisa hatte heftig widersprochen. »Studieren ist nicht nur Uni!« »Du hast keine Ahnung!« »Ich will mich doch auch abends verabreden. Soll ich dann etwa noch mal nach Frankfurt fahren?«

Uwe war ihr beigesprungen. »Man muss da leben, wo man studiert.« Sanne hatte ihn angesehen und ärgerlich gedacht, woher willst du das denn wissen? Lisa hatte ihren Vater dankbar angelächelt, Uwe ihre Hand getätschelt. Sanne war sich ausgeschlossen vorgekommen.

Lisa war ein wenig enttäuscht von Frankfurt. Sie wäre gerne weiter weg gekommen. Sanne versuchte sich damit zu trösten, dass Lisa in einer Stunde zu Hause sein konnte. Wann immer sie wollte.

»Weißt du, wo meine warmen Stiefel sind?«

Sanne drehte sich zu Lisa, die mit fragend gerunzelter Stirn im Türrahmen stand.

»Im Keller«, antwortete Sanne. »Weißt du doch. Da, wo alle Wintersachen sind.«

»Aber«, fiel ihr dann ein, »du musst die doch jetzt noch gar nicht mitnehmen. Das hat doch Zeit, bis es richtig kalt wird.«

Lisa drehte sich um und ging Richtung Keller.

Philipps Auszug hatte sie nicht so mitgenommen. Söhne entfernten sich früher. Philipp hatte sich schon entfernt, als er noch da gewesen war. Hinter seinem Computerbildschirm. Jetzt, wo er weg war, nur noch ab und zu an einem Wochenende auftauchte, empfand Sanne es schon als Nähe, wenn sie seine Sachen waschen konnte. Und seit er weg war, bedankte er sich sogar dafür. Drückte ihr gar manchmal einen Kuss auf die Wange. »Danke, Mama.«

Sanne machte sich wieder über ihr Fenster her. Rieb und putzte. Jagte auch dem winzigsten Fleckchen nach, das sie mit kontrollierendem Blick entdeckte. Fensterputzen hatte sie immer beruhigt. Eine befriedigende Tätigkeit, so hatte sie es empfunden. Aber jetzt wurde sie immer wütender.

Nichts in ihrem Leben schien sich mehr ordnen, organisieren zu lassen. Wo sie doch schon immer ein Organisationstalent gewesen war.

Inzwischen hatte Heiko endlich sein Schild am Gartenzaun des Elternhauses befestigt. Nachdem er zuletzt bloß noch fragend die Augenbrauen gehoben, nichts mehr gesagt hatte, wenn sie sich über den Weg gelaufen waren. Und nachdem auch noch Marion gesagt hatte: »Du, Heiko findet dein Verhalten ja sehr merkwürdig. Erst willst du, dass er dein Elternhäuschen verkauft, und dann muss er hinter dir herrennen.« Das *Häuschen* hatte Marion sehr herablassend ausgesprochen. Überhaupt hatte ihr Tonfall gesagt: Heiko tut dir einen großen Gefallen, liebe Sanne, eine Nettigkeit, nur dir zuliebe.

Sanne hatte Marion angesehen und es auf einmal selbst geglaubt. Eine Freundlichkeit wies man doch nicht einfach ab. Oder? Sie wollte es sich mit den Nachbarn keinesfalls verderben. Und war es nicht das Beste? Was wollte sie mit noch einem Haus? Und diesem riesigen Garten?

Auch Lisa machte Sanne ständig ein schlechtes Gewissen. Lisa *war* Sannes schlechtes Gewissen. »Oma und Opa fehlt ihr Haus.« »Ihr Garten.« »Die Nachbarn.«

»Haben sie das gesagt?«, fragte Sanne jedes Mal.

»Das müssen sie nicht«, sagte Lisa, »man merkt es ihnen an.«

»Woran denn?«

Das könne man nicht erklären.

Wenn sie es nicht erklären könne, könne es doch dies oder das oder was ganz anderes bedeuten.

Sie sei sich sicher.

Sie kenne die Eltern schon viel länger.

Und so stritten sie jedes Mal vor sich hin, bis Lisa irgendwann kopfschüttelnd aufgab.

Was mit dem Haus denn nun eigentlich passieren solle, fragte Lisa nicht. Niemand fragte danach.

Alle taten so, als müsste keine Entscheidung getroffen werden. Als sollte das Haus einfach leerstehen. Als sollten die Eltern die Möglichkeit haben, irgendwann wieder dort einzuziehen. Als müsste man nur darauf warten, dass sie wieder kräftiger würden. Als könnte man sich vom Alter erholen wie von einer Krankheit.

Das Ausbleiben der Fragen war Sanne recht und auch wieder nicht recht. Einerseits musste sie sich nicht erklären. Andererseits würde sie sich gerne erklären. Lisa und Uwe und Gitti und den Eltern gegenüber.

Doch Uwe knurrte bloß, wenn sie mit ihm darüber sprechen wollte. Musst du doch selbst wissen. Ist dein Haus.

Hatte er nicht recht? Es war ihr Haus. Doch es war auch nicht ihr Haus.

Sanne fürchtete sich davor, dass die Eltern Heikos Schild entdecken könnten, bevor sie es ihnen sagen konnte.

Petra war, als drückte jemand anderes ihre auf der Klinke liegende Hand hinunter.

Die Tür öffnete sich. Vor Erleichterung schwand das Gefühl aus ihren Beinen. Schnell setzte sie sich auf die oberste Treppenstufe, um nicht hinunterzufallen.

Nach einer Weile, die ihr unendlich vorkam, strich sie mit den Händen über ihre Oberschenkel. Weil sie ihr wieder belastbar erschienen, stand sie auf und betrat den Flur.

Ein schmaler heller Streifen fiel durch den Glaseinsatz der Haustür auf den Fußboden. Sonst war es finster.

Sie ging ins Wohnzimmer, wo sie den Lichtschalter so vergeblich betätigte wie den im Keller. Nur die Straßenlaternen auf der Fliederstraße sendeten ein paar schwache Lichtsignale, malten hier und da einen hellen Fleck auf die Wand, an der die Vitrine fehlte.

Sie überquerte den Flur und ging in die Küche. Auch die schwach beleuchtet von den Straßenlaternen. Petra hätte sich aber auch in der Finsternis zurechtgefunden. Sie kannte dieses Haus doch viel, viel länger als jede ihrer Wohnungen.

Der alte Schrank war noch da. Petra zog an einer der Schubladen. Sie ging so ungewohnt schwer, musste herausgeruckelt werden. Du musst die Kanten mal wieder mit Seife einreiben, hatte die Mutter oft zum Vater gesagt. Petra fuhr mit den Händen durch die geöffnete Lade. Ihre Finger fanden bloß eine Streichholzschachtel und eine alte Kelle.

Plötzlich merkte Petra, dass sie Hunger und vor allem Durst hatte. Sie drehte am Wasserhahn über der Spüle. Nichts. In einem unbewohnten Haus war auch das Wasser abgestellt.

Sie tastete sich die Kellertreppe wieder hinunter. Etwas zu essen finden. Ein Glas Eingemachtes finden. Mit beiden Händen fuhr sie über jedes Regalbrett. Auf dem obersten ganz hinten stießen ihre Finger tatsächlich auf etwas Glattes, Kühles. Wie eine heilige Monstranz trug sie das Glas die Kellertreppe wieder hinauf und in die Küche. Ganz vorsichtig stellte sie es auf den alten Tisch, der auch noch da war, und zog an der Lasche des Gummirings. Zischend löste sich der Deckel. Sie hob ihn ab und schnupperte. Bohnen. Ihr Hunger schob ein Gefühl der Enttäuschung zur

Seite. Sie hatte auf Kompott gehofft. Birne. Oder Zwetschen. Bohnen war aber in jedem Fall besser als saure Gurken.

Sie setzte sich, griff mit den bloßen Fingern hinein und stopfte sich die Bohnen in den Mund. Es tropfte von ihrem Kinn und von ihrer Hand. Auf den Tisch, auf die Hose, es rann an ihrem Unterarm entlang und durchnässte den Pulloverärmel. Es war ihr egal. Sie fischte auch noch die letzte Bohne heraus. Dann setzte sie das Glas an und trank die Flüssigkeit.

Petra wischte sich ihr nasses Kinn mit dem Mantelärmel ab. Das leere Glas stellte sie in die Spüle und setzte sich wieder. Die Ellbogen auf den Tisch gestützt, das Kinn in den Händen, lauschte sie in die Stille des Elternhauses und merkte, wie müde sie auf einmal war.

Sie erhob sich und tastete sich über die Treppe nach oben, ließ dabei ihre Hand über das Geländer gleiten. Ihre Finger kannten es genau, jede Unebenheit war ihnen vertraut.

Die Tür des Elternschlafzimmers war bloß angelehnt. Petra spürte, wie eine neuerliche Angst sie überfiel. Sie zwang sich, die Tür aufzustoßen. Das Zimmer war leer. Der Mond, der inzwischen aufgegangen war und von den kahlen Ästen der Obstbäume gehalten wurde wie eine Laterne, die jemand hineingehängt hatte, beleuchtete es bläulich. Ein Abbild des Fensterkreuzes stand über dem Bild, vom Licht aufgeteilt in zwei ungleiche Teile. Eins dieser großen Engelsbilder in goldenem Rahmen, das, seit Petra denken konnte, über dem Bett gehangen hatte. Das Bett war weg, das Bild geblieben.

Leise, als könnte sie jemanden stören, schloss Petra die Tür und querte den Flur zum Kinderzimmer.

Hier war noch alles da. Fast alles. Petra setzte sich auf die

Bettkante, auf die Kante von Sannes Bett, und sah sich um. Auch hier schickte der Mond sein bläuliches Licht herein, durch das Fenster, das wie das des Elternschlafzimmers zum Garten hinausging.

Den Schrank gab es noch, dessen Kleiderstange Sanne, als sie jugendlich gewesen waren, so akribisch eingeteilt hatte. Warum Sanne *ihren* Platz im Schrank wie eine Furie verteidigte, hatte Petra nie verstehen können. Vollkommen egal, ob Gittis Jeans neben ihrer Jacke gehangen hatte, fand sie.

Ihr hatte der knappe Platz am Schreibtisch viel mehr ausgemacht. Da hatte sie mit Sanne einen sanften Stellungskampf ausgefochten. Das Heft oder das Buch immer mal ein Stück in Richtung der Schwester geschoben, bis die es merkte und wieder zurückschob. »Mach dich gefälligst nicht so breit.«

Ob Sanne sich daran noch erinnerte? Ob sie den Schreibtisch auch in ihrer Feuerschale verbrannt hatte?

Das schmale Bücherregal war noch da. Das einzige im Haus. Hier waren nach und nach Jugendbücher eingezogen. Alle Bände von Hanni und Nanni. Aber auch die Schulbücher, die nach jedem Schuljahr wieder abgegeben werden mussten und durch die fürs nächste Schuljahr ersetzt wurden. Sorgfältig und geschickt hatte die Mutter sie mit Plastikfolie eingebunden. Für sie alle drei. Stundenlange Arbeit.

Als Petras Bücher fürs Studium dazugekommen waren, hatte sie den meisten Platz im Regal beansprucht. Und trotzdem schließlich die Bücher noch unter dem Stockbett stapeln müssen.

Die Schul- und die Studiumsbücher waren längst verschwunden. Hanni und Nanni standen immer noch da. Die Enge war kaum noch vorstellbar und trotzdem empfand

Petra sie auch jetzt nicht als bedrängend. Im Gegenteil. Die Erinnerung daran löste in ihr ein Gefühl von Geborgenheit aus. Als wäre die Zeit nicht vergangen, als wären Sanne und Gitti irgendwo im Haus und würden gleich durch die Tür hereinkommen.

Petra zog ihren Mantel aus und ihre nassen Schuhe, die durchweichten Socken bekam sie kaum von den eiskalten Füßen.

Das Bett war sogar bezogen. Als hätte es auf sie gewartet. Petra rollte sich ein und zog sich die Decke bis zur Nase. Sie roch nach Sanne. Auch ein bisschen nach Gitti. Das bilde ich mir doch nicht ein, war Petras letzter Gedanke, bevor sie einschlief.

Jürgen riss die Augen auf, als er ihr die Tür geöffnet hatte. Petra sah Entsetzen darin. Sie blickte über die Schulter hinter sich, ob dort irgendwas Schreckliches zu sehen sei. Aber da war nichts.

Jürgen zog sie in die Wohnung, schloss die Tür hinter ihr. In diesem Augenblick erhaschte Petra einen Blick auf sich im Garderobenspiegel. Ihre Haare hingen in Strähnen um ihr schneeweißes Gesicht. An der rechten Wange hatte sie einen Schmutzstreifen und an der Stirn eine blutige Schramme. Ihr Mantel hing ihr feucht und verdreckt von den Schultern. Ihre ehemals hellen Schuhe waren braun und grün.

»Soll ich?« Petra deutete auf ihre Schuhe und sah Jürgen fragend an. Jürgen bückte sich und half ihr, sie auszuziehen. »Nass.« Er schaute zu ihr hoch. Sie nickte. Er nahm ihr auch den Mantel von den Schultern.

Petra fing an zu zittern.

»Ich lass dir ein Bad ein«, sagte Jürgen. Er nahm sie bei den Schultern und schob sie in sein Bad, platzierte sie auf dem Klodeckel und drehte den Hahn an der Wanne auf.

Früh am Morgen hatte Petra ihn angerufen. »Was für einen Tag haben wir?« Sie war mit Kopfschmerzen in Sannes Bett aufgewacht und hatte nicht mehr gewusst, wie sie da hineingekommen war. Als Jürgen »Montag« geantwortet hatte, war die Erinnerung ganz plötzlich wieder dagewesen.

»Montag?«, hatte sie geschrien. »Wie viel Uhr? Ich muss zur Arbeit.«

Sie musste zur Arbeit. Noch nie hatte sie gefehlt. Petra versuchte aus dem Bett zu springen, doch sie versagte kläglich.

»Was ist passiert?« Jürgens besorgte Stimme versetzte sie noch mehr in Alarm. Etwas stimmte mit ihr ganz und gar nicht. »Wo bist du denn überhaupt?«

»Zu Hause«, antwortete Petra.

»Bist du krank?«

»Nein«, antwortete sie. Sie war doch nicht krank. Oder? Dann fiel ihr ein, dass Jürgen denken musste, sie sei bei sich zu Hause. »Ich bin bei meinen Eltern«, erklärte sie.

»Bei deinen Eltern?«

»Nein, auch nicht bei meinen Eltern. Bloß im Haus.«

Jürgen antwortete nicht. Er musste verwirrt sein. Oder sie für komplett verwirrt halten. Oder beides.

»Bist du noch da?«, fragte Petra.

»Willst du vorbeikommen? Heute Abend?«

»Ja«, sagte Petra. Und noch mal »ja«. Ganz erleichtert war sie über diesen Vorschlag. »Wann?«

»Sieben?«, fragte Jürgen. Dann sei er ganz sicher zu Hause. »Und es ist wirklich alles in Ordnung bei dir?«

»Ja, alles in Ordnung.« Sie wollte nicht, dass Jürgen sich Sorgen um sie machte.

Sie rief auf der Arbeit an, sie könne heute nicht kommen. Es sei ihr wirklich sehr, sehr unangenehm, aber sie sei krank geworden. Ganz plötzlich. Die Lässigkeit des entgegneten »Kein Problem« erstaunte sie. Kein Problem? Sie sah ihr Telefon an, nachdem sie aufgelegt hatte. Es war kein Problem, wenn sie nicht zur Arbeit kam. Der Gedanke erleichterte sie und erleichterte sie auch nicht.

Petra zog sich den feuchten Mantel über. Die nassen Schuhbändel ließen sich kaum binden. Ihre Beine kamen ihr vor, als seien die Knochen daraus verschwunden. Als sie glücklich unten im Flur stand, wurde ihr klar, dass sie das Haus wieder so verlassen musste, wie sie hineingekommen war. Die Haustür war auch verschlossen, wenn man im Haus war.

Sie setzte sich auf die Treppe und dachte nach. Durch das Kellerfenster wieder hinauszuklettern würde sie nicht schaffen. Sie müsste sich hinaufziehen. Das Fenster war weit oben.

Schließlich verließ Petra das Haus durch die Verandatür. Und weil die nach außen aufging, konnte sie sie hinter sich zudrücken und den Stein davorlegen, mit dem sie am Abend zuvor die Scheibe hatte einschlagen wollen. Wenigstens stand die Tür nicht offen und konnte auch nicht aufschwingen. Vom Wind oder so.

Das Gartentürchen quietschte beim Öffnen und mit dem gleichen Quietschton fiel es hinter Petra wieder zu. Sie schloss ihr Auto auf und setzte sich hinters Steuer. Eine Menge Zeit hatte sie bis sieben Uhr. Doch erst einmal weg hier. Weg vom schmalen Haus. Weg aus der Fliederstraße.

Als Petra den Zündschlüssel gedreht hatte, der Motor schon angesprungen war, fiel ihr Blick noch einmal auf das Maklerschild. Plötzlich durchfuhr sie ein Gedanke. Gerade noch hatte sie Angst gehabt, auf der Fahrt von der Müdigkeit überwältigt zu werden, es nicht bis zu Jürgen zu schaffen, doch nun gab ihr der Einfall einen regelrechten Energieschub. Sie stellte den Motor wieder ab und durchwühlte hektisch ihre Handtasche. Irgendwo musste eine Flasche Nagellack sein. Ganz sicher war sie sich.

Ihre suchenden Finger fanden das Fläschchen und hielten es dann prüfend gegen das Licht der Frontscheibe. Orange. Leuchtorange. Wenn nicht sogar Hellrot. Beim Kauf hatte sie noch überlegt, ob die Farbe nicht zu knallig war. Jetzt freute sie sich. Es konnte gar nicht knallig genug sein. Sie stieg wieder aus und stellte sich vor das Schild. Sie drehte die Nagellackflasche auf und strich die beiden Wörter *Zu verkaufen* Buchstabe für Buchstabe sorgfältig mit einem Schrägstrich aus.

Dann ging sie einen Schritt zurück und begutachtete befriedigt ihr Werk.

Hinter ihr räusperte sich jemand. Petra fuhr herum. Ein Mann mit einem kleinen Hund. Vage bekannt kam er Petra vor. Sie floh in ihr Auto. Der Mann blieb noch einen Augenblick stehen und ließ seinen Blick zwischen ihr und dem Schild hin und her wandern. Dann ging er weiter.

Petra startete ihr Auto und fuhr eilig davon. Viel zu schnell für eine Wohngegend.

Jürgen zog Petra hoch, half ihr auch aus ihrer Jeans. »Ich war …«, setzte Petra an. Sie wollte ihm alles erklären.

»Sch.« Jürgen legte sich den Finger auf den Mund. »Später.«

Die Wärme des Wassers machte Petras Lider bleiern. Sie lehnte den Kopf an den Wannenrand und schloss die Augen. »Lass mich nicht ertrinken«, murmelte sie.

»Ich passe auf«, versprach Jürgen.

Sanne mied den Blick auf Heikos Maklerschild. Mit gesenktem Kopf ging sie daran vorbei, öffnete das quietschende Gartentürchen, das mit dem gleichen Quietschton wieder hinter ihr zufiel. Sie sah den Vater vor sich, wie er bei diesem Ton sofort sein Ölkännchen geholt hätte.

Ich könnte es selbst ölen, dachte Sanne. Aber sie dachte es, wie man Dinge denkt, die man nicht wirklich zu tun beabsichtigt.

Sanne trug zwei Umzugskartons wie einen Schild vor sich her. An der Haustür stellte sie sie auf ihrem Fuß ab, um aufschließen zu können.

Eine umfassende Stille empfing sie. Sanne lehnte die Kartons an die Wand, warf ihren Mantel über das Treppengeländer und setzte sich einen Augenblick auf die Stufen, ließ ihren Blick über die Wände schweifen, auf denen die fehlenden Bilder ein grafisches Muster hinterlassen hatten. Viele helle Vierecke auf der nachgedunkelten Tapete.

»Ach du liebe Zeit«, hatte die Mutter entsetzt gerufen, nachdem Sanne die Bilder abgenommen hatte. »Wir hätten längst tapezieren müssen.«

»Das ist doch jetzt vollkommen egal«, hatte Sanne gesagt.

»Und wo sollen wir all die Fotos in der neuen Wohnung bloß wieder aufhängen?«, hatte die Mutter verzagt gefragt.

Alle hatten sie einen neuen Platz gefunden. Sanne war es erschienen, als sei ihr das wichtiger gewesen als den Eltern. Nägelchen um Nägelchen hatte sie in die Wände in der neuen Wohnung geschlagen. Hier? Ist das okay? Gefällt euch dieses Bild an der Stelle?

Jedes hatte Sanne intensiv betrachtet, bevor sie es aufgehängt hatte. Die Fotos mit den Taufen der Kinder. Sie, die Philipp und Lisa angestrengt lächelnd auf dem Arm hielt. Uwe, der einen Arm um ihre Schulter gelegt hatte.

Die Kinder bei der Einschulung. Mit großen Zuckertüten im Arm. Philipp im Konfirmationsanzug, Lisa zwei Jahre später im schwarzen Kleid, in einer Hand eine Kerze, in der anderen ein Gesangbuch. Dazwischen Urlaubsbilder, Familienbilder, beim Fotografen aufgenommen und gerahmt. Weihnachtsgeschenke für die Eltern.

Sanne hatte dem Wachsen ihrer Kinder noch einmal zusehen können. Wie aus den runden, weichen Gesichtern kantigere geworden waren. Wie die Arme und Beine lang und ungelenk wurden. Wie Lisas Locken verschwanden und wieder auftauchten. Philipp hatte nie welche gehabt. Lisas Zeit, in der sie gar keine Haare auf dem Kopf und schwarz umrandete Augen gehabt hatte, waren nicht bebildert worden. Warum auch hätte sie solche Fotos den Eltern schenken sollen? Sanne dachte nicht gern daran. Sie hatte das Gefühl gehabt, als Mutter komplett versagt zu haben.

Sanne hatte auch Gittis Fotos lange angeschaut. Ihrer Schwester beim Älterwerden zugesehen. Gitti hatte immer Freizeitbilder abgeliefert. Von einem Berggipfel, von einem Strand. Ohne Daniel, später mit Daniel, der auf den Bildern genauso älter wurde wie Philipp und Lisa.

Petra war bloß auf Fotos der ganzen Familie zu sehen. Die waren an den Geburtstagen der Eltern gemacht worden. Wenn alle versammelt waren. Kommt, lasst uns mal wieder ein Familienbild machen.

Besonders lang aber hatte sie ihr Hochzeitsbild in der Hand gehalten. Sich in diesem weißen Kleid mit Rüschensaum und den gebauschten kurzen Ärmeln betrachtet, wie es damals Mode gewesen war. Ihre Haare dauergewellt. Selbstverständlich. Uwe im schwarzen Anzug, das Jackett zweireihig und mit diesen unglaublich breiten Schulterpolstern. Sanne war es gleichzeitig zum Lachen und zum Weinen gewesen. Weil die Mode viele Jahre später oft lächerlich wirkte und man sich kaum noch vorstellen konnte, sich schön gefunden zu haben. Gleichzeitig rührte sie die Erinnerung, wie jung und voller Zuversicht sie gewesen waren.

Sie hatte die Nase hochgezogen und mit einem Seufzer das Bild mitten an der Wand über dem Sofa angebracht. Ohne die Eltern zu fragen, ob es dort am richtigen Platz wäre.

Mit einem Seufzer erhob sie sich jetzt von der Treppe des schmalen Hauses und ging nach oben.

Sanne blieb im Türrahmen des Kinderzimmers stehen, das sie irgendwann zum Gästezimmer umfunktioniert hatte, und dachte, Gitti hat recht. Hier gibt es doch gar nichts mehr zu packen.

Sanne hatte Gitti überreden wollen, noch einmal zu kommen.

»Wegen der paar *Hanni und Nanni*-Bücher, oder was?«, hatte Gitti eingewendet. »Schmeiß den ganzen Plunder weg.«

»Jetzt auf einmal ist das Plunder?«, hatte Sanne gesagt. »Ich dachte, du bist die, die an allem so hängt.«

Sie hatten bei den Eltern im neuen Wohnzimmer gesessen. Gitti war endlich vorbeigekommen. »Aber nur, wenn du auch kommst«, hatte sie zur Bedingung gemacht. Sie hatten Kaffee getrunken und Apfelkuchen gegessen. Apfelkuchen, den Sanne besorgt hatte. Die Mutter hatte ihn genau inspiziert und dann stirnrunzelnd »Bäcker« gesagt.

Und nun stand Sanne da und stand und stand. Als sei ihre Schulter mit dem Türrahmen verschraubt. Es war zu Ende mit diesem winzigen Zimmer, in dem Gitti, sie und Petra gespielt und gestritten, geschlafen und geträumt, gelesen und geflüstert hatten.

Sie ließ ihren Blick schweifen, als könnte der irgendwo Halt finden, ihr sagen, schau, hier ist doch noch etwas Wertvolles. Dies oder das solltest du mitnehmen, aufbewahren.

Sie öffnete die Schranktür, um nach den Namen auf der Kleiderstange zu sehen. Die hatte sie darauf geschrieben, ach was, geschrieben, hineingekratzt hatte sie die. Mit exakt abgemessenen Trennstrichen. Weil Gitti ihre Sachen einfach immer irgendwohin gehängt hatte. Dahin, wo gerade Platz war.

Egal wie oft Sanne ihr gesagt hatte, mach dich gefälligst nicht so breit. Egal wie oft Sanne Gittis Sachen aus dem Schrank gerissen und auf deren Bett geworfen hatte. Es hatte einen regelrechten Kleiderschrankkrieg gegeben. Die Kleiderstangeneinteilung war schließlich Notwehr gewesen. Gegen die Dreistigkeiten der kleinen Schwester. Die den ihr von Sanne zugemessenen Platz trotzdem immer wieder überschritt.

Sanne musste lächeln, während sie mit dem Zeigefinger über die Einteilung fuhr. Wie unbedeutend es sich in der Erinnerung ausnahm, was sie damals als existenziell empfunden hatte. Als sei es um Leben oder Tod gegangen. Gitti oder Sanne. Sanne oder Gitti.

Um den Platz am Schreibtisch hatten sie aber seltsamerweise nicht gestritten. Gitti hatte ihre Schularbeiten gern auf dem Bett oder bäuchlings auf dem Fußboden gemacht.

Petra und sie hatten ihn gemeinsam benutzt. Jede von ihnen auf einer Seite. Jede darauf bedacht, der anderen nicht im Weg zu sein. Eine friedliche Koexistenz.

Der Schreibtisch war wie das Etagenbett in Flammen aufgegangen. In Sannes Feuerschale. Jetzt tat es ihr plötzlich leid.

Sanne drehte sich zu dem schmalen Bücherregal, nahm einen Band *Hanni und Nanni* heraus und fächerte die Seiten mit dem Daumen auf.

»Wie habe ich Hanni und Nanni beneidet«, hatte Gitti zwischen zwei Gabeln Apfelkuchen gesagt. »Ich wollte so gern auch in ein Internat.«

»Alle wollten das«, hatte Sanne gesagt.

»Ich hatte immer Angst, du und Petra, ihr seid eines Tages weg und lasst mich zurück.«

Überrascht hatte Sanne Gitti angesehen.

»Ehrlich«, hatte Gitti gesagt.

»Wir hätten dich doch mitgenommen!«

»Ja sicher.« Gitti hatte sich an die Stirn getippt. »Ganz bestimmt hättet ihr eure kleine Schwester am Hacken haben wollen.«

Sanne ging mit dem aufgeschlagenen Buch zu ihrem Bett und setzte sich auf die Kante. Sie fing an zu lesen. Irgendwann rutschte sie, ohne den Blick von den Seiten zu wenden, zur Wand und lehnte sich an. Nach einer Weile rollte sie sich zusammen, legte das Buch auf die Decke und stützte sich auf den Unterarm.

Sie schreckte erst auf, als jemand wie wild an die Haustür bollerte.

»Ich komme ja schon!«, rief sie, weil das Getrommel nicht aufhörte, und rannte die Treppe hinunter.

»Hast du das Schild angeguckt?« Mit hochrotem Gesicht und außer Atem stand Heiko in seinen Sportklamotten vor ihr.

Als Sanne nicht antwortete, weil sie nicht verstand, was er wollte, fasste er sie am Arm und zog sie durch den Vorgarten, bis sie vor Heikos Maklerschild standen.

Sanne kam sich vor, als würde sie abgeführt.

Er fuchtelte mit seinem Zeigefinger. Er konnte sich gar nicht beruhigen. So was sei ihm noch nie passiert. Und dass sie das nicht einmal bemerkt haben wolle?

Sanne fühlte sich schuldig.

Und dann meinte sie plötzlich, im Kinderzimmer stimme auch etwas nicht.

»Einbrecher!«, rief sie. Der Gedanke erleichterte sie absurderweise. Wenn eingebrochen worden war, konnte sie nicht verantwortlich sein für das Desaster. Also, das Desaster in Heikos Augen. Sanne fand es gar nicht so schlimm.

Heiko guckte zuerst verdutzt und schüttelte dann den Kopf. »Und die malen zum Abschluss dann so schön auf meinem Schild herum?«

Doch Sanne war sich jetzt sicher. »Das Bett!«, rief sie. Es war irgendwie verruschelt gewesen, die Bettdecke anders, als Sanne sie am Morgen des Auszugs der Eltern gefaltet hatte. Sie hatte es erst nicht wahrgenommen. Aber jetzt? Jetzt ordnete sie ihr vages Gefühl vollkommen neu ein. Es musste eingebrochen worden sein.

Sie lief noch einmal ins Kinderzimmer, und als sie vor dem Bett auch noch Schmutzabdrücke von Schuhen auf dem Teppich entdeckte, fand sie sich bestätigt. Sie rief bei der Polizei an. Obwohl der Beamte »Rühren Sie bitte nichts an!« gesagt, ja regelrecht befohlen hatte, rannte sie durchs Haus.

Sie entdeckte, dass eins der Kellerfenster offenstand. Sie entdeckte die Terrassentür, die bloß zugedrückt und von außen mit einem Stein gesichert war. Sie entdeckte auch das Einmachglas im Spülbecken. Sie roch daran. Bohnen.

In der Fliederstraße entstand Aufruhr, als die Polizei vor dem Haus hielt. Ein Polizist und seine Kollegin stiegen aus. Gegenüber guckten zwei Leute aus den Fenstern der Reihenhäuser. Hans kam vorbei. »Was ist denn hier los?« Ein paar weitere Nachbarn sammelten sich nach und nach am Zaun und starrten.

»Fehlt denn etwas?«, fragten die Polizisten.

Sanne schüttelte den Kopf. »Hier ist ja nichts mehr.« Sie dachte an die Eltern. Wenn sie jetzt auch noch erführen, dass eingebrochen worden war.

Sie zeigte den Beamten das Kellerfenster, die Terrassentür und das Einweckglas. Sanne zeigte ihnen zum Abschluss auch noch Heikos Maklerschild.

Die Polizistin ging mit ihrem Gesicht ganz nah heran und sagte dann: »Nagellack.«

»Glaubst du?«, fragte der Kollege und guckte skeptisch.

»Sicher«, sagte sie und nickte nachdrücklich.

Nagellack, dachte Sanne. Eine Einbrecherin.

»Muss ja gar nicht der Einbrecher gewesen sein«, sagte die Polizistin.

»Stimmt«, sagte der Kollege.

»Wer denn sonst?«, fragte Sanne.

»Wir schicken die Spurensicherung. Morgen«, sagten die Polizisten und stiegen in ihr Auto. »Nichts anfassen oder putzen.«

Gegenüber in den Reihenhäusern schlossen sich die Fenster. Die Nachbarn gingen nach Hause. Bis auf Hans. »Das erzählst du deinen Eltern besser nicht«, sagte er.

Petras Hand griff ins Leere. Wo war die Hand, die ihre eben noch gehalten hatte? Da war doch eine Hand gewesen. Sanne?

»Sanne?«, fragte Petra. »Sanne, stimmt es, dass das Haus verkauft wird? Ich hab das Schild übermalt. Oder hab ich das bloß geträumt?«

Aber Petra wusste nicht, ob ein Laut aus ihrem Mund gekommen war. Unruhig drehte sie den Kopf hin und her. Sie sah einen Stuhl an ihrem Bett stehen, aber der war leer. War das eben vielleicht gar nicht Sanne, sondern die Mutter gewesen?

Jemand beugte sich über sie.

»Bist du doch noch da?«, flüsterte Petra, ohne zu wissen, ob sie Sanne oder die Mutter meinte.

Aber es war eine Krankenpflegerin, die ihr über die Stirn strich und leise »Schschsch« sagte. »Alles gut.« Sie hängte einen durchsichtigen Beutel auf und drehte an einem Rädchen. Petra beobachtete durch die halb geschlossenen Lider, wie es unterhalb des Rädchens sanft in einen durchsichtigen Schlauch tropfte.

Sie fror und versuchte an ihrer Decke zu ziehen. Jeder Atemzug tat weh. Und ihre Rippen schmerzten. Bis in die

Arme und in den Bauch zog sich der Schmerz. Sie schlief wieder ein.

»Was machst du denn für Sachen«, sagte Sanne. Dann Lisas Stimme: »Lass Petra zufrieden. Sie muss wissen, was sie tut.« Die Mutter kam mit einer großen Tasche, aus der sie ein Weckglas nach dem anderen zog. Eine Mauer aus Eingemachtem türmte sich neben Petras Bett.

»Ja, ich verkaufe das Haus!«, rief Sanne höhnisch.

Petra irrte durch das schmale Haus und hielt dann von innen die Haustür zu.

Dann stand der Vater am Fußende ihres Betts. Petra streckte ihm die Arme entgegen, doch er kam nicht näher. Sanne und Gitti tauchten neben ihm auf. Sie unterhielten sich. Hier. Ich bin hier, wollte Petra rufen. Aber es kam kein Laut aus ihrem Mund. Die drei verließen gemeinsam das Zimmer, ohne sich nach ihr umzusehen. Petra liefen die Tränen herunter.

Jemand strich ihr über die Wangen. »Haben Sie Schmerzen?« Ein Pfleger setzte eine Spritze an das Plastikding, das auf ihrem Handrücken saß, und drückte eine Flüssigkeit hinein. »Gleich wird's besser.«

Petra sah dem Mann angestrengt hinterher. Seine Sohlen quietschten, als er aus dem Zimmer ging. Es tat ihr weh in den Ohren. Ihr Herz schien zu rasen. Sie schloss wieder die Augen. So schwer, die Lider. Sie hörte ihren Atem rasseln. Ihr war immer noch eisig. Aber ihr war auch sehr heiß.

Ein riesiger Kran stand im Garten des Elternhauses und ließ eine schwere Kugel gegen die Fassade donnern. »Das dürft ihr nicht!«, schrie Petra.

Das schmale Haus stürzte zusammen. Ein großer Haufen Steine lag nun dort und jemand stellte ein Schild »Zu verschenken« daneben.

Sanne stand mit Heiko und neuen Kaufinteressenten im Vorgarten.

»Du musst nicht dabei sein«, hatte Heiko gesagt. »Wozu hast du einen Makler?«

Doch Sanne wollte unbedingt. Seit dem Einbruch hatte sie das Gefühl, alles viel besser überwachen zu müssen, aufpassen zu müssen, was genau mit dem schmalen Haus geschah. Es nicht in falsche Hände kommen zu lassen.

Die Polizei hatte nichts herausfinden können. Bei den Beschmierungen auf dem Schild handele es sich tatsächlich um Nagellack, aber ohne weitere Indizien? Nicht einmal ein sicherer Hinweis, dass es eine Täter*in* gewesen sein müsse. »Tut uns sehr leid. Aber solche Einbrüche werden selten aufgeklärt.«

Einen *netten* Käufer wollte Sanne. Eine *nette* kleine Familie. Vater, Mutter, Kind. Oder Kinder? Mehrzahl? Zwei, vielleicht auch drei? So, wie sie es gewesen waren? Nein, dazu war das Haus viel zu klein. Vater, Mutter, Kind. Mehr Platz war für heutige Ansprüche nicht. Vater, Mutter, Kind, das wäre prima.

Eine *nette* kleine Familie, die das alles zu schätzen wusste. Eine *nette* kleine Familie würde ihr Gefühl stärken, das Richtige getan zu haben. Das Richtige zu tun. Dieses Wohnumfeld, das für die alten Eltern nicht mehr geeignet gewesen war, einer Familie zu verkaufen, die ihre Freude daran hätte. Und dann hätten vielleicht auch die Eltern ihre Freude daran.

Manchmal verstieg Sanne sich sogar zu Tagträumen, in denen sie die Eltern mit dieser Familie, die sie sich für das schmale Haus vorstellte, im Garten sitzen sah. An einem Kaffeetisch unter den Obstbäumen. Oder unter dem Nussbaum. Die Mutter erklärte, wie man den Garten am besten bestellte. Der Vater putzte die Gartengeräte. Oder vielleicht zeigte er auch dem Kind, wie man aus einem Stück Holz einen Zwerg oder eine Maus schnitzte. Oder er reparierte ein Spielzeug, das dem Kind kaputtgegangen war.

Solche Vorstellungen wärmten Sanne. Und sie verscheuchten die Gefühle dieses deprimierenden Nachmittags, als sie den Eltern in deren neuem Wohnzimmer gegenübergesessen hatte. Die beiden auf dem Sofa, sie jenseits des Couchtischs. Mit Blick auf ihr eigenes Hochzeitsbild.

»Das Haus wird verkauft«, hatte Sanne gesagt. *Es. Wird. Verkauft.* Als hätte sie nichts damit zu tun. Als sei das ein nach dem Auszug der Eltern von selbst einsetzender Mechanismus.

Und trotzdem waren die Gesichter der Eltern nach und nach versteinert. Sanne hatte es wahrgenommen und umso mehr geredet. Einfach gegen diese Versteinerung angeredet. Argumentiert, obwohl keine Gegenargumente gekommen waren. Es ist das Beste. Was soll ich sonst damit machen. Das Geld ist mir gar nicht wichtig. Gitti und Petra sollen etwas abbekommen. Und natürlich eure Enkelkinder. Selbstverständlich. Gitti kann's doch auch wirklich gebrauchen. Lisa im Studium unterstützen. Philipp vielleicht endlich ein Auto. Damit seid ihr doch bestimmt einverstanden.

Hatten die Eltern überhaupt irgendetwas gesagt? Ein Wort? Einen Satz? Oder zwei? Je angestrengter Sanne nachdachte, desto mehr verschwamm dieser Nachmittag in ihrer Erinnerung. Schmal war der Mund des Vaters geworden. Und auch der der Mutter. Das sah sie noch vor sich.

An dieser Schmallippigkeit las Sanne nun die Vorwürfe

ab. Dafür haben wir dir das Haus überschrieben? Wir wollten, dass es bewahrt wird. Dass es in der Familie bleibt. Und was machst du? Dafür haben wir also unser Leben lang geschafft und geschuftet und verzichtet. Damit du alles bei der nächstbesten Gelegenheit verschleuderst. Wir sind enttäuscht. Ach was, wir sind am Boden zerstört.

Was Sanne am meisten quälte, war, dass die Eltern denken mussten, sie hätte das alles von langer Hand vorbereitet, geschickt und hinterhältig eingefädelt. Die Eltern, unter dem Vorwand, es gut mit ihnen zu meinen, aus dem Haus getrieben. Und es dann, zack, verhökern.

Der heutige Kaufinteressent war Sanne auf Anhieb sympathisch. Herr Hühnfeld. Mit einem kräftigen Druck seiner warmen und trockenen Hand hatte er sie begrüßt und »Sie sind die Assistentin« gezwinkert.

»Nein, nein«, hatte Sanne verwirrt gesagt. »Die Besitzerin.«

»Ah«, hatte Herr Hühnfeld gesagt. »Sie wollen sehen, wer das alles hier kauft.« Dabei hatte er eine große Armbewegung über das ganze Grundstück gemacht.

Sanne hatte genickt. Fast dankbar. Am liebsten hätte sie Heiko einen triumphierenden Blick geschickt. Siehst du? Er versteht's.

Aber sie hatte ihre Hand weitergereicht. Herr Hühnfeld hatte nämlich auch noch eine nette Frau dabei. »Guten Tag.« Und einen süßen kleinen Jungen. Zu ihm beugte Sanne sich hinunter. »Wie heißt du denn?« Der Kleine steckte verlegen einen Finger in den Mund und Frau Hühnfeld antwortete »Noah« für ihn. Sanne richtete sich lächelnd wieder auf. »Ein schöner Name.«

Sanne war bereit, alles schön zu finden. Sie hatte ein

gutes Gefühl, ein beinahe euphorisches. Das war ihre Familie. Ganz sicher. Dieser Mann, der sie überhaupt mal wahrgenommen hatte, die meisten anderen hatten sie wie Luft behandelt.

Sogar das Wetter zeigte sich für die Hühnfelds von seiner besten Seite. Während bisher oft ein schwerer, grauer Himmel tief über dem Grundstück und dem schmalen Haus gehangen hatte, schien heute die Sonne. Jetzt, am Nachmittag, stand sie schon tief und dehnte alles zu langen Schatten. Das Haus, den Nussbaum, den Gartenzaun. Selbst die Töpfe mit dem Buchs, die Heiko rechts und links am Waschbetonplattenweg entlang hatte aufstellen lassen. »Wertet optisch total auf«, hatte er gesagt. Sie wiederholten sich selbst als schwarze Kugeln auf dem Weg und auf dem angrenzenden Rasenstück.

Sanne suchte nach Gesprächsstoff mit Frau Hühnfeld. In ihrem Hochgefühl fing sie an, von ihrer Kindheit im schmalen Haus zu erzählen. Waren zu dritt, drei Mädchen, eng alles, aber trotzdem eigenes Kinderzimmer, nicht selbstverständlich damals, Vater alles mit eigenen Händen gebaut.

Frau Hühnfeld nickte, freundlich, aber desinteressiert. Trotzdem konnte Sanne nicht aufhören. Mutter alles fleißig in Schuss gehalten, der Garten, wir Kinder haben geholfen. Schön damals, auch mit den Nachbarn, den Nachbarskindern, früher waren wir ja immer auf der Straße.

Frau Hühnfeld war beschäftigt mit dem kleinen Noah: »Schau mal, hier kannst du dann schön spielen, da könnte dein Sandkasten hin, auch eine Rutsche, vielleicht ein Trampolin.« Gleichzeitig schien sie das Gespräch zwischen Heiko und Herrn Hühnfeld zu verfolgen. Die ganze Zeit waren Sanne und Frau Hühnfeld dicht bei den Männern geblieben, waren hinter ihnen hergegangen. Sanne hatte sich einfach mitziehen lassen. Was interessiert sie auch meine Kindheit, dachte sie jetzt beschämt und hörte endlich auf zu reden. Sie hatten den steilen Hang hinter dem Haus erklommen und waren ganz oben an der Trockenmauer angekommen. Weiter ging es nicht mehr.

»Tolles Grundstück«, sagte Herr Hühnfeld. »Wirklich.«

Frau Hühnfeld nickte bestätigend und beide sahen sie Sanne anerkennend an. Sanne lächelte verlegen, dachte aber, das Haus, das Haus ist doch das Wichtige. Die Hühnfelds jedoch standen und guckten, als gehöre alles bereits ihnen, und sahen über das schmale Haus hinweg. Hier oben geschah das fast automatisch.

Aber hatten nicht alle die ganze Zeit über das schmale Haus hinweggesehen, dachte Sanne plötzlich? Egal von welcher Stelle des Grundstücks? Nur manchmal hatten die Leute es mit ihren Blicken gestreift, so, als sei es ein lästiges Objekt. Eins, das einfach nur im Weg war.

Heiko zog jetzt einen Plan aus der Papprolle, die er die ganze Zeit unter dem Arm getragen hatte, und breitete ihn aus. Nun beugte sich auch Frau Hühnfeld darüber.

Sanne und Noah waren sich selbst überlassen. Der Kleine entdeckte die Schaukel. Er zog an ihrer Hand, was Sanne rührte. Sie ging mit ihm zurück zu den Obstbäumen, setzte ihn auf die Schaukel und stieß ihn sanft an.

Sie erinnerte sich daran, wie der Vater sie aufgehängt hatte. Sorgfältig hatte er Baum und Ast ausgesucht. Stark musste er sein, nicht befallen von Ungeziefer, parallel zum Boden musste er stehen. Die Apfelbäume hatte er schnell verworfen und den perfekten Ast beim Kirschbaum gefunden.

Gitti und Petra hatten sich beim Spielen und Turnen oft mit Sanne messen wollen, hatten versucht, an sie heranzukommen und manchmal sogar sie zu übertreffen.

Meist hatte Sanne solche Wettkämpfchen gönnerhaft mitgemacht, sich ihrer Überlegenheit sicher. Sie war nicht bloß die Große, sondern auch noch ausgesprochen sportlich gewesen. Doch je älter die beiden wurden, desto öfter hatten sie ihre Stellung als große Schwester gefährdet. Vor allem Petra war ihr mehr und mehr auf den Fersen gewesen.

Petra war auch sportlich, aber zum Glück ein bisschen ängstlich. Bei der Sache mit der Schaukel war aber genau das für Sanne nach hinten losgegangen.

Der Teufel hatte sie geritten und sie hatte behauptet, von der Schaukel springen zu können. Von der besonders hoch aufgeschwungenen.

Das hatte Petras Ehrgeiz geweckt, wo Sanne sicher gewesen war, das traue die Schwester sich nie. Sie hatte geübt, obwohl Sanne sie dabei ständig verhöhnt hatte.

Als es schließlich zum Kräftemessen gekommen war, hatte Sanne sich dann den Knöchel schwer verstaucht. Sie hatte geheult wie ein Schlosshund. Nicht wegen der Schmerzen, wie alle dachten. Sie hatte in diesem Augenblick das Gefühl gehabt, ihren Platz als große Schwester endgültig verloren zu haben.

Den musste sie doch wenigstens in der Freizeit behalten, wenn Petra schon einen Vorsprung in der Schule hatte.

Noah wollte nicht mehr schaukeln, sondern zu seiner Mutter. Sanne ging ihm langsam hinterher. Als sie näher kam, sagte Heiko gerade »Baufenster« und fuhr mit dem Zeigefinger auf dem Plan herum, dessen eines Ende er in seiner linken Hand hatte, das andere hielt Herr Hühnfeld. Frau Hühnfeld stand zwischen ihnen.

Noah tippte seiner Mutter an den Po, sie streckte beide Hände nach hinten, Noah griff nach ihnen und hüpfte auf und ab. Geduldig ließ Frau Hühnfeld es geschehen, sah konzentriert auf Heikos Plan.

Baufenster, dachte Sanne, plötzlich alarmiert. Warum denn Baufenster? War dieses Wort nicht schon beim letzten Interessenten gefallen? Und bei dem davor? Sanne war sich nicht sicher. Als sie ganz nah herangekommen war, war auch noch vom Bäumefällen die Rede. Und wie schwer einem das heutzutage gemacht würde. Aber bei Obstbäumen sei das ja wohl kein Problem, oder? Heiko machte sich Notizen, sagte ja oder nein oder, er werde das klären.

Sanne setzte an, zu fragen, was hier eigentlich vor sich ging. Doch genau in diesem Augenblick klingelte ihr Handy. Uwe. Ungeduldig hob Sanne ab. »Es passt gerade nicht!«

»Deine Schwester liegt in der Klinik. Offenbar was Ernstes«, sagte Uwes Stimme.

»Gitti?«, schrie Sanne.

Heiko und die Hühnfelds blickten von ihrem Plan auf und neugierig zu Sanne. Lächelnd winkte sie ab und lauschte angestrengt.

»Petra«, sagte Uwe.

»Woher weißt du …?«

»Ein Jürgen hat angerufen.«

»Jürgen?« Wieder schrie Sanne. Wieder sahen alle zu ihr. Wieder musste sie lächeln und abwinken.

»Ich komme nach Hause!«, sagte sie und legte auf.

»Ich muss nach Hause«, sagte sie zu Heiko und den Hühnfelds und gab allen die Hand, sogar Heiko, der verdattert guckte, weil sie sich normalerweise nie mit Handschlag verabschiedeten.

»Gar kein Problem«, sagte er dann und grinste: »Wozu hast du einen Makler.«.

Spar dir's, dachte Sanne. Den Satz kann ich nicht mehr hören.

»Ist was passiert?«, fragte Heiko noch. Die Hühnfelds runzelten in vorauseilendem Mitleid die Stirnen zu besorgten Falten.

»Nein, nein«, beteuerte Sanne und murmelte irgendwas von dringender Termin, bloß vergessen.

»Jürgen«, wiederholte Uwe, als sie außer Atem zu Hause angekommen war.

»Welcher Jürgen denn?«, rief Sanne. Sie verspürte eine rasende Ungeduld mit Uwe. Er schien ihr so schwerfällig, schien gar nicht zu verstehen, dass ein Jürgen ein großes Rätsel war. Wo kam denn plötzlich ein Jürgen her? Ein Jürgen, der auch noch anrief und sagte, Petra sei krank.

Sie benötigte mehr als einen Einwortsatz, überhaupt brauchte sie mehr Worte, mehr Sätze, mehr Verständigung, mehr Austausch. War Uwe, der allerdings noch nie viele Worte gemacht hatte, nicht in letzter Zeit noch einsilbiger geworden?

»Das ist doch vollkommen egal«, sagte Uwe. »Deine Schwester ist anscheinend schwer krank.«

»Das hab ich verstanden«, schrie Sanne. Ruhig, Sanne, befahl sie sich. Komm runter.

Uwe schüttelte den Kopf und reichte ihr einen Zettel mit einer Telefonnummer.

Sanne wedelte damit, zog die Augenbrauen gefühlt bis zum Haaransatz und zuckte fragend mit den Schultern.

»Von Jürgen«, sagte Uwe, schon auf dem Weg, das Haus zu verlassen.

»Aber …«, rief Sanne ihm hinterher.

Er drehte sich noch mal um: »Ruf halt an.«

Sanne schaute auf den Zettel, kam sich selbst vor, als hätte sie noch nie eine Telefonnummer gesehen.

Dann sah sie zur Tür, durch die Uwe verschwunden war. Wohin eigentlich? War Uwe nicht nur viel wortkarger geworden, sondern auch noch sehr oft weg? Oder war Sanne so oft weg? Hatte so viel zu tun?

Sie gingen im Krankenhausflur auf und ab. Was heißt, sie gingen. Petra hatte das Gefühl, Jürgen schleppte sie mehr, als dass sie ging.

»Wie lange war ich weg?«, hatte Petra gefragt, als sie zum ersten Mal sicher war, dass es Jürgen war, der an ihrem Bett saß, und nicht eine Schimäre.

»Ein paar Tage.«

Jürgen hätte auch *ein halbes Jahr* sagen können, und Petra hätte es ihm geglaubt. Sie hatte jedes Zeitgefühl verloren. Und wusste auch nicht, wie sie in die Klinik gekommen war.

»Du hattest am nächsten Tag Fieber. Und am Abend war es so hoch, dass ich Angst bekommen habe.«

Petra trug eins dieser hinten offenen Krankenhaushemden und darüber einen karierten Bademantel. »Wo kommt der denn her?«, hatte sie verwundert gefragt, als Jürgen ihn ihr zum Reinschlüpfen hingehalten hatte.

»Von mir«, hatte er verlegen gegrinst. Ein Nachthemd habe er leider nicht gehabt. Deswegen der Krankenhauskittel.

Ein Pfleger schnürte an ihnen vorbei. Mit diesem typischen Krankenpflegepersonalgang. Geschmeidig, fast wie auf Rollen. Petra blieb stehen und sah ihm neidisch hinterher. Was, wenn sie nie wieder richtig laufen könnte?

»Na, das geht doch schon ganz prima«, lobte der Pfleger, der sich umgedreht hatte und ein paar Schritte rückwärts ging. Petra lächelte ihn schief an. An diesen Ton gewöhnte sie sich nicht. Wie mit einem kleinen Kind, egal wie scheußlich das Bild war, das es gemalt hatte. Bloß nicht frustrieren.

Petra wandte sich wieder Jürgen zu. »Meine ganze Familie war da.«

»Schön! Und schade, dass ich sie nicht getroffen habe.«

»Im Traum.«

»Ach so.«

»Woher hätten sie es denn auch wissen sollen«, sagte Petra.

Hinter ihnen klappte eine Tür. Offenbar war der Pfleger in einem der Zimmer verschwunden. Petra machte ein paar weitere Schritte, um gleich wieder stehen zu bleiben. »Wieso dachtest du, meine Familie war tatsächlich da?«, fragte sie misstrauisch.

»Ich habe deine Schwester angerufen.« Jürgens Tonfall kam Petra betont beiläufig vor, er erschien ihr mit einem Mal seltsam verlegen. Wie jemand, der etwas verbergen wollte, aber gerade merkte, dass es auf jeden Fall ans Tageslicht kommen würde.

»Was?« Sie geriet ins Wanken. Jürgen fasste sie an den Schultern, bis sie sich wieder gefangen hatte. »Aber …«, stotterte sie dann. »Welche denn? … Woher hattest du die Nummer?«

Aus ihrem Notizbuch, erklärte er. Wie gut doch so ein altmodisches Notizbuch sei, wenn das Handy gesperrt war und der andere die PIN nicht kannte. Eine Familie müsse doch wissen, wenn jemand von ihnen so schwer krank sei, sagte er auch noch.

Woher er gewusst habe, welche Nummern zu ihren Schwestern gehöre?

Er habe es nicht gewusst, aber nach Einträgen nur mit Vornamen gesucht, bei Gitti und Sanne gedacht, die Namen habe er schon mal von ihr gehört. Und dann auch noch Festnetz. Typisch für *unsere* Generation. Detektivische Kombinationsgabe sozusagen. Je mehr Jürgen erklärte, desto mehr guckte er wie ein Hund, der Prügel erwartete.

Petra hätte ihn auch am liebsten verprügelt. Aber nicht nur fehlte ihr die Kraft, sie hatte gleichzeitig das Gefühl, hochgradig ungerecht, ja gemein zu sein.

»Sanne oder Gitti?«, fragte sie.

»Gitti«, sagte Jürgen.

»Gitti«, wiederholte Petra leise.

»Bei Sanne habe ich es versucht, aber nur mit einem Uwe gesprochen«, sagte Jürgen. »Gitti wollte deinen Eltern Bescheid sagen.«

»Ich will sie nicht sehen!«, rief Petra.

»Deine Eltern?«, fragte Jürgen und guckte entsetzt.

»Sanne«, sagte Petra.

Jürgen sagte nichts.

Nach einer weiteren Flurrunde wollte Petra zurück ins Krankenzimmer.

»Willst du nicht mal erzählen?«, fragte Jürgen, als sie wieder in ihrem Bett saß.

Petra starrte auf die Chrysanthemen, die Jürgen mitgebracht hatte. Diese Sorte, die aussah wie Köpfe mit wild herunterhängenden Haaren. Wie kleine Headbanger. Petra mochte Chrysanthemen nicht. Beerdigungsblumen. Totenblumen. Merkwürdig riechen taten sie auch. Aber sie hatte sich trotzdem gefreut. »Sie sehen lustig aus.«

»Tankstelle«, hatte Jürgen mit schiefem Lächeln gestanden.

»Wo soll ich denn anfangen?«, fragte Petra verzagt. »Bei meiner Geburt?«, fügte sie scherzhaft hinzu.

»Wenn du dich an die erinnerst?«, antwortete Jürgen ebenso scherzhaft. »Vielleicht besser von hinten?«, schlug er, ernsthaft werdend, vor. »Und im Lauf der Jahre immer weiter zurückarbeiten?«

»Und wo ist hinten?«

»Da, wo du zuletzt warst?«

Jürgen runzelte die Stirn. Jürgen guckte entsetzt. Jürgen lachte. »Wirklich mit Nagellack?«

Jürgen fragte: »Warum redet ihr nicht miteinander.« Jürgen sagte: »Was soll sie machen, wenn alles an ihr hängt.« Und meinte damit offenkundig Sanne.

Petra antwortete, Sanne wolle es so. Sie sei überhaupt sehr bestimmend. Schon immer. Vor allem, was die Eltern betreffe. Dagegen sei sie noch nie angekommen. Über wichtige Dinge redeten sie deswegen auch schon lange nicht mehr miteinander. Bloß über Belanglosigkeiten. Wenn sie denn bei den Eltern mal aufeinandergetroffen seien.

Gegen Sannes Argumente habe man keine Chance. Sanne habe sie mit ihren Beweisführungen schon immer *sprachlos* gemacht. Wortwörtlich. Und was diese neue Geschichte mit dem schmalen Haus betreffe: Bestimmt werde

Sanne vorbringen, sie sei es doch, die sich um die Eltern kümmere. Was solle sie dann sagen? Es stimme ja. Und doch stimme es nicht. Aber nun das Haus zu verkaufen schlage doch dem Fass den Boden aus.

»Wem gehört das Haus eigentlich?«, fragte Jürgen.

»Ihr«, sagte Petra.

»Darf sie dann nicht damit machen, was sie will?«

»Es ist doch trotzdem das Elternhaus«, sagte Petra entrüstet.

Darauf wusste Jürgen offenbar nichts mehr zu sagen. Sie schwiegen eine Weile. »Ich bin müde«, sagte Petra irgendwann.

»Das glaube ich«, sagte Jürgen und guckte besorgt.

Zum Abschied beugte er sich über sie, legte seine Lippen auf ihre. Ganz vorsichtig. Als könnte er sie beschädigen.

Als er sich aufrichtete, schnüffelte er: »Die Blumen riechen komisch. Soll ich sie wieder mitnehmen?«

»Auf keinen Fall«, sagte Petra. »Krankenzimmer riechen eh nie gut.«

»Muss man das noch steigern?«, fragte Jürgen und blickte skeptisch auf den Strauß.

Petra winkte ihm hinterher. Er warf ihr noch eine Kusshand zu, bevor er die Tür schloss. Wir sind plötzlich wie ein altes Ehepaar, dachte Petra.

»Sie haben so einen netten Mann«, sagte ihre Zimmernachbarin zum wiederholten Mal.

»Sie doch auch«, beteuerte Petra zum wiederholten Mal, obwohl sie den Mann ihrer Zimmernachbarin nicht nett fand.

Freundlich sein. Das machte man doch so in dieser Krankenzimmerzwangsgemeinschaft.

Plötzlich erschien Jürgen noch einmal im Türrahmen. »Wo sind eigentlich deine Eltern jetzt?«

Sie runzelte kurz die Stirn. »Bei Sanne«, antwortete sie dann. Ja. So musste es sein. Sanne hatte sie zu sich in ihr großes Haus geholt. Jetzt wo auch noch Lisa ausziehen würde, hatte sie den Platz. Wo denn auch sonst? Jetzt verstand sie auch, warum dieses Bild im Schlafzimmer hängengeblieben war. Das Engelsbild war in Sannes Haus unvorstellbar. Bestimmt hatte sie ein *geschmackvolles* für die Eltern gekauft.

Den Jürgens-Telefonnummer-Zettel noch in der Hand, sah Sanne Heiko vorfahren und aus seinem Auto steigen. Sie lief aus dem Haus, stellte sich an die niedrige Hecke, die ihrer beider Plattenwege zur jeweiligen Haustür voneinander trennte, und blickte Heiko ungeduldig entgegen.

Heiko konnte gar nicht anders als stehen bleiben. Diese Papprolle, in der seine Pläne steckten, hatte er wieder unter den Arm geklemmt. »Ich hab's eilig. Mach's kurz«, knurrte er, bevor er sie dann von oben herab *aufklärte.*

Niemand, *aber auch wirklich niemand,* sei an *diesem Häuschen* interessiert. Bei Häuschen verzog er den Mund wie ein Kleinkind, dem man einen Löffel Spinat anbot, während es Vanilleeis erwartete. Das sei vollkommen klar gewesen. So vollkommen klar, dass er gar nicht auf die Idee gekommen sei, ihr das extra zu erklären.

Er habe aber »ich verkaufe dir das Häuschen« gesagt, entgegnete Sanne, ganz genau erinnere sie sich an diesen Wortlaut, habe ihn regelrecht im Ohr.

Das sage man halt so.

Wie sie diese Maklersprache habe verstehen sollen, bitte schön.

Das sei keine Maklersprache.

»Ach nein?« Sanne hatte mittlerweile das Gefühl, sie ersticke vor hilflosem Zorn. »Dann war ich nur zu blöd, statt Häuschen Grundstück zu verstehen?«

»Das Grundstück bringt doch das Geld«, sagte Heiko, der inzwischen auch etwas hilflos wirkte. »Einen Haufen Geld. Ist dir das überhaupt klar?«

Und sie könne doch froh sein, dass die neuen Besitzer das Haus für sie abreißen würden. »Du hast keine Arbeit, keine Scherereien, sackst einfach nur die Kohle ein.«

Sanne hatte angefangen zu schreien. Ob er denn überhaupt kein Gefühl habe? Selbst kein Elternhaus habe? Oder, falls doch, es auch mir nichts dir nichts eiskalt einreißen würde?

Die Nachbarin zwei Häuser weiter kam mit ihrem Hund entlang und blieb neugierig stehen. »Kann man euch irgendwie helfen?«, rief sie. Scheinheilige Kuh, dachte Sanne.

Vollkommen synchron mit Heiko schüttelte sie den Kopf in Richtung der *scheinheiligen Kuh*. »Nein, nein, alles in Ordnung.«

Zuschauer fehlten gerade noch. Wir führen doch kein Theaterstück auf, dachte Sanne.

Der Hund der Nachbarin schnüffelte an Heikos Gartenpförtchen, und sie machte keinerlei Anstalten, ihn weiterzuziehen.

Was sie denn für eine Beziehung zu Häusern habe?, fragte Heiko Sanne betont leise. Das sei ja beinahe besorgniserregend. Psychologisch gesehen.

Psychologe sei er jetzt also auch noch, sagte Sanne,

ebenfalls so leise, dass die Nachbarin sie nicht hören würde. Hoffte sie zumindest. Und es ginge nicht um Häuser, sondern um *Eltern*häuser. Sie wurde wieder laut. Mit jedem Wort ein wenig mehr. Konkret ginge es in diesem Fall um *ihr* Elternhaus. Und das *ihrer* Schwestern.

Heiko reagierte nicht. Sanne stockte, wusste nicht weiter. Sie musste ihn treffen. Irgendwie. Psychologisch. Ob es ihm auch egal sein würde, fiel ihr ein, wenn seine Söhne einstmals sein Haus, Sanne fuchtelte mit beiden Händen in Richtung Heikos und Marions Haus, wenn sie sein Haus einfach abreißen lassen würden.

Marion kam aus dem Haus gelaufen. »Was ist denn hier eigentlich los? Was ist denn mit dir los, Sanne?«

»Mit mir? Frag lieber mal deinen Mann!«

Marion sah Heiko an. Heiko sah Sanne an und zuckte mit den Schultern. Nein. Damit habe er tatsächlich kein Problem. Wenn seine Söhne es für das Richtige hielten, sein Haus abzureißen, dann sei das vollkommen okay für ihn.

Marion runzelte die Stirn. »Wieso sollten sie unser Haus abreißen wollen?« Sie schüttelte Heiko am Arm. Die Papprolle fiel herunter. »Pass doch auf!«, rief Heiko.

Die Rolle kullerte den Weg hinunter. Der Hund der Nachbarin, der am Gartenpförtchen inzwischen Männchen machte, gauzte wie verrückt. Sie stand daneben, die Hand auf dem Hundekopf. Heiko lief der Rolle hinterher, hob sie auf und drohte damit in Richtung Hund. »Schnauze!«

Marion versuchte Sanne über die Hecke hinweg den Arm um die Schultern zu legen. »Du bist überreizt. Ich kann dich verstehen. Es ist alles sehr belastend.«

»Du kapierst es nicht, oder?«, rief Sanne und schob ihren Arm weg. Marion guckte beleidigt. Doch Sanne, die immer und überall so viel Wert auf gutes Einvernehmen legte, war in diesem Augenblick alles egal.

»Ich trete von unserem Vertrag zurück!«, rief sie Heiko entgegen, der mit der Rolle unter dem Arm wieder zurückkam. Sie hatte keine Ahnung, ob man von einem solchen Vertrag überhaupt zurücktreten konnte. Aber auch das war ihr egal.

»Das kannst du machen.« Jetzt grinste Heiko süffisant. »Aber dann stelle ich dir jede Stunde, die ich bereits investiert habe, in Rechnung.«

Sanne guckte ihn mit zusammengekniffenen Augen an.

»Und ich bin teuer«, setzte Heiko hinzu.

In Sanne machte sich Entsetzen breit.

»Komm«, sagte Marion zu Heiko und nahm ihm die Rolle ab. Er legte den befreiten Arm um ihre Schulter.

Sanne sah ihnen hinterher, wie sie so einig auf ihre Haustür zuschritten. Wie angeheftet blieb sie stehen, bis die beiden dahinter verschwunden waren. Marion drehte sich kurz vorher noch mal um und sah zu ihr hin. Fast unmerklich schüttelte sie den Kopf.

Sanne sah sich um, als erwachte sie aus einem Traum. Aus einem Albtraum. Die Nachbarin und der Hund waren verschwunden. Es war ganz still in der Straße. Kein samstägliches Rasenmähergetöse mehr. Der Rasen hatte das Wachstum für dieses Jahr längst eingestellt. Und wenn der Rasen nicht mehr wuchs, war auch die Grillsaison vorbei. Die Straßen waren um diese Uhrzeit auch längst gefegt. Kein Anlass mehr, draußen zu sein.

In Sannes Ohren rauschte diese Stille. Wie wenn man zu lange zu laute Musik gehört hatte und die plötzlich aussetzte. Und sie merkte auf einmal, dass sie fror. Ihre Zähne schlugen aufeinander. Um diese Jahreszeit wärmte die niedrig stehende Sonne nicht mehr.

Sie ging ins Haus. Als sie die Tür hinter sich zudrückte, merkte sie, dass sie etwas in der Hand hielt. Sie öffnete ihre Faust. Der zerknitterte Zettel mit der Telefonnummer dieses Jürgen, der wusste, woher auch immer er das wusste, dass Petra krank war. Sie glättete ihn und wählte nach einem kurzen Zögern die Nummer. Besetzt. Erleichtert lauschte Sanne dem nervösen Tuten. Sie hätte doch gar nicht gewusst, wie sie das Gespräch hätte beginnen sollen. Wer sind Sie eigentlich? Woher wissen Sie? Oder: Ich bin Petras Schwester. Aber das wusste dieser Jürgen vermutlich. Warum sonst hätte er anrufen sollen. Also dann eher: Was ist mit meiner Schwester?

Sanne drückte endlich auf die Taste mit dem roten Hörersymbol. Später noch mal versuchen, dachte sie und legte den Zettel neben das Telefon. Petra wird schon nicht todkrank sein. Ihre eigenen Probleme erschienen ihr erdrückender als eine Krankheit. War man krank, wurde man bemitleidet und umsorgt, musste sich um nichts kümmern. Beinahe wünschte Sanne sich eine Krankheit. Eine, die alle anderen zwingen würde, ihr ihre Probleme abzunehmen.

Wo war eigentlich Uwe? Wo war er gewesen? Um ihr beizuspringen, wie gerade Marion Heiko beigesprungen war?

Um ihr den Arm um die Schulter zu legen und den beiden Nachbarn mit einem grimmigen Blick zu verstehen zu geben: Ich halte zu meiner Frau. Egal, was passiert. Egal, wie teuer deine Rechnung wird.

Uwe war immer ein spröder Mensch gewesen. Ähnlich dem Vater. Nicht viele Worte. Aber verlässlich.

Nicht, dass sie immer einer Meinung waren. Gott bewahre. Wo gab es das. Aber es hatte doch eine unausgesprochene Einigkeit darüber gegeben, dass sie im Prinzip an einem Strang zogen. Bis vor Kurzem jedenfalls.

Und jetzt? Sanne wusste es nicht mehr. Galt das Versprechen *in guten wie in schlechten Zeiten* noch?

Oder waren die Zeiten so schlecht geworden, dass es nicht mehr galt? Gab es eine Grenze für die Gültigkeit dieses Versprechens? War die für Uwe erreicht?

Petra stand wieder an ihrem Bürofenster. An den ersten Tagen hatte die Bitterkeit des Kaffees, die sie bis dahin nie gestört hatte, ihr Übelkeit verursacht. Sie hatte ihn trotzdem getrunken. Den Zustand, bevor alles aus der gewohnten Ordnung geraten war, wieder herstellen. Den Takt und das Gleichmaß.

In der Nacht hatte es ein paar Flocken geschneit. Die umliegenden Dächer hatten noch ein paar weiße Inseln, an den Straßenrändern lag hier und da noch etwas brauner Schneematsch. Ansonsten war nichts mehr davon zu sehen.

Doch auf dem Tresen im Eingangsbereich, an dem gelangweilte Frauen saßen, die Petra noch nie hatte auseinanderhalten können, hatte heute Morgen ein Adventskranz gestanden. Mit oder ohne Schnee, offenkundig war die Vorweihnachtszeit da.

Die Eltern und Gitti hatten sie an einem ihrer letzten Krankenhaustage besucht. Fast schüchtern hatten der Vater und die Mutter an ihrem Bett gestanden und »Was machst du denn für Sachen« gesagt.

Was machst du denn für Sachen war schon immer die Formel gewesen, wenn andere Worte fehlten. Hatte man etwas angestellt, hatte die Betonung auf dem du gelegen. Was machst *du* denn für Sachen, die Stimme von Vater oder Mutter voller Vorwurf und Fassungslosigkeit über das Verhalten ihres Kinds. Ging es um etwas Schicksalhaftes, einen Sturz, eine Verletzung vielleicht, war der Satz gleichförmig, ohne jede Betonung, die Stimme voller Hilflosigkeit.

An ihrem Krankenbett war die Stimme der Eltern voller Hilflosigkeit. Petra verstand es. Auch die Befangenheit. Krankenhäuser waren einschüchternd. Der Patient lag wie auf einer Bahre. Der Patient war im Schlafzeug. Wann wurden erwachsene Menschen im Schlafzeug und im Bett besucht? Nie. Außer in Krankenhäusern. Wahrscheinlich lag die Einschüchterung auch an dieser Peinlichkeit. Wann hatten die Eltern sie das letzte Mal in Nachtwäsche gesehen? Vierzig Jahre her. Ungefähr jedenfalls.

Niemand war auf die Idee gekommen zu fragen, wie es denn hatte kommen können, dass Petra so krank geworden war. Nicht einmal Gitti, die einen riesigen Blumenstrauß mitgebracht und mit Jürgen geflirtet hatte.

»Sie hat mit dir geflirtet«, hatte Petra hinterher vorwurfsvoll zu Jürgen gesagt.

»Ach Quatsch«, hatte er geantwortet, aber Petra hatte gemeint, sein Hautton wäre dabei einen Ton dunkler geworden. »Sie ist nett.« Und eilig hatte er noch hinzugefügt: »Deine Eltern auch.«

»So, so«, hatte Petra bloß gesagt und ihn schief von unten angesehen.

Jürgen hatte den Eltern zwei Stühle an ihr Bett geschoben und sich ansonsten ganz im Hintergrund gehalten. Im Nachhinein war Petra gar nicht sicher gewesen, ob die Eltern überhaupt verstanden hatten, in welcher Art Jürgen zu ihr gehörte.

»Na hör mal«, hatte Jürgen gesagt. »Sie sind vielleicht alt, aber senil kamen sie mir nicht vor.«

Vom Haus wurde nicht gesprochen. Darüber, dass Sanne nicht dabei war, wurde auch nicht gesprochen. Vielleicht zur Schonung. Kranke mussten geschont werden. Aber vielleicht auch, weil keiner so recht wusste, wie mit diesem Thema anfangen.

Die Eltern und Gitti: Was wir dir schon die ganze Zeit sagen wollten …

Oder Petra: Was habt ihr eigentlich getan? Mit dem Elternhaus?

Gitti hatte ein paar Tage später noch mal bei ihr angerufen. »Wie geht's dir? Besser? Dein Jürgen ist wirklich nett. Wieso hast du uns den denn vorenthalten? Waaas? Seit zwölf Jahren? Sag mal, was bist du eigentlich für eine Schwester.«

»Und du? Was bist du für eine Schwester?«, brach es aus Petra heraus. »Und Sanne? Dass ihr mir nicht sagt, dass das Haus verkauft wird?«

»Das Haus wird verkauft? Du spinnst ja.«

»Und was ist mit dem Maklerschild?«

»Welches Maklerschild?«

Nach dem Streit mit Heiko rief auch noch Gitti an, Petra habe irgendwas von einem Maklerschild gefaselt, was es damit auf sich habe. Sanne stammelte. »Weißt du das nicht? Wieso denn nicht? Ich dachte.«

»Ja, was dachtest du denn?«, fuhr Gitti sie an.

Sanne schlief schlecht, schleppte sich jeden Morgen zur Arbeit. Dort war sie so unkonzentriert, dass sie sich den allerersten Rüffel ihres Arbeitslebens einfing. »Was ist denn bloß los mit Ihnen? So kenne ich Sie gar nicht.«

Nach der Arbeit schnell bei den Eltern vorbei, aber auch dort unkonzentriert. Sie fragte die Mutter oder den Vater etwas, nahm aber die Antwort kaum wahr. Sie verschüttete beim Absetzen der Tasse den Kaffee. Die Eltern erzählten ihr etwas, das sie sofort wieder vergaß. Sie saß auf der Stuhlkante und stand so ungeschickt auf, dass sie den Tisch ins Wackeln brachte. »Was ist bloß los mit dir?«, fragten auch die Eltern. »So fahrig kennen wir dich gar nicht.«

Als dann aber in Lahnfels die Straßen und Schaufenster geschmückt wurden, in Rotshausen die ersten erzgebirgischen Lichterbögen in den Fenstern auftauchten und in den Vorgärten die Leuchtrentiere, raffte Sanne sich auf. Der Gedanke an Weihnachten gab ihr neue Kraft. Ihre ganze frisch aufgeflammte Energie richtete sich auf das Fest.

Das Fest der Liebe, das Fest der Familie. Weihnachten erschien ihr wie eine rettende Insel in einem wild wogenden Meer. Sie musste sich nur anstrengen, diese Insel zu erreichen. Sie musste sich nur anstrengen, ein schönes Fest zu organisieren. Dann würde alles gut.

Lisa und Philipp würden ein paar Tage wirklich mit ihnen verbringen. Weihnachten verabredete man sich nicht anderweitig. Oder? Die Eltern würden in Sannes Wohnzimmer auf dem Sofa sitzen und sie würde ihnen aufmerksam und geduldig zuhören, egal was sie erzählten.

Und Uwe könnte mal nicht irgendwohin verschwinden. Er könnte Sanne mal nicht einfach zurücklassen. Mit dieser Ungewissheit. Mit diesem Knoten im Bauch, der sich vor lauter Angst nicht zu konkreten Fragen aufdröseln lassen wollte. Vielleicht zu Fragen wie: Wohin gehst du? Oder genauer: Wen triffst du da, wo du hingehst? Oder noch genauer: Welche Gefühle hegst du für die Person, die du dort triffst, wo du gerade hingehen willst?

Sanne stürzte sich in die Weihnachtsvorbereitungen. Mit langen Listen fing sie an. Eine Liste mit möglichen Geschenken für jeden. Selbst für Gitti. Und für ihren Roland. Und für Daniel. Gitti und deren Familie würde sie an einem der Feiertage einladen. Oder zwischen den Jahren? Nein, besser an einem Weihnachtsfeiertag. Das konnte Gitti nicht ablehnen. An Weihnachten lehnte man nichts ab. An Weihnachten versöhnte man sich.

Die Menülisten hingen am Kühlschrank. Eine für den Heiligabend. Eine für den ersten Feiertag. Die für den zweiten war noch leer. Mit dem zweiten Feiertag war sie noch unsicher. Da könnte man auch Reste. Oder?

Die Listen veränderten sich ständig. Teile der Menüs verwarf sie wieder, weil sie in einer der vielen Zeitschriften, die sie sich kaufte, noch bessere Rezepte fand. Eine Vorspeise mit exotischen Zutaten, die sie nicht einmal kannte. Eine Nachspeise, die nicht so schwer verdaulich war.

Waren die Zettel so vollgekritzelt, war so vieles durchgestrichen, links und rechts und obendrüber etwas notiert, riss Sanne sie ab und schrieb alles sorgfältig neu. Um dann wieder durchzustreichen und links und rechts und obendrüber zu ergänzen, zu ersetzen und zu vervollständigen.

Mit den Geschenkelisten das Gleiche. Für Lisa nicht vielleicht lieber eine schöne Kette, statt des Buchs für ihr Studium, das auf ihrem Wunschzettel stand. Ein Buch war so profan. Oder besser beides? Das Buch war bestimmt wichtig.

Für Philipp ein paar schöne Pullover. Computerspiele hatte er doch schon so viele. Und Pullover kaufte er sich selbst nicht. Für Uwe … Männergeschenke waren wie immer am schwierigsten. Die Eltern wünschten sich nichts. Wir haben alles. Dennoch machte Sanne auch für sie eine Liste.

Schon in der Vorweihnachtszeit schmückte sie das Haus aufwendig. Keine Fensterbank, kein Schränkchen, keine Ecke, wo sie nicht noch eine Möglichkeit fand, wenigstens ein Tannenästchen unterzubringen. »Hier sieht es ja aus wie auf einem dieser Weihnachtsbasare«, sagte Uwe. »Beteiligst du dich an irgendeinem Wettbewerb?«

Kopfschüttelnd sah Sanne ihn an. Als ob Uwe je auf einem Weihnachtsbasar gewesen wäre. »Ich mache das für uns!«

»Für uns«, wiederholte Uwe. »So, so.«

Seine Stimme klang plötzlich seltsam. Der Knoten in Sannes Bauch rührte sich. Er machte Anstalten, sich zu lockern. Sanne spürte, es könnte sich eine allererste, winzig kleine Frage herausdröseln. Heftig erschrak sie und der Schreck zurrte den Knoten augenblicklich wieder fest.

Nicht jetzt. Sie war beschäftigt. Sie war in Eile. Sie musste. Sie durfte nicht vergessen.

Am Morgen des vierundzwanzigsten Dezember war sie erschöpft, doch immer noch voller Hoffnung. Lisa und Philipp waren schon am Vorabend gekommen, schliefen aber noch, als sie aufstand, um zum Frühstück Pfannkuchen zu machen. Sie hatte die Vorstellung, die Kinder würden vom Geruch geweckt werden, freundlich verschlafen in der Küche auftauchen und »lecker« rufen.

Das war die erste Täuschung, die in eine noch mäßige

Enttäuschung mündete. Die Pfannkuchen waren labbrig und kalt, als Lisa endlich erschien und »Ich mache mir lieber ein Brot« sagte. Philipp aß sie trotzdem. Ob Sanne zuliebe oder weil es ihm egal war, womit er seinen morgendlichen Hunger stillte, war Sanne nicht klar.

Sie war aber auch längst wieder beschäftigt. Der Baum musste geschmückt werden. Beim Aufstellen half Uwe. Immerhin. Die Kartons mit dem Schmuck stapelte Sanne rundherum und wartete darauf, dass Lisa sagte: Ich helfe. Doch die Kinder waren schon wieder verschwunden.

Sanne schmückte allein und bekämpfte diese schon etwas größere Enttäuschung mit der anschließenden Essenszubereitung. Sie schlug Eier auf. Sie schlug Sahne. Sie rührte Soßen und Cremes. Sie schob Fleisch in den Ofen. Sie hackte Kräuter und schnippelte Obst. Sie polierte Besteck und faltete Servietten. Sie drückte Kerzen in Leuchter und drapierte Tannengrün rundherum.

Als es draußen dämmrig wurde, ging Sanne zwischendurch auch immer mal zu den Fenstern und sah nach den Nachbarhäusern. Ob man die Tannenbäume sehen konnte und wenn ja, ob die Kerzen schon brannten. Bei Heiko und Marion war es dunkel. Seit deren Söhne aus dem Haus waren, fuhren die beiden an Weihnachten in die Sonne. »Weihnachten wird überbewertet«, sagte Marion. Und dass sie sich diesen Stress nicht mehr antue. Und dass ihr diese trübe Jahreszeit sowieso aufs Gemüt schlage. Und wie toll es sei, im Dezember ein paar Tage Wärme und blauen Himmel zu genießen.

In den vergangenen Jahren war Sanne immer informiert gewesen, wohin genau es ging. Madagaskar, Barbados, Sri Lanka. In diesem Jahr wusste Sanne nichts. Auch den Hausschlüssel zum Blumengießen hatte Marion nicht gebracht.

Sannes Menü gelang perfekt, bis auf die Spekulatiuscreme, die auf den Tellern ein wenig zerfloss. Gerade noch so hatte sie Zeit, kurz ins Bad zu springen, um wenigstens Wimperntusche und Lippenstift aufzutragen. Sie sah in den Spiegel. Ihre Wangen waren gerötet. Das gab ihrem Gesicht eine Frische, die sie nicht empfand.

Lisa holte die Eltern. Als sie sich alle an den Tisch setzten, fehlte Uwe. Sie warteten. Er kam eine halbe Stunde zu spät, niemand wusste woher.

Als er sich, etwas außer Atem, auf seinen Stuhl fallen ließ, richteten sich die Blicke auf ihn. Alle hatten Fragen in den Augen. Lisa holte schon hörbar Luft, um eine auszusprechen.

Bitte nicht, dachte Sanne. Nicht jetzt. Nicht an Heiligabend. Nicht das Fest gefährden.

Mit übertriebener Munterkeit lenkte sie alle Frageaugen auf das Essen: »Es kann losgehen. Nehmt euch. Lasst es euch schmecken.«

Zu jedem Gang hatte Sanne das passende Getränk geplant. Sherry, Weißwein, Rotwein, Sekt. Und hinterher zur Verdauung einen Obstbrand.

Lisa und Philipp wollten weder Wein noch Sekt. Die Mutter trank nie Alkohol und machte auch an Weihnachten keine Ausnahme. Uwe trank nur Rotwein. Der Vater wollte lieber Bier.

Schnaps hinterher wollte niemand. »Ich brauche jetzt aber einen.« Sanne goss sich das polierte Gläschen ziemlich voll. »Prost!«, rief sie laut in die Runde.

Als die Geschenke ausgepackt waren, verschwand Philipp mit dem neuen Computerspiel in seinem Zimmer. Lisa gab bekannt, dass sie sich gleich noch mit zwei Freundinnen treffe. Als Sanne entsetzt »Doch nicht an Heiligabend!« rief, entgegnete Lisa: »Wir sind doch keine Kleinkinder mehr.«

Die Eltern sagten zu Lisa: »Kannst du uns dann nach Hause bringen? Wir sind ja müde.«

Die plötzliche Stille, die eintrat, als, bis auf Uwe und sie, alle weg waren, vertrieb Sanne mit hektischem Geschirrklappern. Sie türmte Tellerberge, warf klirrend Besteck auf ein Tablett, stapelte Platten und Schüsseln, trug alles in die Küche, nahm die Berge und die Stapel wieder auseinander, um sie lärmend in die Spülmaschine zu räumen. Was nicht hineinpasste, und das war eine Menge, spülte sie mit der Hand. Sie wusch ab, trocknete ab und verteilte das gesäuberte Geschirr wieder in den Schränken. Um weiterzuspülen, abzutrocknen und in die Schränke zu bringen.

Mehrfach musste sie dabei auch ins Wohnzimmer, wo Uwe den Fernseher eingeschaltet hatte und irgendwann davor einschlief.

Als Sanne das bemerkte, blieb sie einen Augenblick neben dem Sofa stehen und sah auf ihn hinunter. Sein Anblick rührte sie unvermittelt. Dieser mit zurückgelegtem Kopf und geöffnetem Mund vor dem laufenden Fernseher schlafende Uwe schien wieder ganz zu ihr zu gehören. Hierher. Auf dieses Sofa. In dieses Haus.

Es ärgerte sie nicht, dass er nicht half. Uwe war nicht häuslich. Das hatte ihr nie gefehlt.

Als sie so dastand, das feuchte Geschirrtuch über der Schulter, fragte sie sich plötzlich, was ihr denn fehlen würde in einem Leben ohne ihn. Sie erschrak, weil ihr nichts einfiel. Das müsste es doch. Oder? So etwas wie: sein Humor. Oder: unsere intensiven Gespräche über Gott und die Welt. Oder: dass er mich auch nach all den Jahren manchmal anschaut, als sei er frisch in mich verliebt.

Doch Uwe hatte nie viel Humor gehabt, Gespräche über Gott und die Welt hatten sie vielleicht geführt, bevor sie Kinder bekommen hatten, aber Sanne war sich nicht einmal darin sicher. Und wann Uwe sie das letzte Mal verliebt angesehen hatte, wusste sie auch nicht. Und doch war da die Gewissheit, etwas würde ihr fehlen wie ein abgehackter Arm.

Das stumme Einvernehmen, im Lauf der Jahrzehnte entwickelt, weil man sich durch und durch kannte. Vielleicht nicht die Gedanken, aber gewiss die Gewohnheiten.

Einen Menschen haben, neben dem man morgens aufwachte, mit dem man frühstückte, zu Abend aß, in den Urlaub fuhr, gemeinsame Freunde hatte.

Die Sicherheit, man gehörte zusammen, ohne genau zu wissen, was einen zusammenhielt.

Stand es schlimm um sie, wenn alles aus Gewohnheit zu bestehen schien und sie trotzdem derart daran hing, fragte Sanne sich verzagt.

»Hast halt ein schlichtes Gemüt«, hatte Gitti mal spöttisch gesagt. Sanne hatte die Überzeugung geäußert, vor allem müsse doch jeder seine Alltagsaufgaben erfüllen, damit eine Beziehung funktioniere.

Und wie eigentlich war das bei Uwe? Machte er sich am Ende schon lange solche Gedanken, wie sie sie erst gerade in diesem Moment hatte? An diesem Heiligabend? Auf ihren wie so oft vor dem Fernseher eingeschlafenen Mann hinunterschauend?

Uwe gab plötzlich einen lauten Schnarchton von sich. Eilig wandte Sanne sich ab und lief wieder in die Küche.

Als sie dort fertig geworden war, lief der Fernseher im Wohnzimmer immer noch, aber Uwe schlief nicht mehr davor, sondern war wohl ins Bett gegangen.

Am Ende saß Sanne also allein unter ihrem Weihnachtsbaum. Sie holte die für den Nachtisch gedachte Sektflasche aus dem Eisfach und hatte sie noch vor zwölf ausgetrunken.

Doch es stellte sich keine sanfte, alles in eine milde Gleichmut tauchende Trunkenheit ein.

Dafür war ihr am nächsten Morgen kotzübel.

Sie verbrachte den ganzen ersten Feiertag im Bett. »Macht euch die Reste warm«, sagte sie zu Philipp und Lisa.

Am zweiten Feiertag waren zwar die Kopfschmerzen und die Übelkeit verschwunden, doch trotzdem sagte sie Gitti ab, die ihrerseits sowieso nicht richtig zugesagt, sondern »Mal sehen« gemurmelt hatte.

Die Frage, woher überhaupt Petra von dem Maklerschild wusste, fiel Sanne erst im Januar wieder ein.

Was machst du an Weihnachten?« Zum ersten Mal seit sie sich kannten, stellte Jürgen diese Frage.

An Weihnachten fiel Petra normalerweise einfach drei Tage aus der Zeit.

Schon die Wochen vorher lösten in ihr eine innere Störung aus. Die komplette Umwelt veränderte sich. Alle konzentrierten sich plötzlich ausschließlich auf ihre Familien, als zöge ein Wirbel sie an einem vorgegebenen Punkt zusammen. Die Eltern, die Kinder, die Enkel. Und Menschen, für die man sich das ganze Jahr nicht interessiert hatte.

Petra wurde nirgendwo hingezogen. Petra fühlte sich immer wie etwas, das nach außen getrieben wurde, von allem weg. Ein Satellit, der am Ende irgendwo ganz weit oben über dieser Weihnachtswelt schwebte.

Immer jedoch hatte sie sich ein aufwendiges Menü zusammengestellt. Die Zeit musste ja herumgebracht werden. Rechtzeitig hatte sie alles dafür eingekauft. Bloß nicht auf den letzten Drücker durch die Geschäfte hetzen, zwischen all diesen gestressten Menschen, die drängelten und schubsten und sich dafür, dass das *Fest der Liebe* bevorstand, reichlich aggressiv verhielten.

Stundenlang hatte Petra gekocht, aber auch Musik gehört und tschechische Märchenfilme und *Sissi* und *Der kleine Lord* geguckt. Aus dem Haus ging sie nur in der Dunkelheit, um in die erleuchteten und geschmückten Fenster zu sehen. Das mochte sie seltsamerweise. Die ganze Stadt wie verwunschen. Und so eigenartig still. Wie ein gebändigtes, sattes Raubtier. Vielleicht lag es ja tatsächlich an dem vielen Essen, mit dem die Menschen sich in dieser Zeit vollstopften. Vielleicht machte es friedlich. Auch Petra fühlte sich bei diesen Spaziergängen besonders friedlich. Das meiste des Essens allerdings, an dem sie stundenlang gekocht hatte, war wie immer ins Gefrierfach und von dort in den Container gewandert.

Am zweiten Feiertag, dann, wenn Weihnachten in Wahrheit vorbei war, war sie nach Rotshausen gefahren. Zu den Eltern. Hatte einen sich dehnenden Nachmittag mit ihnen verbracht. Die Plätzchen, die die Mutter ihr mit aufforderndem Blick angeboten hatte, gebührend gewürdigt. »Ganz wie früher.« Die Mutter hatte zufrieden geschaut, der Vater, dem an Plätzchen eigentlich nicht sonderlich gelegen war, hatte sich darauf immer eins genommen, prüfend hineingebissen und zustimmend genickt.

Als sie klein gewesen waren, hatte die Mutter abends, wenn sie im Bett gewesen waren, gebacken. Petra glaubte jedes

Mal, den Geruch in der Nase zu haben und sich zu erinnern, wie der das Einschlafen versüßt hatte.

Plätzchenbacken war im schmalen Haus keine Beschäftigung zum Vergnügen der Kinder gewesen, sondern eine ernste Sache. Eine Weihnachtsvorbereitung, bei der nichts schiefgehen durfte.

So mit fünf, sechs hatten Sanne und sie auch mal zuschauen dürfen. Und vom Teig naschen. Ein wenig jedenfalls. Sie hatten auf den Küchenstühlen gekniet und die Ellbogen auf den Tisch gestützt. »Obacht. Nicht so weit vorlehnen. Ihr seid ja schon wieder voller Mehl.«

Sie hatten auch von den warmen Plätzchen probieren dürfen. »Nicht zu viel. Das gibt Bauchschmerzen.« Andächtig hatten sie an ein, zwei Keksen geknabbert.

Die waren nach dem Abkühlen vorsichtig in Blechdosen gelegt worden. Und verschwunden. Jedes Jahr hatten Sanne und sie heimlich danach gesucht. Einmal hatten sie eine Dose im Wäscheschrank der Mutter gefunden und sie halb leer gegessen. Das hatte Dresche gegeben.

Gitti war da noch ein Baby gewesen. Als sie kein Baby mehr war, hatte Sanne mit ihr Plätzchen gesucht. Hatten sie heimlich welche gegessen, behauptete Sanne: »Das war Gitti.« Gitti bekam keine Dresche.

Sanne, die die Eltern immer am Heiligabend *dahatte*, wie sie sagte, und auch noch am ersten Feiertag, war am zweiten Weihnachtsfeiertag auf einen Sprung im schmalen Haus vorbeigekommen. »Damit wir uns wenigstens kurz sehen«, hatte sie zu Petra gesagt. »Es ist doch Weihnachten.« Auch Gitti war gekommen. »Hach, ist das schön ruhig hier. Die reinste Erholung.« Sie hatte sich in einen Sessel gefläzt und mit Plätzchen vollgestopft. »Ist ja jetzt auch schon egal.«

Und mit vollem Mund »Mama, deine sind immer noch die besten. Meine sind wieder zu dunkel geworden« gesagt.

Wenn Petra nach dem Rotshausenbesuch wieder zu Hause angekommen war, spätabends, hatte sie sich müde gefühlt von dem sich dehnenden Nachmittag, müde von den langen Fahrten, aber es war eine zufriedene Müdigkeit gewesen. Weihnachten glücklich vorbei.

Nun also fragte Jürgen. Es überraschte Petra. Und es überraschte sie nicht. Alles war anders. Dann musste es auch mit Weihnachten anders sein. Zwangsläufig.

Sie zuckte mit den Schultern. »Warum fragst du?«

»Ich wüsste gern, ob du Interesse an meiner Anwesenheit hättest«, grinste Jürgen.

Petra kniff die Augen zusammen und sah ihn prüfend an. Wie etwas, das man vielleicht kaufen will, aber noch nicht ganz sicher ist, ob es das Richtige ist. Sie lief auch einmal um ihn herum, machte dabei »hm, hm, hm«. Als sie wieder vor ihm stand, sagte sie todernst: »Ja, doch, ich glaube, du kommst durchaus infrage.«

»Ich bin erleichtert«, sagte Jürgen.

Heiligabend verbringe er dann mit seiner Familie, fügte er hinzu. Also mit seinen Kindern, aber seine Frau, er sagte immer noch *meine Frau*, komme später auch dazu.

Petra, die gerade noch damit beschäftigt gewesen war, ganz vorsichtig den Gedanken an sich heranzulassen, Weihnachten mit Jürgen zu verbringen, fuhr zurück.

Ihr war, als habe jemand eine Tür zu einem Zimmer geöffnet, sie gebeten einzutreten und sie in dem Augenblick wieder zugedonnert, als sie den ersten Schritt darauf zu gemacht hatte. Sie fühlte sich getäuscht, genasführt.

Petra sah auf Jürgens Mund, auf die Lippen, die sich bewegten. Wie durch Watte hörte sie, wie er sagte, sie könnten also den ersten Feiertag und auch den zweiten zusammen verbringen, wenn sie wolle.

In ihrem Inneren brannte es. Eifersucht? Enttäuschung? Blanker Zorn? Sie hätte es nicht benennen können. Sie fühlte nur diese Hitze.

Jürgen sah sie fragend an. Wie lange sein Vorschlag, den ersten und den zweiten Feiertag zusammen zu verbringen, schon in der Luft hing, wusste Petra nicht. Ihr Zeitgefühl brannte auch. Sie räusperte sich, musste antworten.

»Nein, lass mal«, sagte sie mit kratziger Stimme. Sie räusperte sich noch einmal stärker und wiederholte ihr »Lass mal«. Fügte »Weihnachten wird sowieso überbewertet« hinzu. Und eine innere Stimme, von der Petra nicht wusste, wo die plötzlich herkam, diktierte ihr, dass es vielleicht auch ein bisschen viel Gemeinsamkeit sei. So plötzlich. So ungewohnt.

»Bist du sicher?«, fragte Jürgen. Erstaunt sah er sie an. Er habe gedacht, er mache ihr eine Freude mit Weihnachten. Klang das gekränkt? Wenn ja, fing er sich schnell wieder: »Dann zwischen den Jahren? Wie immer?«

Zwischen den Jahren hatten sie sich in der Vergangenheit verabredet. Jürgen hatte ein Wellnesshotel gebucht. Ihre Geschenke hatten sie sich während eines ausgedehnten Abendessens zugeschoben. »Ich habe was für dich.« »Bloß eine Kleinigkeit.«

Petra hatte das in all den Jahren restlos genossen. Mit Weihnachten hatte es für sie nur insofern zu tun gehabt, als dass in den Hotels alles entsprechend geschmückt war.

Jetzt sagte sie zu ihrer eigenen Überraschung: »Darauf habe ich in diesem Jahr keine Lust.«

Was machst du, Petra?, rief eine andere innere Stimme. Bist du verrückt? Was ist mit dir los? Warum trampelst du alles kaputt? Nicht nur das, was sich dir gerade ganz neu bietet. Sondern auch noch das, was du ohnehin die ganzen Jahre hattest. Was hast du erwartet? Bist du plötzlich eifersüchtig auf Jürgens Familie? Zwölf Jahre keinen Funken davon, und jetzt, wo er getrennt ist, fängst du damit an?

Petra kannte sich nicht mehr aus. Sie war sich selbst unheimlich. Aber sie blieb bei der Ablehnung.

An Heiligabend war sie allein wie immer. Doch diesmal hatte sie nicht einmal etwas zu essen. Sie hatte nichts geplant und nichts eingekauft und nichts gekocht.

Mit einer Packung Knäckebrot und einem Stück harten Käse hockte sie auf ihrem Sofa. Gegen die Weihnachtsmusik aus den Nachbarwohnungen stellte sie den Fernseher an. Die Bilder flossen vorbei, ohne dass sie sie wahrnahm.

Was sich in ausreichender Menge in ihrem Kühlschrank befand, war Weißwein.

Petra hielt ihr Gesicht über das Glas, in dem sich eine Kopfschmerztablette sprudelnd auflöste. Winzige Wassertröpfchen sprühten an ihre Stirn. Sie stöhnte.

Am Morgen hatte eine umgekippte Weinflasche neben ihrem Bett gelegen, daneben das Glas. Sie hatte an sich heruntergesehen. In voller Montur hatte sie quer auf dem Bett gelegen. Zusammengerollt. Den Kopf zwischen den gebeugten Armen. Ich muss mich betrunken haben, hatte

Petra gedacht. Unter ihrer Schädeldecke hämmerte es. Wieso um Himmels willen habe ich mich denn dermaßen betrunken? Dann war ihr eingefallen, dass ja Weihnachten war.

Sie hatte sich ausgezogen und war unter die Dusche getaumelt. Hatte zum Abschluss minutenlang kaltes Wasser über ihren Kopf laufen lassen.

Jetzt saß sie im Bademantel und mit einem Handtuchturban um den Kopf am Tresen in ihrer Küche und hatte Angst, vom Hocker herunterzufallen. Ihr Handy klingelte. Irgendwo. Wieso klingelte eigentlich dauernd ihr Handy? Oder war es das Festnetztelefon? Oder klingelte es bloß in ihrem Kopf?

Egal. Sie würde sowieso nicht sprechen können. Ihre Stimme war irgendwo, an einem Platz, den sie nicht kannte. Vorsichtig räusperte Petra sich. Vielleicht verstand die Stimme das als Signal und kam zurück.

Doch stattdessen wollte die Kopfschmerzbrause zurück. Petra schaffte es gerade so bis zur Toilette, bevor ihr Magen sie im Schwall entließ. Anschließend sank sie auf die Knie und umarmte ihr Klo. Sie musste wieder ins Bett.

Petra erwachte, als es schon wieder dunkel wurde. Sie hatte wirres Zeug geträumt. Sanne war vorgekommen. Das Etagenbett hatte in deren Garten gestanden. Oder war es der der Eltern gewesen? Sie hatten gestritten. Aber nicht wegen des Betts. Oder doch?

Petra betastete ihren Kopf, als hätte sich dessen Form verändert. Der Schmerz war weg.

Sie stand auf, geriet ins Taumeln, suchte Halt am Türrahmen, fing sich und ging in ihre Küche. Sie ließ sich einen Espresso aus ihrer Kaffeemaschine, stellte sich ans Fenster und starrte in die Dunkelheit.

Der erste Weihnachtsfeiertag war glücklich herum. Nein. Nicht glücklich. Aber herum.

Und morgen, am zweiten Feiertag? Wie immer nach Rotshausen fahren? Allerdings nicht zum schmalen Haus, sondern zu Sannes? In dem jetzt auch die Eltern wohnten?

Petra musste sich nur vorstellen, vor Sannes Tür zu stehen, schon raste und stolperte ihr Herz wie ein Hundertmeterläufer, der immer wieder ins Straucheln geriet.

Was sollte sie in diesem Augenblick denn sagen? Guten Tag, ich möchte meine Eltern besuchen.

Komplett bescheuert. Und das war doch auch nur die halbe Wahrheit.

Guten Tag, ich möchte die Eltern besuchen, aber vorher muss ich mit dir reden.

Reden würde nicht ausreichen, sie fühlte es.

Guten Tag, ich möchte die Eltern besuchen. Aber vorher muss ich dir noch eine reinhauen. Ach was, eine. Ich muss auf dich eindreschen. Mich rächen für das, was du mit deinen dreisten Eigenmächtigkeiten angerichtet hast.

Petra brachte die Espressotasse, in der der letzte Schluck schon lange kalt geworden war, in den Geschirrspüler. Sie würde über alles schlafen, sagte sie sich. Am kommenden Morgen entscheiden.

Aber im Grunde wusste sie jetzt schon: Sie kam nicht über diese Haustürfantasien hinaus. Sie würde nicht in der Lage sein, sie in Taten umzusetzen.

Genauso wenig, wie sie bisher über die Telefonfantasien hinausgekommen war. Sie hatte das Handy immer bloß angestarrt und sich überlegt, was sie sagen könnte, sagen müsste, aber am Ende hatte sie nie Sannes Nummer gewählt.

So blieb sie im übertragenen Sinne auch vor Sannes

Haustür stehen, ließ sie noch beim Einschlafen vor ihrem inneren Auge immer wieder aufgehen, ließ Sanne dort stehen, niemals den Vater oder die Mutter, was ja vielleicht auch passieren könnte. Immer bloß Sanne. Im Rahmen der geöffneten Tür. Und sich selbst davor, stammelnd, weil sie all das, was sie sich ausgedacht hatte und sagen müsste, nicht herausbekam.

Jürgen schickte ein Foto. Er, mitten in weiß-blauem Wintervergnügen. Er sei spontan Ski fahren mit Freunden. Auch Silvester und Neujahr würden sie *im Schnee* verbringen. »Im Schnee«, zischte Petra beim Lesen. Sie hatte sich vorgestellt, Jürgen sitze alleine in seiner Wohnung. Melancholisch. Traurig. So wie sie.

Sie war plötzlich wütend. Ihre Wut überraschte sie.

Sie zog ihren Mantel an und lief aus ihrer Wohnung, aus dem Haus. Lief durch den grauen Stadtwinter mit seinen feuchten Straßen und den traurigen, laublosen Bäumen mit der Hundekacke und dem Abfall am Fuß ihrer Stämme. Dabei überfiel sie eine solche Trostlosigkeit, dass sie bald wieder nach Hause ging.

Sie las nochmals Jürgens Nachrichten. Die Wut kam zurück.

Silvester allein zu verbringen schien ihr plötzlich unmöglich. Wie eine Niederlage.

Nicht, dass sie nicht schon manches Mal Mühe gehabt hatte, die Zeit totzuschlagen – warum sagte man eigentlich: *Zeit totschlagen*? – und froh gewesen war, wenn das neue Jahr, der Alltag wieder begann. Aber nie hatte sie sich dabei nach menschlicher Gesellschaft gesehnt.

Gitti. Gitti war spontan. Wenn sie kurzweg noch irgendwohin konnte, dann zu Gitti.

Gitti hatte wohl angenommen, Petra rufe wegen des schmalen Hauses an. »Du hattest recht«, sagte sie dumpf. »Sanne verkauft es.«

»Natürlich«, sagte Petra. »Ich bin ja nicht verrückt.« Auch wenn sie beim Anblick des Maklerschilds das Gefühl gehabt hatte, sie werde verrückt. Aber das erzählte sie Gitti nicht.

Sie redeten noch eine Weile. Sagten, wie Sanne bloß so etwas machen könne.

So wie sie den Auszug der Eltern betrieben habe, hätte man es sich vielleicht denken können, sagte Gitti.

Sanne habe schon immer gewusst, was für andere das Beste sei, sagte Petra.

Als eine Pause entstand, fragte Petra beiläufig: »Und? Was machst du an Silvester?«

»Nachbarschaftsfete«, sagte Gitti lakonisch. »Wie immer.«

»Klingt nett«, sagte Petra.

»Und du?«, fragte Gitti.

»Weiß noch nicht.«

»Willst du kommen?«

»Ich kenne doch eure Nachbarn gar nicht.«

»Na und?«, sagte Gitti. »Sie beißen nicht. Es ist immer lustig bei uns.«

Petra nahm Gittis Einladung an. Etwas Besseres als einen einsamen Silvesterabend findest du überall, hatte sie sich gesagt.

Als sie ankam, am Nachmittag – »Dann kann ich wenigstens noch ein bisschen bei den Vorbereitungen helfen, oder?« –, lehnte sie sich einen Augenblick an ihr Auto und blickte auf das Haus und die Straße hinauf und hinunter.

Gitti wohnte wie die Eltern. Dass ihr das jetzt erst auffiel. Bloß in einer Kleinstadt zwanzig Kilometer östlich von Rotshausen. Das Häuschen aus den dreißiger Jahren. Spitzgiebelig, mit einem kleinen Garten davor und dahinter. Es stand in einer ehemaligen Arbeitersiedlung mit anderen spitzgiebeligen Häusern und kleinen Gärten davor und dahinter. Rolands Eltern hatten es von ihren Eltern und Roland von seinen geerbt. Die Nachbarhäuser waren auch geerbt worden. Ein paar inzwischen auch gekauft. Arbeiter wohnten hier schon lange nicht mehr. Manche der Häuser sahen aus, als sei in all den Jahren nie etwas verändert worden. Bei anderen sah man von der ursprünglichen Gestalt gar nichts mehr. Kubische An- und Ausbauten hatten ihnen ein vollkommen neues Gesicht gegeben.

Rolands und Gittis Haus sah nach wenig Veränderung aus. »Wir mögen es, wie es ist, haben auch keine Lust, uns den Garten zuzubauen.«

»Na?« Gitti hatte sie entdeckt. Sie winkte und rief: »Traust du dich nicht rein zu uns?«

Gitti und ihre Nachbarn von gegenüber, von rechts und von links, im Grunde die halbe Straße, feierten Silvester reihum. In diesem Jahr waren Gitti und Roland dran, ihr Häuschen zur Verfügung zu stellen und für die Getränke zu sorgen. Zum Essen brachte jeder etwas mit.

Das Wohnzimmer musste umgeräumt werden. Petra half, das Sofa und die Sessel an die Wände zu schieben. Platz zum Tanzen.

Ab neun Uhr abends füllte sich das Haus mehr und

mehr. Die Leute standen auch noch im Flur und drängten sich in der Küche.

Petra bewaffnete sich schnell mit einem Weinglas und machte sich auf alles gefasst. Vor allem darauf, sich fremd und allein zu fühlen. Doch sie fiel auf. Und wurde von allen Seiten angesprochen.

»Und wer bist du?«

»Gittis Schwester.«

»Gittis Schwester? Du warst noch nie hier, oder?«

»Doch, doch. Nicht sehr oft. Bloß ab und zu.«

»Umso schöner, dass du mal mitfeierst. Prost!«

Wenn sie sich nicht gerade als Gittis Schwester vorstellen musste, ordnete sie Frauen und Männer zu neuen Paaren. Der würde doch viel besser zu ihr passen. Oder sie zu diesem Mann.

Es war ein Spiel. Von Paarbeziehungen verstand sie ja nichts. Sie machte es an den Haarfarben, den Körpergrößen oder den Kleidern fest. Manchmal auch am Gesichtsausdruck. Der guckt so muffig. Sollte er die dort haben, die auch so muffig guckte? Oder lieber die, die so ansteckend lachte?

Wäre es nicht sowieso gut, den Partner mal zu wechseln? Statt so lange zusammenzubleiben wie Sanne und Uwe, wie die Mutter und der Vater. Eine Ewigkeit also. Wie hielt man es so lange zusammen aus? Fragte man sich manchmal, ob man es noch zusammen aushielt? Oder nahm man es einfach hin? Gewohnheit? Petra beobachtete auch Gitti und Roland. Wie lange lebten die jetzt eigentlich schon miteinander?

Aber sie aß auch, trank, tanzte und vergaß irgendwann sich selbst. Wann war es ihr zuletzt so ergangen?

Als sie am anderen Morgen in Gittis Gästebett aufwachte, wusste sie für einen Augenblick nicht, wo sie war. Doch das Scheppern von Glas rief es ihr in Erinnerung. Sie schloss die Augen wieder. Noch ein bisschen dösen. Ihr Kopf dröhnte sanft, aber durchaus erträglich. Nachwirkungen. Nach einer guten Fete unumgänglich. Beinahe erforderlich. Es klirrte immer noch. Du musst aufstehen, Gitti beim Aufräumen helfen, Petra.

Gitti stopfte Flaschen in große Plastiktüten, als Petra auf bloßen Füßen ins Wohnzimmer tappte. Ihre Hausschuhe hatte sie vergessen einzupacken.

Gitti sah auf. »Prost Neujahr«, sagte sie mit schiefem Lächeln und schwenkte eine Sektflasche wie einen Propeller über ihrem Kopf.

»Sortier sie doch gleich«, sagte Petra und deutete auf die Tüten.

»Ist doch egal.«

»Ist nicht egal.«

Gitti streckte sich, gähnte ausgiebig und sah Petra dann herausfordernd an. »Bitte sehr.« Sie deutete auf die Taschen.

Petra nahm die Flaschen wieder heraus und ordnete sie den Flaschenfarben nach. Weiß, Grün, Braun.

»Pedantin.« Mit im Nacken verschränkten Armen sah Gitti grinsend zu.

»Man muss sonst immer zwischen den Containern hin und her springen«, rechtfertigte Petra sich.

»Ob man sich hier die Mühe macht und sortiert oder erst bei den Containern, macht doch keinen Unterschied.«

Petra stutzte. »Stimmt«, gab sie zu, »aber ich find's so herum besser. Irgendwie.«

»Dann sortier mal schön weiter«, sagte Gitti und wandte sich ab. »Ich mache derweil Frühstück.«

Roland schaute verschlafen herein. »Gibt's schon Frühstück?«

»Macho«, sagte Gitti, küsste ihn aber auf die Nasenspitze.

Roland drehte schnell das Gesicht zur Seite.

»Hab ich Mundgeruch?«, fragte Gitti erschrocken, hauchte sich in die Hände, schnupperte und rief: »Oha!«

Es war schon fast Mittag, als Petra ihre Sachen gepackt hatte. Gitti begleitete sie zur Haustür.

»Schön war's.« Petra umarmte ihre kleine Schwester. »Danke für die Einladung.«

»Schön, dass du gekommen bist«, sagte Gitti dumpf, weil ihr Gesicht von Petras Armen gerade in deren dicken Schal gedrückt wurde. Als sie sich wieder losließen, zwinkerte sie. »Beim nächsten Mal vielleicht mit Jürgen?«

Wenn es Jürgen dann noch gibt, dachte Petra. »Ich nehme die Flaschen mit«, sagte sie schnell und deutete auf die Taschen, die Gitti inzwischen im Flur aufgehäuft hatte.

»Weißt du was? Ich ziehe mir was an und komme mit«, sagte Gitti. »Du weißt doch gar nicht, wo die Container stehen.«

»Kannst du mir ja erklären.«

»Ach was. Zusammen Flaschen kaputt werfen macht außerdem Spaß.«

»Wie lange seid ihr jetzt eigentlich schon zusammen?«, fragte Petra, als Gitti die letzte Flasche eingeworfen hatte.

Petra hatte Grün übernommen, Gitti Braun. Weiß hatten sie zusammen gemacht. Sie hatte Gitti die Flaschen angereicht, dann musste die sich nicht jedes Mal bücken.

Gitti runzelte die Stirn und überlegte einen Moment. »Zwölf Jahre, glaub ich.«

»Wie«, sagte Petra, »du weißt es nicht?«

»Wir zählen nicht«, erklärte Gitti grinsend. »Gut gegen die Angst, ein altes Gewohnheitspaar zu werden.«

Zwölf, dachte Petra. Genauso lang wie Jürgen und ich. Bloß sind wir kein richtiges Paar.

Sanne hob die großen Kartons mit dem Glasabfall aus dem Kofferraum und ließ sie stöhnend vor den Containern auf den Boden fallen. Es schepperte ordentlich.

»Das ist der Preis fürs Feiern«, sagte jemand hinter ihr. Sanne fuhr herum. Eine Frau, die sie nicht kannte, sah zwischen ihr und den Flaschen hin und her. Sanne nickte verdattert. Die Frau hatte bloß eine Stofftasche dabei, aus der sie ein paar Katzenfutterdosen hervorholte und in den entsprechenden Behälter warf. »Tschüss«, sagte sie noch und ging davon.

Sanne sah ihr hinterher und überlegte, ob in ihrem Satz ein Vorwurf gelegen haben könnte. Ob diese Frau nicht gefeiert hatte oder gefeiert, aber nicht getrunken. Ob sie Trinken verwerflich fand.

Egal, Sanne. Es ist doch egal, was andere Leute denken. Oder gedacht haben könnten. Oder?

Dann nahm sie eine Flasche nach der anderen aus ihren Kartons, lief zwischen den drei Containern hin und her. Braunglas, Grünglas, Weißglas. Warum hast du sie auch nicht vorher sortiert, Sanne.

Normalerweise war Sanne wehmütig, wenn Weihnachten vorüber war. Die folgende Zeit, die zu Recht *zwischen den Jahren* hieß, weil das Jahr kurz den Atem anzuhalten schien, sich noch einmal dehnte für ausgiebige Stunden und Tage mit der Familie, versuchte sie deswegen besonders zu genießen.

Denn dann ging es ganz schnell. Plötzlich war es vorbei. Zu Silvester stieß man die Sektgläser aneinander, rief Prost Neujahr, und ein neues Jahr lag vor einem wie ein weißes Tischtuch.

Gleich am zweiten Januar hatte sie dann gründlich aufgeräumt, die Plätzchenkrümel aus den Sofaritzen gesaugt und die Wein- und Sektflaschen zum Container gebracht. Das Zerbersten des Glases empfand sie wie ein endgültiges Signal dafür, dass das alte Jahr vorbei war, ein neues begonnen hatte.

Nicht mehr lange und die Primeln würden in den Läden auftauchen, der Sommerurlaub müsste geplant und die Fenster geputzt werden. Der Jahresbeginn hatte die Melancholie der Zwischenzeit vertrieben und sie zuversichtlich gestimmt.

In diesem Jahr, oder besser: im bereits vergangenen, war alles anders gewesen. *Zwischen den Jahren* war sie einfach nur froh gewesen, dass Weihnachten vorüber war. Nicht einmal als die Kinder abgefahren waren, war sie traurig gewesen, sondern hatte es als deren berechtigte Elternhausflucht angesehen. Bitte. Geht ruhig weiter. Hier gibt's ja nichts zu sehen.

Und jetzt empfand sie das Zerbersten der Flaschen einfach nur als das, was es war. Kaputte Flaschen. Die Kartons leerten sich. Hinterließen einen Berg Scherben, den man aber nicht sehen konnte.

Es nieselte. Der Himmel hing grau und tief über Rotshausen. Sanne stopfte die feucht gewordenen Kartons wieder in ihren Kofferraum und klappte ihn zu. Von der Heckscheibe sah ihr das eigene Spiegelbild entgegen, ihre feucht und strähnig herunterhängenden Haare. Schnell wandte sie sich ab.

Petra hielt vor dem Haus, dessen Adresse ihr Gitti genannt hatte. »Friedrich-Ebert-Straße 28. Die Wohnung unten rechts.«

»Sie haben eine eigene Wohnung?«, hatte Petra bei Gitti am Frühstückstisch vollkommen überrascht gerufen.

»Du bist ja komisch«, hatte Gitti gesagt und sich Honig von den Fingern geleckt. »Sollen sie auf der Straße schlafen?«

»Ich …«, hatte Petra gestottert. »Ich … ich dachte, sie wohnen bei Sanne.«

»Na, so aufopferungsvoll ist unsere Schwester jetzt auch wieder nicht«, hatte Gitti gesagt.

Petra hatte sie erstaunt angesehen und versucht, das Wort aufopferungsvoll mit Sanne zu verbinden. War es das, was Sanne ausmachte? Aufopferungsbereitschaft? Sie hatte immer nur die Sanne gesehen, die bestimmte, wo es langging. Die wusste, wo es langging. Die plante, organisierte, entschied. Ihr selbst hatte diese Sicherheit immer gefehlt. Wie eine Art Lebensuntüchtigkeit war ihr das vorgekommen.

»Dass sie das Haus verkauft, das hätte ich allerdings nie gedacht«, hatte Gitti noch gesagt.

»Ich auch nicht.«

»Woher wusstest du es überhaupt?«

Petra hatte irgendwas von »zufällig« und »spontan die Eltern besuchen« genuschelt. Gitti hatte nicht weiter nachgefragt, sondern sich konzentriert ein weiteres Honigbrot gemacht.

Auch die Eltern hatten von dieser neuen Wohnung nichts gesagt, als sie am zweiten Weihnachtsfeiertag, nachmittags, bei Petra angerufen hatten. Waren sie davon ausgegangen, Petra wisse Bescheid? Sanne habe es ihr gesagt? Vermutlich.

Die Eltern hatten Petra Frohe Weihnachten gewünscht, »nachträglich sozusagen«.

»Euch auch«, hatte Petra gesagt und gegen das schlechte Gewissen gekämpft, das in diesem Augenblick über sie hergefallen war.

»Wie geht's dir?«

»Gut. Und euch?«

»Auch gut.«

»Wie ist das Wetter bei dir?«

»Regnerisch. Und bei euch?«

»Auch Regen.«

Es war ein schwerfälliges Gespräch gewesen. Mit großen Pausen, nach denen sie plötzlich die Stimme der Mutter am Ohr hatte, wo vorher die des Vaters gewesen war, oder umgekehrt. Das Telefon war mehrfach zwischen dem Vater und der Mutter hin und her gegangen.

Petra hatte in den Pausen überlegt, wo in Sannes Haus die Eltern sich beim Telefonieren wohl befanden, ob Sanne im Hintergrund herumlief, ob sie lauschte, aber was gab es denn zu erlauschen.

»Wann kommst du mal wieder?«, hatte die Mutter vorm Auflegen gefragt. Petra hatte aus der Frage auch noch: Warum warst du nicht da? herausgehört. Muss ich mich rechtfertigen, es erklären, hatte sie angestrengt überlegt. Doch sie hatte »Bald« gesagt und gewusst, dass es gelogen war.

Nun also würde sie ihr »Bald« ganz überraschend doch einlösen.

Unverwandt sah Petra zu den Fenstern. Dahinter sollten die Eltern sich befinden? Sie konnte es sich nicht vorstellen.

Als der Vater ihr die Korridortür öffnete, konnte sie es sich immer noch nicht vorstellen.

Sie hatte vor den Klingeln an der Haustür gestanden und die der Eltern gesucht. Jetzt stand sie in einem Treppenhaus, ihr »Hallo« hallte von den Wänden wider, von oben kam jemand polternd die Treppen heruntergerannt, irgendwo knallte eine Tür.

Der Vater bat sie herein. Die Mutter erschien hinter ihm im Flur. Beinahe so wie im schmalen Haus. Und doch ganz anders.

Leise drückte der Vater die Tür hinter ihr zu. Wie festgewachsen standen sie im Flur, bis der ihr die Hand auf den Rücken legte und sie in die Küche schob. Das hatte er schon im schmalen Haus immer so gemacht.

Aber die Küche war nicht die mit dem alten Küchenschrank und den störrischen Schubladen, die mit dem alten Tisch. Einzig die Wachstuchdecke war geblieben. Sie hing weit herunter, weil der neue Tisch viel schmaler war. Er stand an der Wand gegenüber einer dieser modernen Küchenzeilen, die alle gleich wirkten.

Die Mutter führte Petra die Schubladen vor. »Guck, sie gehen von ganz alleine zu«, sagte sie. »Und so leise.« Sie sagte es aber, wie man manchmal Werbesprüche nachsprach, ohne zu merken, dass es gar nicht die eigenen Worte waren.

Eine Schublade nach der anderen zog sie auf und gab ihr dann einen Schubs. Als sei Petra erst überzeugt, wenn sie es mit jeder einzelnen vorgeführt hatte. »Wirklich leise«, bestätigte Petra.

»Du hättest anrufen sollen«, sagte die Mutter. »Ich hätte etwas gebacken.«

»Musst du nicht«, sagte Petra. »Ich habe keinen Hunger.«

Der Vater kam mit einer Tafel Schokolade. »Koch doch Kaffee«, sagte er zur Mutter.

»Ach ja, ach ja, natürlich«, sagte die Mutter. Sie deutete auf eine Kaffeemaschine. »Auch neu.« In der alten Küche im schmalen Haus hatte sie den Kaffee immer gefiltert. Einen Porzellanfilter auf die Porzellankanne gesetzt, die Kanten der Filtertüte sorgfältig geknickt und in den Filter hineingetan, nicht hörbar, aber mit entsprechenden Lippenbewegungen die Löffel mit dem Kaffeepulver hineingezählt und es mit kochendem Wasser überbrüht. Irgendwann hatte der Wasserkocher den Wasserkessel ersetzt. Schon das war der Mutter unerhört modern erschienen. Nun also eine Kaffeemaschine.

Die Mutter setzte eine Filtertüte hinein, zählte Kaffeepulverlöffel und drückte auf den Knopf. Daneben stehen und warten, bis das Wasser durchgelaufen war, um nachzugießen, musste sie nicht mehr.

Petra sah zwischen den Eltern hin und her. Sie kamen ihr nicht vor, als fühlten sie sich hier zu Hause. Oder war es bloß ihre eigene Fremdheit? Und dass sie sich diese beiden alten Menschen einfach nirgendwo anders als im schmalen Haus vorstellen konnte?

Sie fragte: »Mögt ihr die Wohnung? Die Umgebung? Habt ihr nette Nachbarn?«

Die Eltern nickten zu allem und sagten: »Ja, ja.«

Doch Petra kam es nicht überzeugend, sondern schicksalsergeben vor und sie sammelte mit jedem *ja, ja* ein wenig mehr Zorn auf Sanne. Woher nahm sie diese Sicherheit zu wissen, was für andere gut war?

Als Petra wieder zu ihrem Auto ging, drehte sie sich noch einmal um und blickte zu den Fenstern der neuen Wohnung. Wenn sie das schmale Haus verlassen hatte, waren die Eltern oft mitgekommen, hatten sich an den Gartenzaun gestellt und ihr gewinkt.

Hinter den blinkenden Fensterscheiben konnte Petra nichts ausmachen. Sahen der Vater und die Mutter ihr hinterher? Winkten sie vielleicht auch jetzt? Petra hob die Hand, ließ sie aber gleich wieder sinken. Winken kam ihr sinnlos vor.

Zu ihrer eigenen Überraschung fand Petra sich vor Sannes Haus wieder.

Dessen Fenster starrten wie blicklose Augen aus der Fassade. Nirgendwo brannte Licht.

Petra stellte den Motor ab, blieb aber im Auto sitzen.

Ihr Blick fing sich in einem bunten Windspiel, das in der immer weiter herabsinkenden Dämmerung langsam seine Farben verlor. Sanft wurde es vom Wind bewegt. Plötzlich erinnerte es sie an das Richtfest.

Wie sie neben Sanne gestanden hatte. Sanne, bei der, wer es wusste, schon die kleine Rundung des Bauchs sehen konnte. Die bunten Bänder des Richtkranzes hatten im Wind geflattert. Sanne, Gitti und sie hatten ihn selbst gebastelt. Der Vater hatte einer Tanne ein paar Äste dafür abgeschnitten. Von hinten, damit man es nicht so sah. Tannenäste wuchsen nicht nach.

Es war ein wolkiger Tag gewesen, aber es hatte nicht geregnet. Das war Sannes größte Angst gewesen. »Was machen wir bloß, wenn es regnet.«

Alle hatten mit den Köpfen im Nacken und der Hand über den Augen hinaufgesehen zu den spitzwinklig gegeneinander aufgerichteten hellen Dachbalken, durch die hindurch man in den grauen Himmel hatte sehen können und vor denen sich die Zimmerleute in ihrer schwarzen Kluft und den breiten Hüten scharf abgehoben hatten.

Uwe hatte den letzten Nagel in den Dachstuhl einschlagen müssen, das war Tradition. Weil der dabei krumm geworden war, hatten die Zimmerleute »eine Extrarunde für uns« gejohlt.

Der Zimmermeister hatte einen ewig langen Richtspruch aufgesagt. Diese blumige Redseligkeit eines Mannes vom Bau hatte Petra gewundert. Den Vater hätte sie sich in einer solchen Rolle nicht vorstellen können.

Von Stolz auf das Haus handelte die Zimmermeisterrede, von Gottes Segen und vom Glück für die Bewohner. Nach einem dreifachen Hoch hatte er sein Glas ausgetrunken und es nach unten geworfen. Scherben fürs Glück.

Danach hatte Uwe eine Rede gehalten. Der Bauherr musste sich bei allen bedanken. Sanne hatte gar nicht still stehen können, es hatte beinahe ausgesehen, als tanze sie, und sie hatte Uwe eine Kusshand hinaufgeworfen. Die Mutter hatte sie in die Seite gestupst. Das machte man nicht. Seine Gefühle so ungeniert zeigen. Uwe hatte die Kusshand auch gar nicht wahrgenommen. Er hatte krampfhaft auf seinen Zettel geschaut. Jemanden beim Dank zu vergessen wurde einem für immer übel genommen.

Petra erinnerte sich jetzt, dass sie mit der tanzenden Sanne neben sich plötzlich gedacht hatte: Das ist also das Glück. Mann und Kind und ein Haus. Und alle wussten das. Die Zimmerleute. Die Eltern. Sanne und Uwe. Der Architekt. Die Maurer. Die Nachbarn.

Das ist also das Glück. Den ganzen weiteren Tag hatte dieser Satz in Petras Kopf gekreiselt. Wie ein Ohrwurm. Als sie geholfen hatte, die Richtfestgäste zu bedienen. Kartoffelsalat und Würstchen zu verteilen. »Bitte, hier gibt's auch noch Senf dazu.« Leere Bierflaschen wegräumen. Volle bringen.

Damals war auf dem Bau noch jede Menge getrunken worden. Nicht bloß beim Richtfest.

Als sie abends Wannen voll schmutzigem Geschirr ins schmale Haus transportiert und es gemeinsam gespült und abgetrocknet hatten. Die großen Schüsseln, in denen der Kartoffelsalat und der Nudelsalat gewesen waren. Die Teller, das Besteck, die Gläser. Immer war da dieser Ohrwurm gewesen.

Das also war das Glück.

Die Mutter und Sanne hatten gespült, Gitti und sie hatten abgetrocknet und weggeräumt. Sanne hatte müde, aber unendlich zufrieden ausgesehen. Sie hatte von den Dachdeckern geplappert, die nun die Ziegel legen würden. Von den Türen und den Fenstern. Die Fenster mit innenliegenden Sprossen. »Der letzte Schrei«, hatte sie gesagt. Und so praktisch beim Putzen.

Das also war das Glück.

Sie selbst hatte da gerade ihr Vordiplom in der Tasche gehabt. Das nächste Ziel, das für sie anzustreben gewesen war, war das Diplom, Mann, Haus und Kinder so fern wie der Mars.

Petra ließ die Scheiben herunter, zündete sich eine Zigarette an, inhalierte tief und blies den Rauch zur Seite hinaus. Normalerweise rauchte sie nicht im Auto. Aber sie mochte nicht aussteigen. Auf der Straße rauchte sie nämlich normalerweise auch nicht.

Mit dem Vater hatte sie, bevor sie gegangen war, noch eine auf deren Terrasse geraucht. Mit Blick auf einen heruntergekommenen Spielplatz statt auf den Nussbaum und die Fliederstraße. Der Vater hatte ihr leidgetan.

Petra hatte damals nicht an Sannes Glück gezweifelt. Und sie tat es bis heute nicht. Über ein eigenes hatte sie nicht nachgedacht. Glück war keine Kategorie gewesen, die ihr für ihren Lebensplan tauglich erschienen war. Ach was, Lebensplan. Nicht einmal den hatte sie gehabt. Überhaupt keinen Plan. Bloß Schritt für Schritt irgendwie durchs Leben tasten.

War Sanne glücklicher als sie? Glück. Glücklich. Unglücklich. Immer noch fand Petra diese Begriffe zur Bewertung des Lebens nur bedingt tauglich.

Weiterhin kein Licht hinter den Fenstern von Sannes Haus. Nur bei Licht hätte man die Sprossen sehen können, auf die Sanne so stolz gewesen war. So waren die Fenster bloß lauter schwarze Vierecke.

Petra hatte Sanne zur Rede stellen wollen. Was heißt zur Rede stellen. Bis heute traute sie sich das nicht gegenüber der großen Schwester. Das war beinahe wie die Mutter zur Rede stellen.

Über dieses oder jenes murren, das war gerade noch so möglich. Aber fragen: Was hast du da gemacht? Was fällt dir ein? Erklär es mir! Rechtfertige dich! Und wenn dir keine wirklich überzeugende Begründung einfällt, dann entschuldige dich wenigstens.

Unvorstellbar.

Aber zumindest hatte sie Sanne fragen wollen, welche Art Gedanken sie bewogen hatten, die Eltern aus dem schmalen Haus zu entfernen. Das schmale Haus zu verkaufen. Woher sie da die Sicherheit genommen hatte, das Richtige zu tun. Das Richtige für die Eltern. Aber auch das Richtige für sich. Und auch noch für Gitti und Petra.

»Sie meint es ja gut«, hatte Gitti noch gesagt.

War es erlaubt, auf jemanden böse zu sein, der es gut meinte?

Plötzlich sprang etwas an der Beifahrertür ihres Autos hoch. Petra erschrak fast zu Tode. Ein Hund. Er trommelte mit seinen Pfoten ans Blech und gauzte wie verrückt. Petras Hände fuhren zu ihren Ohren. Die Glut ihrer Zigarette fiel auf ihre Hose. Hektisch wischte Petra sie herunter. Der rot glühende Punkt fiel in den Fußraum. Mit dem Schuh trat sie ihn aus.

Jemand brüllte: »Aus! Luna! Aus!«

Luna bellte noch einmal kräftig und ließ dann widerwillig von Petras Auto ab.

Jemand kam herangeschlurft, ein Gesicht beugte sich herunter und schaute zu Petra herein. Ob Mann oder Frau, konnte sie nicht erkennen. »Tschuldigung«, murmelte das Gesicht. »So was macht sie sonst nie.«

Petra entgegnete nichts. Sie fühlte sich ertappt. Als sei sie eine potenzielle Einbrecherin, eine, die schon mal die Häuser ausspionierte, um ihren Raubzug optimal vorzubereiten. Und Luna hätte das geahnt.

Sie verfolgte Hund und Herrchen, oder Frauchen, mit den Augen bis zur nächsten Straßenlampe. Aber immer noch nicht konnte sie ausmachen, ob Mann oder Frau. War auch vollkommen egal.

Petra nahm noch einen Zug, öffnete die Autotür, beugte sich hinaus, schrammte die Kippe über den Straßenbelag, wickelte sie dann sorgfältig in ein Papiertaschentuch und legte es auf die Zwischenablage. Dann wühlte sie in ihrer Handtasche nach einem Pfefferminzbonbon. Weil sie keins fand, zündete sie sich wie zum Trotz eine weitere Zigarette an. Vielleicht konnte sie die ja in Ruhe rauchen. Bevor Luna und ihr Herrchen oder Frauchen wieder auftauchten.

Nach dem letzten Zug machte Petra die Kippe auf genau die gleiche Art aus und legte sie zur ersten ins Papiertaschentuch.

Dann drehte sie den Zündschlüssel und startete ihr Auto. Die Fenster ließ sie noch einen Moment offen.

Als sie ein paar Meter gerollt war, sah sie im Rückspiegel, dass in Sannes Haus das Licht angegangen war. Alle Fenster der unteren Etage leuchteten. Langsam fuhr sie weiter. Luna und ihr Mensch waren nirgends zu sehen. Petra fuhr die Scheiben hoch und gab Gas.

Sanne hatte trotz der Herbstkühle auf der Terrasse gesessen. Sie hatte gefroren, sich aber keine Decke geholt. Die Dämmerung war immer tiefer herabgesunken, sie hatte sich aber keine Kerze geholt. Auch im Haus hatte sie kein Licht gemacht. Nicht einmal, als sie Zigaretten suchen gegangen war.

In einem Haus, in dem man seit beinahe dreißig Jahren lebte, fand man sich auch ohne Licht zurecht. Im Küchenschrank, ganz oben, hinter einer alten Packung mit Würfelzucker, wer nahm denn heutzutage noch Würfelzucker?, fand sie tatsächlich eine Schachtel. Sie klappte sie auf. Noch fünf Zigaretten darin. Weil Uwe immer meckerte, wenn sie rauchte – »Muss das sein?« –, hatte sie die irgendwann mal dort versteckt.

Mit dem extralangen Stabfeuerzeug, das sie von der Wohnzimmerfensterbank mit nach draußen genommen hatte, zündete sie sich eine an. Der Tabak war total trocken, Sanne kam es vor, als brenne die Zigarette beinahe von alleine ab. Drei, vier Züge und sie war schon fast am Filter. Sie schnippte die Kippe einfach in den Garten und zündete sich die nächste an.

Ein Auto hielt vor dem Haus. Uwe? Aber niemand schloss die Tür auf, kam herein, rief: »Hallo, jemand zu Hause?«

Immer rief er: »Jemand zu Hause?« Selbst wenn er sicher sein musste, jemand war da. Weil Sannes Auto vor der Tür stand. Oder das Radio lief, Licht brannte.

Es war eine jahrzehntelang eingeübte Gewohnheit. Sogar in diesen veränderten Zeiten rief er es. Sanne konnte sich darauf verlassen. Es gab ja nur noch wenig, worauf sie sich verlassen konnte.

Waren es nicht solche Gewohnheiten gewesen, die die Euphorie ihres gemeinsamen Anfangs allmählich ersetzt hatten?

Die Hochstimmung, die Sanne ganz und gar ausgefüllt hatte, als sie hier eingezogen waren, hatte ja nicht von Dauer sein können. Das wusste jeder vernünftige Mensch. Zumindest im Nachhinein. Und Sanne war ein vernünftiger Mensch. Immer.

Manchmal meinte Sanne, sie sei durch diese erste Zeit getanzt. Ein Mann. Ein Kind. Ein Haus. Nach einer Weile noch ein Kind. Mehr hatte sie nie gewollt. Da hatte sie noch gedacht, alles bleibe so für immer. Forever young. Ja, das war das Lebensgefühl gewesen.

Sanne erinnerte sich auch noch daran, wie überlegen sie sich Petra und Gitti gefühlt hatte. Wie klein noch die Schwestern ihr vorgekommen waren. Als sie beim Richtfest nebeneinandergestanden hatten, hatte Sanne das Gefühl gehabt, Petra auf den Kopf spucken zu können. Petra, die nur wenig jünger war als sie. Ein Altersunterschied, der längst überhaupt keine Rolle mehr spielte.

Sie hatte ihr Ziel erreicht, Gitti und Petra noch längst nicht. Petra würde es vermutlich nie erreichen, hatte sie gedacht. Sanne hatte die Schwester immer in einem dunklen Labor enden sehen. So war es nicht gekommen. Petra verdiente eine Menge Geld, konnte es für sich ganz allein ausgeben, zog durch ihr Leben wie eine Nomadin.

Wie fühlte sich ein solches Leben an? Für Petra selbst. Wie würde es sich für Sanne anfühlen, hätte sie Petras Leben?

Könnte man doch probeweise mal in die Haut der anderen schlüpfen. Eine Zeitlang Petras Leben probeleben. Oder auch mal Gittis.

Plötzlich bellte ein Hund heftig und laut. Sanne fuhr zusammen. Die Glut ihrer Zigarette fiel ihr aufs Bein. Hektisch wischte sie sie herunter und sah dem glühenden Punkt hinterher, wie er auf den hölzernen Terrassenboden fiel. Dem Impuls, ihn auszutreten, widerstand sie. Für einen winzigen Moment erschien es ihr, als könnte eine brennende Terrasse ein wenig Aufregung in ihr totes Leben bringen. Doch der Punkt erlosch von selbst.

Der Hund bellte noch immer. Jemand brüllte: »Aus! Luna! Aus!«

Wieder diese unverfrorene Nachbarin. Wen hatte ihre Luna diesmal zusammengebellt?

Luna gehorchte dem Aus. Es war wieder still.

Sanne nahm die letzte Zigarette aus der Schachtel. Ihre Hand mit dem Stabfeuerzeug zitterte vor Kälte. Nach ein paar Zügen schnippte sie auch die fünfte Kippe einfach in den Garten. Dann ging sie ins Haus. Und drückte auf jeden Lichtschalter, an dem sie vorbeikam.

Wenn Petra an den Abend vor Sannes Haus dachte, ärgerte sie sich. Und sie ärgerte sich nicht.

Sie ärgerte sich, wenn sie sich vorstellte, Sanne ihre Meinung gesagt zu haben, ganz kühl. Keinesfalls emotional, gar wütend.

Wenn sie sich aber vorstellte, ihr wären sowieso die Worte im Hals stecken geblieben, sie hätte vor Sanne gestanden und den Mund bloß auf- und zugeklappt, ärgerte sie sich nicht. Dann fand sie es besser, dass das Licht in Sannes Haus erst angegangen war, als sie davongefahren war. Und dass sie das nicht zum Anlass genommen hatte, umzudrehen und zu klingeln.

Gerade aber nutzte Petra ihre Pause, um sich zu ärgern.

An ihrem Bürofenster stand sie nicht mehr. Dieses Ritual, das sonst beinahe eine Meditation gewesen war, hatte sie zunehmend nervös gemacht. Sie war zusammengezuckt, wenn ein Auto in eine viel zu kleine Lücke eingeschert war, sie hatte scharf die Luft eingezogen, wenn eins vor der Ampel zu spät gebremst hatte, und sie hatte laut »Halt!« gerufen, wenn ein Lkw aus der Seitenstraße zu forsch auf die Mehrspurige hatte einbiegen wollen.

Sie saß jetzt mit ihrem Kaffee am Schreibtisch. Die Ellenbogen aufgestützt. Die Tasse direkt über ihrer Computertastatur schwebend. Der bittere Kaffee darin bewegte sich wie eine Pfütze, deren Oberfläche von einem Windstoß angeblasen wurde, weil ihr Ärger zu winzigen Bewegungen ihrer Hände führte. Zittern wollte Petra es nicht nennen.

Sie malte sich aus, was sie Sanne alles gern gesagt hätte. Oder gefragt. Ja, sie hätte ihr lauter Fragen gestellt. Zum Beispiel wie sie den Ausblick von der Terrasse der Eltern fände. Im Vergleich zu dem auf den Nussbaum vorm schmalen Haus.

Es klopfte an Petras Bürotür, doch bevor sie ihre Tasse absetzen und »Ja?« rufen konnte, hatte der Kollege sie schon aufgerissen.

Petra konnte das Gefühl, ertappt worden zu sein, nicht verhindern. Mit einem Kaffee am Schreibtisch zu sitzen war ihr immer noch peinlich. Dabei machten alle es so. Und nicht bloß in der Pause.

Es war der Kollege mit dem Klavier. Betont munter wie immer. Ob er die Berechnungen für die Vorstandssitzung schon mitnehmen könne.

Petra reichte ihm einen Stapel Tabellen. Wie immer fragte der Kollege auch, wie es *seinem* Klavier ginge. Als sei es ein Haustier, das er Petra in Obhut gegeben hatte. Ohne jedoch eine Antwort abzuwarten, wendete er sich um, schwenkte kurz vor der Tür den Stapel Papier über die Schulter, rief singend »Danke vielmals!« und verschwand wieder. Er ließ ein wenig Leichtigkeit in Petras Büro zurück.

Sie beendete ihre Pause und verbot sich weitere Gedanken an Sanne. An die Eltern. An das schmale Haus. Das nun unwiederbringlich aus ihrem Leben verschwunden war.

Der Klavierkollege hatte schließlich auch kein Elternhaus mehr. Und er schien nicht darunter zu leiden. Im Gegenteil. Er war ein ausgesprochen fröhlicher Mensch.

Petra wühlte in der Handtasche auf der Suche nach dem Hausschlüssel. Hinter ihr ertönte ein lautes Krah, Krah. Sie drehte sich um. Die Krähe balancierte auf dem Halteverbotsschild und legte den Kopf schief. Als wollte sie sagen: Na, heute keine Begrüßung?

»Guten Abend«, sagte Petra. Im gleichen Augenblick wurde die Tür aufgerissen. Ein zweistimmiges »Guten Abend« antwortete ihr aus dem Mund eines jungen Pärchens, das sie überrascht anblickte. Kennen wir die?

Petra trat einen Schritt zurück, die beiden drückten sich an ihr vorbei. Der junge Mann versuchte noch, mit einer Hand die schwere Tür für Petra offen zu halten, aber sie wäre zugeschlagen, wenn sie nicht schnell selbst dagegengedrückt hätte. »Danke«, sagte Petra trotzdem höflich.

Sie schloss den Briefkasten auf, obwohl sie schon von außen sah, dass nichts darin war.

Im Flur des Hinterhauses spielten drei Mädchen Gummitwist. Die Szene rührte Petra dermaßen, dass sie sich einen Moment auf die Treppe setzte und ihnen zusah. Bis sich eins der Mädchen zu ihr umdrehte und »Was glotzt du so?« fragte.

»Das hab ich als Kind auch gespielt«, antwortete Petra. Bloß nicht im Haus, wollte sie noch sagen. Aber die Mädchen sahen sie ganz perplex an. Sie guckten, als könnten sie sich nicht vorstellen, dass diese ältere Frau – ach was, älter, in den Augen dieser Kinder war sie uralt – mal ein Kind gewesen war. Petra konnte es sich auch kaum noch vorstellen.

Es war ein sommerliches Straßenspiel gewesen. Ein Mädchenspiel. Aber niemals im Haus. Viel zu eng. Und überhaupt, die Sommerspiele konnten nicht einfach ins Haus verlegt werden. Im Winter musste anderes gespielt werden. Auch im Winter waren sie auf der Straße gewesen. Vielleicht nicht den ganzen Tag, aber auf jeden Fall draußen. Im Haus wurden Kinder selten geduldet.

Im Gummitwist war Sanne die Beste gewesen. Deswegen hatte Petra nie Lust gehabt, mitzuspielen. An Sanne gemessen zu werden. Dann lieber Völkerball. Werfen hatte sie gut gekonnt. Ausweichen auch. Selten war sie getroffen worden.

Als Petra in ihre Wohnung trat und die Korridortür hinter sich geschlossen hatte, legte sich plötzlich die Bedrückung auf sie, die sie seit Tagen spürte. Nicht wegen des schmalen Hauses. Sie wartete auf einen Anruf von Jürgen. Oder eine Nachricht. Seit den Bildern *im Schnee* hatte er sich nicht mehr gemeldet.

Früher war es oft vorgekommen, länger nichts voneinander zu hören. Es hatte Petra nie beschäftigt. Wenn Jürgen sich meldete, war es okay gewesen. Wenn er sich nicht meldete, auch. Da war eine Sicherheit gewesen, ihn nicht zu verlieren. Obwohl er eine Familie hatte.

Und jetzt, wo er frei war, machte Petra sich Sorgen.

Allerdings machte sie sich auch Sorgen, weil sie zuvor nie ein Treffen abgelehnt hatte.

Petra öffnete ihren Kühlschrank und nahm ein Stück Salami und einen völlig zerlaufenen Camembert heraus. Mehr hatte er auch nicht zu bieten. Die Salami war so hart, sie ließ sich kaum schneiden. Petra rutschte mit dem Messer ab und schnitt sich in den Daumen. Mit dem Daumen im Mund suchte sie nach Brot, um festzustellen, dass sie keins mehr hatte. Nicht einmal mehr Knäckebrot. Dann musste es Zwieback tun.

Ihr Daumen blutete immer noch und sie wickelte einen dicken Verband aus Küchenrolle herum.

Während sie ihr merkwürdiges Abendessen im Stehen verzehrte, die Salami ließ sich auch kaum kauen, dachte sie daran, wie lange sie nicht mehr gekocht hatte. Beinahe schien es ihr, als hätte sie, nachdem Jürgen ihre Küche an diesem einen Abend eingenommen hatte, gar nicht mehr gekocht.

War das nicht einer der schönsten Abende ihrer gemeinsamen Zeit gewesen?

Nachdem er die Küche akribisch aufgeräumt und sauber gemacht hatte, hatte Jürgen sich auf die samtene Klavierbank gesetzt. »Spielst du?«

Petra hatte den Kopf geschüttelt.

»Warum hast du dann ein Klavier?«

Sie hatte mit den Schultern gezuckt.

Jürgen hatte den Deckel gehoben, ein paar Tasten angeschlagen und »Verstimmt!« festgestellt.

»Ich weiß.«

Trotzdem hatte Jürgen angefangen zu spielen. Ein paar bekannte Popsongs. *No woman no cry*. *Forever young*.

Petra hatte mitgesummt, mit dem Fuß gewippt und »Du kannst spielen?« gefragt, als er sich grinsend zu ihr umgedreht hatte.

»Na ja. Mehr für die Partyanwendung. Wenn alle schon ein bisschen betrunken sind und nicht mehr so genau hinhören.«

»Es ist großartig.«

Jürgen hatte auf ihr Betteln hin weitergespielt, bis jemand bei *My heart will go on* wild an die Wand geklopft hatte.

Petra wickelte frische Küchenrolle um ihren Daumen und schob sich auf die samtene Bank. Sie öffnete den Deckel und schlug ein paar Tasten an. Ich lasse es stimmen, dachte sie. Gleich morgen würde sie den Kollegen fragen, wie man an einen guten Klavierstimmer kam. Oder ob er nicht vielleicht sogar jemanden wüsste.

Mitten in der Nacht wachte sie auf, weil sie wildes Zeug geträumt hatte. Sie war durch eine unbekannte Stadt gerannt, die plötzlich in einen Wald übergegangen war. Äste hatten nach ihr gegriffen. Dann hatte sie bruchlos an einem riesigen Herd gestanden und in überdimensionalen Töpfen gerührt. Vom Klingeln ihres Handys war sie aufgewacht. Aber es hatte gar nicht geklingelt. Kein Anruf.

»Ich lasse das Klavier stimmen«, schrieb sie an Jürgen und schlief wieder ein.

Marion und Heiko kamen zurück. Diesmal waren sie sogar über Silvester geblieben.

Sanne sah das Taxi vor dem Haus halten und beobachtete hinter ihrer Gardine, wie die beiden, braun gebrannt und sehr fröhlich wirkend, ihre Koffer über den Plattenweg zur Haustür rattern ließen. Vielleicht war es tatsächlich besser, Weihnachten und Silvester *in die Sonne* zu fahren? Zum ersten Mal dachte sie das.

Eine Stunde später klingelten sie bei Sanne und sagten Hallo, als hätte es die Auseinandersetzung nie gegeben. Vielleicht hatten sie die *in der Sonne* auch einfach vergessen.

Sanne nahm ganz verdattert eine bunte Stofftasche entgegen. »Ein bisschen Sansibar für dich«, sagte Marion lächelnd. Sansibar also. »Ein bisschen Farbe in den Winter.« Marion stöhnte noch über das Rotshäuser Wetter. »Gut, dass wir ein bisschen aufgetankt haben.«

Aufgetankt, dachte Sanne neidisch und sah Marion und Heiko in die erholten Gesichter. Ihre Tankuhr blinkte seit Weihnachten, meldete das kurz bevorstehende Ende des Kraftstoffvorrats.

Wie angepinnt stand sie im Rahmen ihrer Haustür. »Kommt doch einen Augenblick rein«, sagte sie, als ihr einfiel, dass sie unhöflich wirken musste.

Marion winkte ab. »Keine Zeit.« Koffer auspacken. Das Haus wieder einnehmen. Sich wieder an Rotshausen gewöhnen. An die Kälte gewöhnen. Marion schlang ihre Arme um sich und schüttelte sich. Heiko nickte dazu.

Sanne sagte »Danke« und »Kommt gut wieder an«. Sie schloss die Haustür und starrte auf die bunte Tasche. Hatte Marion beim Aussuchen wirklich gedacht, sie würde so etwas benutzen? Sollte sie damit bestochen werden?

Vielleicht gefiel sie Lisa.

Sanne hängte den Beutel an die wie immer übervolle Garderobe. Sie trat einen Schritt zurück. Ein bunter Farbklecks zwischen den dunklen Jacken und Mänteln. Tatsächlich ein bisschen Farbe für den Flur.

Afrika. Da war sie noch nie gewesen. Was hatte sie überhaupt von der Welt gesehen? Vielleicht hatte Marion recht. Und Heiko. Das Geld nehmen und die Welt bereisen. Aber es löste keine Sehnsucht in Sanne aus. Sich Tausende Kilometer von Rotshausen entfernen, um irgendwo an einem Pool zu liegen? Oder sich geschützt in einem Bus sitzend fremdartige Tiere zeigen zu lassen? Was war daran anders, als in den Zoo zu gehen? Sanne konnte nichts daran finden. Außer dass es weltläufiger klang, zu sagen: Wir kommen gerade aus Sansibar zurück, als: Wir waren heute im Zoo.

Der Januar ging herum. Heiko grüßte, wenn sie sich begegneten. Marion grüßte, wenn sie sich begegneten. Ab und zu wurden sogar ein paar Worte gewechselt. Über das Wetter. Über die Kinder. Der Hausverkauf stand jedes Mal dabei. Manchmal konnte Sanne ihn sehen. Wie eine Person im Hintergrund, die versucht, sich gestikulierend und mit überdeutlichen Mundbewegungen verständlich zu machen, aber einfach nicht beachtet wird, egal wie viel Mühe sie sich gibt.

Wenn Heiko den Verkauf wirklich aufgegeben hatte, musste er wohl an der *fetten Rechnung* arbeiten, dachte Sanne bang. Sie sah ihn vor sich, wie er grimmig jeden Buchstaben und jede Zahl in die Computertastatur hackte. Sie sah viele Seiten Papier aus seinem Drucker kommen, auf denen er seine vergebliche Arbeit bis ins kleinste Detail aufgelistet und in Euro und Cent umgerechnet hatte.

Jedes Mal wenn sie den Briefkasten aufschloss, erwartete sie einen großen, dicken Umschlag, aus dem sie die vielen Seiten Papier herausziehen würde. Sie erwartete ihren eigenen Schrecken, wenn sie den *fetten* Betrag auf der letzten Seite entdecken würde. Sie würde ihn nicht bezahlen können und müsste dem Abriss des Elternhauses doch noch zustimmen.

Aber es kam kein Umschlag.

Immer öfter ging Sanne ins schmale Haus, um *nach dem Rechten* zu sehen. So sagte sie sich. Das Elternhaus bewachen.

Sie ging an Heikos Schild vorbei, das immer mehr verwitterte. Die Telefonnummer seines Maklerbüros konnte man kaum noch lesen. Der Nagellack, mit dem die Einbrecherin das *Zu verkaufen* ausgestrichen hatte, war zum großen Teil abgeblättert.

»Na, bewachst du das Elternhaus?«, riefen die Nachbarn, wenn sie Sanne mit langen Hälsen beobachteten, wie sie aus dem Auto stieg, den Waschbetonplattenweg entlangging und die Haustür aufschloss. Hans oder Karin. Kurt oder Moni. Manchmal kam der Ruf direkt vom Gartenzaun, manchmal aus einem Fenster, manchmal von der Fliederstraße. Je nachdem, wo Hans oder Karin, Kurt oder Moni gerade zu tun hatten. Oder wo sie nichts zu tun hatten und deswegen die Nachbarschaft beobachteten.

Es war Sanne lästig und sie wusste nie, was sie antworten sollte. Ein einfaches Ja? Oder so was wie: Muss ja?

Wenn die Nachbarn Sanne in einer Entfernung erwischten, über die hinweg man sich gut unterhalten konnte, fragten sie auch noch nach den Eltern. »Was machen sie? Alles gesund?«

»Ja, ja«, sagte Sanne dann und dachte: Warum besucht ihr sie nicht einfach? Überzeugt euch selbst?

Aber die Nachbarn besuchten die Eltern nicht. Nicht, weil sie sich nicht mehr füreinander interessierten. Sie waren keine Nachbarn mehr. Die Nachbarschaftsgewohnheiten konnte man nicht einfach fortsetzen und in die neue Wohnung der Eltern übertragen. Man konnte nicht mehr einfach am Gartenzaun vorbeigehen, den Vater auf der Bank sitzen sehen und das zum Anlass nehmen, das Pförtchen zu öffnen, sich neben den Vater zu setzen, sich von ihm ein Bier holen zu lassen und einfach eine halbe Stunde nebeneinander zu sitzen. Ein bisschen reden. Eine rauchen. Ein bisschen schweigen.

Oder die Mutter im Garten entdecken, wie sie Unkraut hackte oder Himbeeren pflückte, und sich für ein paar Minuten dazustellen, um sich über die Gärtnerfreuden und -leiden auszutauschen. Wie gut alles gedieh, oder dass es dringend regnen müsse, oder dass die Schnecken in diesem Jahr eine entsetzliche Plage seien.

Sanne beobachtete das Gleiche bei den Eltern. Auch sie besuchten die Nachbarn nicht.

Sanne kannte die Mentalität, die diesen Ritualen zugrunde lag, gut genug, um zu wissen, dass die Verabredung zu einem Besuch diese alte Selbstverständlichkeit, mit der man beim anderen *vorbeisah,* zunichtemachte. Man würde etwas anbieten müssen, vielleicht einen Kuchen, den man auch noch extra backen müsste. Man würde im Wohnzimmer sitzen müssen. Man würde sich wie Besuch fühlen. Und Nachbarn waren kein Besuch. Nachbarn waren Nachbarn.

Manchmal fragte Sanne, wenn sie bei den Eltern war, ob sie etwas von Hans und Karin oder von Kurt und Moni hörten, ob es denen gut ginge.

»Ja, ja«, antwortete die Mutter dann. Oder der Vater. Oder beide gleichzeitig. Aber diesem *ja, ja* fehlte die Sicherheit, die sich daraus speiste, dass man die Nachbarn gestern erst gesehen hatte und es wüsste, wenn es ihnen *nicht* gut ginge.

Dass Sanne nach den alten Nachbarn fragte und die Eltern *ja, ja* antworteten, war ein Ritual, bei dem sie gemeinschaftlich so taten, als hätte sich nicht allzu viel am Leben der Eltern geändert.

Deren neue Nachbarn kannte Sanne gar nicht. Bloß ein paar Gesichter, die ihr immer mal im Treppenhaus begegneten, kamen ihr inzwischen bekannt vor. Aber sie würde sie sowieso niemals so kennenlernen können wie die Nachbarn in der Fliederstraße. Mit denen war sie aufgewachsen. Mit deren Kindern hatte sie auf der Straße gespielt. Zu denen sagte sie bis heute Onkel und Tante, wenn sie sie direkt ansprach. So wie man das damals gemacht hatte. *Onkel* Hans und *Tante* Karin, *Onkel* Kurt und *Tante* Moni. Daran änderte sich nichts. Auch wenn man selbst längst dabei war, alt zu werden.

Und weil man bis heute Tante und Onkel zu ihnen sagte, fühlte man sich dabei öfter in die Situation des kleinen Kindes versetzt, dem sie über den Kopf gestrichen hatten, dem sie eine Handvoll Kirschen geschenkt hatten oder dem sie schon mal ein Pflaster aufs Knie geklebt hatten, wenn es gefallen war und die Mutter oder der Vater gerade nicht zu Hause gewesen war. Oder wenn der Weg zu den Nachbarn kürzer gewesen war als der ins schmale Haus. Oder wenn man sich zusammen mit deren Kindern die Knie aufgeschlagen hatte.

Sanne war jedes Mal froh, wenn sie den Blicken und Fragen der Nachbarn entkommen und die Tür des schmalen Hauses von innen zudrücken konnte.

Manchmal setzte sie sich dann in die Küche. Der Tisch und die Stühle waren ja noch da. Der Schrank auch. Einmal hatte sie sogar die Schubladenkanten mit dem Stück Seife behandelt, das, ganz trocken und brüchig geworden, in der Schale am Spülbecken lag. Damit die Schubladen wieder ein wenig leichtgängiger wären. Dabei zog niemand mehr die Schubladen heraus und schob sie wieder zu. Es war ja auch gar nichts mehr darin, was das Aufziehen gelohnt hätte.

Auch auf der Treppe saß sie manchmal. Mit dem Kopf

auf den Knien. Dabei war ihr auch Gittis Unfall wieder eingefallen. Sie hatte sich gesehen, wie sie über Gitti gebeugt dagestanden hatte. Über deren schneeweißes Gesicht. Gitti, die Sanne zuvor gefragt hatte: »Soll ich mal?« Wie alt war sie gewesen? Fünf? Sechs? Sanne hatte sie noch bestärkt. »Klar, probier es.« Keinerlei Bedenken hatte sie gehabt, hatte sehen wollen, wie die kleine Schwester nach unten sauste. Gitti hatte sich tatsächlich aufs Geländer gesetzt und war geschickt und mit rasendem Schwung hinuntergerutscht. Sogar um die enge Kurve, die das Geländer am Zwischenpodest teilte. Bloß war sie nicht abgesprungen. Wie hätte sie auch wissen können, dass man den Schwung am Ende zu einem Sprung nutzen musste. Sonst stürzte man einfach ab. Auf den harten Fliesenboden.

Gitti war abgestürzt. Hatte sich den Kopf aufgeschlagen und, nachdem Sanne sie auf die unterste Treppenstufe bugsiert hatte, plötzlich kotzen müssen. Sanne hatte klaglos alles aufgewischt, Gitti ins Bett gebracht, in ihres, das war leichter gewesen als in die obere Etage des Stockbetts. Außerdem konnte Gitti so besser den Eimer erreichen, den Sanne ihr vors Bett gestellt hatte.

Die Mutter war nicht da gewesen, hatte irgendwo geputzt. Als sie nach Hause gekommen war, hatte Sanne bloß gesagt, Gitti sei plötzlich schlecht geworden. »Vergeht«, hatte die Mutter geantwortet. »Hast du wieder zu viel genascht?« Sanne hatte für Gitti genickt, Gitti hatte bloß gestöhnt.

Doch sie hatte es bald wieder versucht. Man gab nicht einfach auf, bloß weil man gestürzt war. Sanne erklärte ihr das mit dem Absprung, machte es auch noch mal vor. Gitti war beim Treppengeländerrutschen nie wieder gestürzt.

An jenem Nachmittag hatte Sanne es selbst noch einmal probiert. Aber ihr hatte der Schwung gefehlt. Sie hatte sich nicht getraut. Ganz langsam und mit dem Oberkörper schwankend, war sie gerutscht. Auf halber Treppe hatte sie aufgegeben. Treppengeländerrutschen war etwas für Kinder. Es war etwas für dieses Alter, in dem man sich alles zutraute, keine Angst vor nichts hatte. Die Welt stand einem offen und es gab keine Grenzen. Man konnte Königin werden oder Schlagersängerin oder Häuser bauen wie der Vater. Ein Tag konnte unendlich lang sein, ein Jahr war eine Zeitspanne, über die man nicht nachdachte.

Vielleicht war es aber auch bloß so, dass es eine Zeit war, in der man die Grenzen noch nicht sah und noch nicht spürte? Ab wann spürte man sie? Ab wann nahm man sie als gegeben hin?

Konnten Philipp und Lisa eigentlich Treppengeländer rutschen? Sanne meinte nicht. In ihrem Haus gab es auch gar kein Geländer, auf dem sich so gut hätte rutschen lassen wie bei dem im schmalen Haus.

Rutschten Kinder heute überhaupt noch Treppengeländer herunter? Vermutlich gehörte es zu den ausgestorbenen Kindervergnügen, in die Kategorie *Weißt du noch?*.

Petra war aufgeregt. Drei Mal zog sie sich um. Tauschte den Rock gegen eine Stoffhose, die wiederum gegen eine Jeans. Die Bluse, sowieso viel zu dünn, gegen einen Rollkragenpulli, den wiederum gegen ein Sweatshirt, um sich dann doch für den Rollkragenpulli zu entscheiden. Sweatshirts zog sie normalerweise bloß zu Hause an, aber für einen Augenblick war es ihr lässiger erschienen. Dann hatte sie sich gefragt, ob es nicht albern war, wenn sie auf Biegen und Brechen lässig wirken wollte.

Die Umzieherei hatte Zeit gekostet. Sie musste augenblicklich los und würde sich trotzdem verspäten. Sie stand schon beim Aufzug, als ihr einfiel, dass es draußen schüttete. Sie lief zurück und holte ihren Schirm.

Auf dem Weg drehte der heftige Wind ihn mehrfach um. Völlig zerzaust kam sie am Café an. Schon von draußen sah sie Jürgen sitzen. Ein Fensterplatz. Ihm gegenüber eine junge Frau, die mit den Spitzen der langen Haare spielte, die ihr über die linke Schulter hingen.

Auf Petras Klavierstimm-Nachricht hatte Jürgen ein Lach-Emoji geschickt und »Wenn es gestimmt ist, geben wir eine Party!« geschrieben. Wir. Als sei dieses *Wir* das Selbstverständlichste der Welt. Es verwirrte Petra. Gab es schon ein *Wir*? Jürgen und sie ein *Wir*? Wann überhaupt waren zwei Menschen *Wir*?

Der Kollege hatte Petra tatsächlich einen Klavierstimmer empfehlen können und sie hatte bereits einen Termin mit ihm ausgemacht.

Ein paar Tage später hatte Jürgen angerufen und »Franzi möchte dich kennenlernen« gesagt. Nichts von Weihnachten oder Silvester oder von seinem Schneeurlaub. So, als hätten sie sich gestern erst gesehen und über seine Tochter unterhalten.

»So?«, hatte Petra bloß geantwortet und auch nichts von Weihnachten oder Silvester oder von seinem Schneeurlaub gesagt. So, als hätten sie sich gestern erst gesehen und über seine Tochter unterhalten.

Jürgen hatte auch noch ein Café vorgeschlagen. »Gar

nicht weit weg von dir.« Er hatte schon alles geplant und bedacht. Obwohl es nicht weit weg von Petra war, kannte sie das Café nicht.

Es war voll. Samstagvormittag. Ein Stimmengewirr empfing sie, als sie es betrat. Es war eins dieser typischen Junge-Leute-Cafés. Zumindest empfand Petra es so. Ein Sammelsurium aus Stühlen, keiner wie der andere. Alte Küchentische. Die erinnerten Petra an den im schmalen Haus. Der immer noch dort stand. An dem sie das Glas mit den Bohnen gegessen hatte. An dem nun niemand mehr aß.

Sie drängte sich zwischen den Tischen hindurch, den Schirm hielt sie hoch über ihren Kopf wie eine Reiseführerin, die dafür sorgen will, dass ihre Reisegruppe sie nicht aus den Augen verliert. Sie stieß hier an, blieb dort beinahe hängen, sagte »Entschuldigung«, »Verzeihung«, »Sorry«.

Jürgen entdeckte sie, winkte heftig und schließlich stand Petra außer Atem vor ihm und seiner Tochter. Erst in diesem Augenblick überlegte sie erschrocken, wie sie und Jürgen sich begrüßen sollten vor deren Augen. Doch bevor sie verlegen werden konnte, stand Jürgen auf und sagte mit einer zwischen ihnen hin und her winkenden Handbewegung: »Petra, Franzi, Franzi, Petra.« Dabei strahlte er, als sei ihm ein Coup gelungen. Petra schob er den Stuhl zurecht.

Die junge Frau, die hier bediente, in Lisas Alter?, kam und fragte in vertraulichem Ton: »Kann ich dir was bringen?«

Petra stutzte einen winzigen Moment. Nie konnte sie umhin, sich vorzustellen, sie hätte in diesem Alter ältere Personen geduzt. Vielleicht die Nachbarn aus den Reihenhäusern gegenüber dem schmalen Haus. Vielleicht Dagmars Mutter oder gar deren Vater. In Ohnmacht wären die gefallen. Vielleicht hätten sie sich sogar bei den Eltern beschwert. »Ihre Tochter hat mich einfach geduzt.« Ja, das war vorstellbar. Dass das eine Regelübertretung war, die den Eltern angezeigt worden wäre.

Niemals hätte Petra jemanden, der auch nur zehn Jahre älter war als sie, geduzt. Kein Jugendlicher tat das damals.

Das *Sie* hatte eine große Bedeutung gehabt. Petra erinnerte sich noch daran, als sie beim Einkaufen in Lahnfels zum ersten Mal gesiezt worden war. Mit stolz erhobenem Kopf war sie aus dem Laden herausgetreten.

»Und? Kann ich dir was bringen?« Der Ton der jungen Frau wurde ungeduldig. Petra schreckte aus ihren Gedanken über das Duzen auf.

»Einen Milchkaffee bitte«, stotterte sie.

Petra rührte in ihrer Tasse und entspannte sich mehr und mehr. Keine scheuen Fragen und verlegenen Antworten gingen hin und her. So hatte sie sich dieses Kennenlernen vorgestellt. Und sich im Vorhinein unbehaglich gefühlt.

Jürgen und seine Tochter unterhielten sich lebhaft. Irgendwie ging es um ihre Wohnung, in der eine Lampe aufgehängt und noch irgendetwas repariert werden musste. Konnte Jürgen Lampen aufhängen und Dinge reparieren? So wenig wusste sie von ihm, dass sie nicht einmal das wusste.

Verstohlen betrachtete sie diese junge Frau und suchte nach Ähnlichkeiten mit Jürgen. Die Nase? Die Augen? Die Art, wie sie sich im Stuhl zurückwarf, wenn sie einen Satz beendete?

Ab und zu wandte Franzi sich lächelnd ihr zu, als wollte sie sie in das Gespräch einbeziehen. »Was sagst du?« Hinterher wusste Petra nicht, ob sie überhaupt einen einzigen Satz von sich gegeben hatte. Sie schalt sich für ihre Unbeholfenheit und glaubte, Franzi müsste sie für eine sehr seltsame Person halten. Vielleicht sogar für dumm.

»Sie mag dich«, sagte Jürgen ein paar Tage später am Telefon.

Und Hanna, seine zweite Tochter, müsse sie auch bald kennenlernen.

Sanne sammelte Socken und den Schlafanzug vom Fußboden auf. Lisa war unordentlicher als Philipp. Der hatte diesmal sogar sein Bett gemacht.

Gestern waren die beiden nach ihrem Besuch wieder abgefahren. Was hieß Besuch. Sie schliefen in ihrem Elternhaus, sie aßen hier. Doch die meiste Zeit waren sie unterwegs. Mit den Freundinnen und Freunden, die in Rotshausen geblieben waren. Und mit den Freundinnen und Freunden, die nicht in Rotshausen geblieben waren, aber wie sie selbst mal wieder eine Stippvisite in ihren Elternhäusern machten.

Sanne beugte sich über das Treppengeländer und warf die Wäsche nach unten. Würde sie später in den Waschkeller bringen. Sie schüttelte Lisas Kopfkissen und die Bettdecke auf und legte alles sorgfältig zusammen.

Früher hatte Lisa es nie leiden können, wenn Sanne ihr Zimmer aufgeräumt hatte. Aber Sanne hatte es nie lassen können.

Sie hatte Lisas Zimmer geliebt. Als wäre es ihres. Das, was sie sich in der Kindheit gewünscht hatte. Ein Zimmer für sich allein. Und so schön eingerichtet. In den ersten

Jahren alles in duftigem Rosa. Die Tapete, die Gardinen, die Babybettwäsche. Das Rosa war anderen Farben gewichen. Die Wiege einem Kinderbettchen. Das Kinderbettchen einem Jugendbett aus hellem Holz. Immer hatte Sanne alles sorgfältig ausgewählt.

Während Lisa im Kindergarten gewesen war, hatte sie, wie jetzt, gelüftet, das Bett gemacht, Staub gewischt. Wenn Philipp, der da ja noch ganz klein gewesen war, schlief, hatte sie manchmal mit den Puppen gespielt. Was heißt gespielt. So hätte sie es nicht genannt. Sie hatte ihnen unter dem Vorwand, dass die Kleider gewaschen werden müssten, frische angezogen, ihnen die Haare gekämmt und sie sorgfältig im Puppenwagen oder auf Lisas Bett oder in dem Regal über dem Bett drapiert.

Ein Schlummerle war eine der ersten Puppen gewesen, die Sanne für Lisa gekauft hatte. Sanne hatte der Verkäuferin erzählt, dass sie sich als Kind immer eins gewünscht hatte, und war ganz überrascht gewesen, als die Verkäuferin sagte: »Aber das Schlummerle gibt es doch noch.« Diese Puppen mit dem weichen Stoffkörper, deren Arme und Beine Stoffgelenke hatten, sodass die locker baumelten. Gar kein Vergleich zu den steifen Puppen, die es bis dahin gegeben hatte. Ein Mädchen in der Nachbarschaft, wie hatte sie geheißen? Geli? Geli!, hatte auch eins gehabt.

»Sie hat ein dunkelhäutiges Schlummerle«, erzählten alle Mädchen ganz ehrfürchtig ihren Eltern. Dunkelbraun mit rabenschwarzen Haaren und dunklen Augen. Ganz unerhört war das gewesen. Der Gipfel der Exotik.

»Nicht anfassen«, hatte Geli immerzu gesagt, wenn sie sich mit ihren Puppenwagen draußen auf der Straße trafen, um sie nebeneinander herzuschieben, mit ihnen spazieren zu gehen, wie ihre Mütter mit den jüngeren Geschwistern in den großen Wagen spazieren gingen. Sich ab und zu zum Gefährt der Spielkameradin beugen, um nach deren Puppenkind zu schauen. »Oh, es weint. Ob es Hunger hat?« Dann hatten sie diese kleinen Fläschchen hervorgeholt, die einem Babyfläschchen nachempfunden gewesen waren, mit bunten Perlen darin, und sie den Puppen an die Puppenlippen gehalten. Sie hatten gespielt, ihre eigenen Mütter zu sein. Wie in Vorbereitung auf ihr späteres Leben. Die bunten Zuckerperlen aber hatten sie selbst gegessen und die Fläschchen mit Wasser wieder aufgefüllt.

Petra hatte selten mitgespielt. Sie war damals schon die *Intellektuelle* gewesen. Brauchte keine Übung im Mutterwerden. Oder? Konnte sie das damals schon gewusst haben?

Sanne hatte Gelis Nicht-anfassen-Gebot mehrfach übertreten, ohne dass die es bemerkt hatte. Für Lisa hatte sie ein blondes Schlummerle mit leuchtblauen Augen gekauft.

Inzwischen waren Lisas Puppen verschwunden. In einer Kiste auf dem Dachboden. Längst bevor sie zum Studium ausgezogen war.

Inzwischen sah das Zimmer auch nicht mehr aus wie Lisas Zimmer. Ihr Bett, ihren Schreibtisch und den Schrank hatte sie mit nach Frankfurt genommen. Selbst den Teppich.

Sanne hatte alles neu eingerichtet. Bei Ikea ein Bett und einen Schrank gekauft. Und einen bunten Teppich. »Ein Gästezimmer«, hatte Lisa bei ihrem ersten Besuch lächelnd gesagt. Sanne hatte nicht gewusst, ob sie sich freute oder es seltsam fand.

Sanne aber fand es seltsam. So seltsam wie die Getränkedosen, die sie gerade in diesem Gästezimmer einsammelte. Irgendwelche Modegetränke. Lisa brachte sie mit wie Zeichen ihres neuen Lebens. Ihres Studentenlebens, das mit dem Auszug von zu Hause eine neue Unabhängigkeit bekommen hatte. Eine Erweiterung, die sich auch darin ausdrückte, was sie aß und trank. Nicht mehr bloß das, was es in Keller und Kühlschrank der Eltern gab.

Sanne schwenkte das Staubtuch aus dem geöffneten Fenster. Als sie sich gerade wieder abwenden wollte, kam Marion gegenüber aus der Tür und hob grüßend die Hand. »Na? Ist die Bande wieder aus dem Haus?«

Sanne nickte.

Marion sagte *die Bande,* auch wenn ihre Kinder da waren. Oder wieder weg. Dann sagte sie es mit spöttischer Erleichterung. Sanne war das immer gespielt vorgekommen. Wie Koketterie.

Sie war immer traurig gewesen, wenn die Kinder abfuhren. Und hatte an den darauffolgenden zwei, drei Tagen das Gefühl gehabt, die Wände hallten, als wäre das ganze Haus ausgeräumt worden.

Heute jedoch fühlte sie nichts. Keine Trauer. Aber auch keine Erleichterung. Eher ein Gefühl von Gleichgültigkeit. Es erschreckte sie. Wo nur führte alles noch hin?

Sanne trug die heruntergeworfene Wäsche in den Keller, stopfte sie in die Maschine und stellte sie an. Sie zog sich einen Hocker heran und setzte sich davor, lauschte dem Rauschen des zulaufenden Wassers, sah der Wäsche zu, wie sie sich in der Trommel drehte. Wie Lisas pinkfarbenes T-Shirt auftauchte und wieder verschwand. Philipps blaue Socken, seine Jogginghose.

Der Tag würde kommen, an dem sie nicht einmal mehr die Wäsche ihrer Kinder waschen würde. Sie würden eine eigene Waschmaschine haben, eine eigene Familie, ein eigenes Haus. Ein eigenes Leben.

Und sie? Würde hier mit Uwe alt. Oder? Würden sie zusammen in diesem Haus alt? Was, wenn nicht? Welche anderen Möglichkeiten gab es denn überhaupt? Nie hatte sie über so etwas nachgedacht. Vollkommen überflüssige Überlegungen waren das bisher gewesen.

Als die Waschmaschine ein lautes Piepen von sich gab, erschrak Sanne. Die Wäsche war fertig. Sie hatte tatsächlich die ganze Zeit auf ihrem Hocker davorgesessen und nicht gemerkt, wie die Zeit verging. Steif erhob sie sich und drückte auf den Knopf, der das Bullauge aufspringen ließ.

Unverschlossen.

Nicht schon wieder, dachte Sanne.

Sie drückte die Tür des schmalen Hauses vorsichtig auf und blieb zögernd stehen. Die Polizei rufen? Oder erst mal nachsehen? Während sie noch überlegte, meinte sie, leise Rufe zu hören.

Vorsichtig setzte sie einen Fuß in den Flur, streckte den Kopf vor und lauschte angestrengt.

»Hallo? Hilfe!«

Tatsächlich, da rief jemand. Aus dem Keller? Die Tür nach unten war bloß angelehnt.

Sie sprang hin und rief mutig »Wer ist da?« hinunter.

»Hier!«, antwortete eine Stimme. »Hier!« Diese Stimme kannte sie. Stolpernd rannte Sanne die enge Treppe hinunter. Unten angekommen, wäre sie beinahe auf den Vater getreten. Sie bemühte sich, das Gleichgewicht zu halten. Nicht auch noch fallen.

»Was machst du denn hier?«, rief Sanne. Hier am Fuß der Treppe war es stockfinster. Der Vater tastete nach ihrer Hand. »Kannst du mir aufhelfen?«

Sie zog und riss an seinem Arm. Er kam mit dem Oberkörper hoch. Doch mehr war nicht zu machen. Sie schafften es nicht einmal, dass er wenigstens auf der Treppenstufe zu sitzen kam.

»Ich rufe den Krankenwagen!«

Der Vater wehrte sich. »Nicht nötig. Geht gleich wieder.« Doch Sanne sagte schon die Adresse in ihr Telefon. »Rotshausen. Fliederstraße. Mein Vater ist gestürzt. Kann nicht mehr aufstehen.«

Sie legte auf und hockte sich neben den Vater. Inzwischen hatten sich ihre Augen an die Dunkelheit gewöhnt.

»Weiß Mama, dass du hier bist?«

Der Vater schüttelte den Kopf.

»Wie bist du denn ins Haus gekommen?«

»Schlüssel«, sagte er lakonisch. Und dann erschrocken: »Wo ist der? Er muss hier irgendwo liegen.«

Sanne kroch auf dem kalten Boden herum.

Der Vater stöhnte immer wieder leise.

Sanne fand den Schlüssel nicht.

»Er muss da sein«, sagte der Vater.

»Ist er nicht!«, rief Sanne immer noch kriechend und mit den Händen umherwischend wie eine Blinde. »Was machst du überhaupt für Sachen.«

»Wir brauchen Licht«, sagte der Vater.

»Geht doch nicht mehr«, sagte Sanne. Sie war kurz davor, in Tränen auszubrechen. Vor Verzweiflung, aber auch vor Wut. Auf sich. Auf den Vater. Auf alles.

»Nein«, sagte der Vater. »Geht nicht mehr. Deswegen habe ich wohl auch eine Stufe verfehlt.«

»Was machst du auch im Stockdunkeln hier unten? Was wolltest du überhaupt im Keller?«

»Was gucken.«

Ehe Sanne: Was denn gucken? fragen konnte, rief jemand: »Hallo? Wo sind Sie?«

»Hier!«, antwortete Sanne. »Hier unten.«

Auch die Rettungssanitäter mussten sich die dunkle Treppe hinuntertasten. Weil sie so schmal war, wurde der Vater nicht auf einer Trage, sondern in einem speziellen Tuch nach oben transportiert.

»Fahren Sie mit?«, fragte einer der Sanitäter, als der Vater vom Tuch auf die Krankenwagenliege umgebettet worden war.

»Ja, ja.« Sanne wollte einsteigen, doch der Vater wehrte ab. »Ich brauche dich nicht. Sag lieber Mama Bescheid.«

Jetzt erst dachte Sanne an die Mutter. Die musste vor Sorge längst vergehen.

Sie winkte dem Krankenwagen hinterher, obwohl der Vater das nicht sehen konnte.

Der Vater hatte sich den Oberschenkelhals gebrochen. Es stellte sich heraus, dass er das gleiche Ritual gepflegt hatte wie Sanne. Bloß schon viel länger. Und sicher aus anderen Gründen. Vermutlich immer, wenn es geheißen hatte: »Er ist spazieren, er geht ja viel spazieren«, war er im schmalen Haus gewesen. In seinem Haus.

»Wieso hast du denn überhaupt noch einen Schlüssel?«, fragte Sanne.

Der Vater zuckte mit den Schultern und guckte schuldbewusst.

Wieso soll er auch keinen Schlüssel behalten haben, dachte Sanne schuldbewusst.

Plötzlich erinnerte sie sich daran, wie der Vater aus dem Haus gekommen war, als sie mit der Mutter die Rose ausgegraben hatte. Wie irritiert sie gewesen war. Dann aber gedacht hatte, ihre Wahrnehmung habe sie getäuscht.

Sie hatte sich *nicht* getäuscht.

Sanne dachte auch einen Augenblick daran, dass der Vater der *Einbrecher* gewesen sein könnte. Aber den verwarf sie sofort wieder. Der Einbrecher hatte keinen Schlüssel gehabt. Er war durchs Kellerfenster gekommen und durch die Terrassentür wieder gegangen. Und dass es vorstellbar war, dass der Vater sich in die Küche setzte und dort ein Glas eingeweckte Bohnen aß, bezweifelte sie auch.

Der Vater bekam eine neue Hüfte und musste danach in die Reha. Sannes schlechtes Gewissen hatte kurz Pause. Bloß um später umso heftiger wieder einzusetzen. Doch erst einmal war sie beschäftigt. Täglich mit der Mutter ins Krankenhaus fahren. Nach der Arbeit. Dreimal die Woche in die Reha. Nach der Arbeit.

Sanne hatte auch einen Grund, Gitti anzurufen. Gitti, von der sie seit Weihnachten nichts mehr gehört hatte. »Gitti, Papa ist die Kellertreppe runtergefallen.« Eine Sorge um die Eltern brachte doch noch jeden Streit zwischen Geschwistern zum Erliegen, machte ihn überflüssig, oder?

Sanne rief auch Petra an.

Sannes Stimme auf ihrer Mailbox. »Ruf mich zurück! Dringend!« Ein Befehl. Eine Unverschämtheit. Wenn

Sanne mit ihr reden wollte, ihr endlich gestehen wollte, was sie längst wusste, war ein anderer Ton gefragt.

Petra spielte den Befehl ein paar Tage lang immer wieder ab, ohne ihm Folge zu leisten. Sanne konnte sie mal.

Als sie die Schwester endlich doch zurückrief, weil der *Befehl* sie unabweisbar verfolgt hatte, und sie vom Sturz des Vaters hörte, schämte sie sich.

Der Vater verletzt, in der Klinik, bereits operiert. Und sie erfuhr erst jetzt davon, weil sie in kindischem Trotz Sanne den Rückruf verweigert hatte.

Aber davon sagte sie nichts.

Sanne ließ ihr auch gar keine Gelegenheit, mehr als »Ja« und »Ach« und »Na so was« zu sagen.

Petra lief, das Telefon am Ohr, in ihrer Wohnung umher. Im Badezimmer polierte sie mit ihrem Pulloverärmel ein paar Zahnpastaspritzer vom Spiegel und schnitt sich selbst eine Grimasse. Die Fliesen und das kalte Porzellan warfen ihre Achsos und Nasowas währenddessen zurück wie winzige Echos.

In der Küche wischte sie ein paar Krümel von der Arbeitsplatte ins Spülbecken. Vom Wohnzimmerfenster aus beobachtete sie zwei Amselmännchen in einer Kastanie.

Es war Petra recht, auf diese Art vom Reden enthoben zu sein. Es war ihr auch recht, dass Sanne offenbar mal ein schlechtes Gewissen hatte.

Deren Redeschwall kam Petra vor wie ein Bach, der nach einem heftigen Gewitterregen Hochwasser führt. Sie ließ ihn vorbeirauschen, über sich hinwegschwappen. Beinahe war es, als führe Sanne ein Selbstgespräch. Als müsste sie sich selbst Mut machen. Wird schon wieder werden. Bloß nicht zu schwarz sehen.

Als Sanne sagte: »Zuerst dachte ich, es sei schon wieder eingebrochen worden. Aber er hatte noch den Schlüssel!«, entstand jedoch unvermittelt eine kleine Pause.

»Einbruch?«, fragte Petra in die Lücke. »Und welcher Schlüssel?«

»Vom Elternhaus.«

»Ich verstehe gar nichts«, sagte Petra.

Der Vater sei ständig dort gewesen, aber niemand habe etwas gemerkt, sagte Sanne. Wie unvernünftig, wo es doch keinen Strom mehr im Haus gebe. Keinen Strom. Kein Licht. Kein Wunder, dass er gefallen sei.

Was Sanne so vorwurfsvoll erzählte, rührte Petra. Sie stellte sich den Vater vor. Wie er durchs Haus tappte. Wie er die knarzende Treppe hinaufstieg, ins Schlaf- und ins Kinderzimmer ging. Wie er aus den Fenstern guckte. Wie er wieder hinunterging und sich vielleicht an den Küchentisch setzte. Oder die Schubladenkanten des Küchenschranks einseifte, obwohl niemand mehr sie benutzte. Einfach, weil das von Zeit zu Zeit gemacht werden musste und es mal wieder dran war. Wie er ins Wohnzimmer ging und durch die Verandatür in den Garten sah.

Verandatür.

Dieser Gedanke ließ Petra dann aber zusammenzucken.

Musste der Vater nicht entdeckt haben, dass die bloß angelehnt war? Was wohl hatte er gedacht, wenn er es entdeckt hatte?

Einbruch! Mit einem Mal schwante ihr, was es mit Sannes Bemerkung auf sich haben könnte. Natürlich. Es musste wie ein Einbruch gewirkt haben. Es war ein Einbruch gewesen. In ihr eigenes Elternhaus. Ein Haus ohne Wasser, ohne Strom, ohne Menschen. Maximal unvernünftig.

Viel unvernünftiger als der Vater, der wenigstens einen Schlüssel gehabt hatte.

Petra wurde nervös. Nie durfte Sanne das erfahren. Niemand durfte das je erfahren. Jürgen. Der wusste es ja schon. Sie musste ihm sagen, dass er das niemals erwähnen durfte.

Schon am Telefon war Lisa schockiert gewesen. »Das ist doch deine Schuld«, hatte sie zu Sanne gesagt.

Nein, so hatte sie es nicht ausgedrückt. »Wenn sie nicht ausgezogen wären«, hatte sie vage gesagt. »Wenn sie in ihrem Haus wohnen geblieben wären. Wenn das Licht noch funktioniert hätte.« Wenn. Wenn. Wenn.

Als ob Sanne sich das nicht auch schon selbst hunderttausend Mal gesagt hätte. Aber es war nicht das Gleiche, wenn jemand anderes es einem sagte. Oder auch bloß laut dachte. Und es war noch einmal etwas anderes, wenn dieser *jemand anderes* die eigene Tochter war.

Sanne hatte sich gefühlt, als hätte sie den Vater die Treppe hinuntergestoßen.

Den Opa nun im Krankenbett liegen zu sehen schien Lisas Bestürzung zu steigern. Kaum ein Wort brachte sie heraus. Sie stand am Fußende des Betts und sah ihn aus dieser Distanz vorsichtig an.

Philipp war im Gegensatz zu Lisa nicht schockiert gewesen, als Sanne ihn angerufen hatte. »Passiert«, hatte er nüchtern gesagt. Zur Begrüßung klopfte er dem Opa kumpelhaft auf die Schulter. »Wird schon wieder. Bist doch zäh.« Der Vater nickte. Fast dankbar für so viel Optimismus, erschien es Sanne.

Wie immer packte Sanne eine Menge Dinge auf den

Krankenhausnachttisch des Vaters. Kekse, Schokolade, Äpfel. Bananen. Zeitschriften. Zeitungen für Männer waren schwierig. Und für den Vater besonders. Mehr als die Tageszeitung hatte er noch nie gelesen.

In den ersten Tagen hatte sich der Vater gegen diese Flut von Mitbringseln gewehrt. »Lass doch. Ich bekomme hier alles, was ich brauche.« Und mit einem Blick auf das Heft über eine Polarexpedition, das Sanne an diesem Tag ausgesucht hatte: »Ich lese nichts.«

Das interessiert doch jeden, hatte Sanne vor dem Zeitschriftenregal gedacht. »Bestimmt spannend«, hatte sie gesagt. »Lenkt dich ein bisschen ab.« Der Vater hatte den Kopf gewiegt. Zweifelnd.

Sanne konnte es ohnehin nicht lassen. Inzwischen verschwanden die Sachen bis zu ihrem nächsten Besuch. Ob die Mutter sie mitnahm? Doch das würde Sanne bemerken. Vielleicht gab sie alles den Leuten vom Nachbarbett? Sanne warf einen misstrauischen Blick hin. Der alte Mann, der dort lag, schlief. Wie fast immer. Und seine alte Frau auf dem Stuhl daneben döste. Wie fast immer.

Jedenfalls war der Tisch des Vaters frei. Und sie konnte neue Sachen darauf stapeln. Der Vater konnte seinen zweifelnden Blick darauf werfen.

Sein zweifelnder Blick befeuerte Sannes schlechtes Gewissen noch. Nicht einmal etwas Gutes konnte sie dem Vater offenbar in dieser Situation tun. Ganz ausgefüllt schien er von einer schicksalsergebenen Bedürfnislosigkeit zu sein.

Sanne dagegen war ganz ausgefüllt von ihrem schlechten Gewissen. Bald müsste es sich um sie herum ausbreiten wie eine Aura, weil in ihr drinnen der Platz knapp würde, dachte sie manchmal.

Auf den Gedanken, dass der Vater und sie mit diesen heimlichen Besuchen im schmalen Haus eine Gemeinsamkeit hatten, kam Sanne erst viel später.

Dann erst würde sie sich auch fragen, ob der Vater im schmalen Haus herumgeschlichen war auf der Suche nach etwas, das dort gar nicht mehr vorhanden war. Ob auch er versucht hatte, einen Winkel für seine Wehmut zu finden, die doch so ganz unvernünftig war?

Ohne voneinander zu wissen, hatten sie vielleicht das Gleiche getan, würde sie denken. Und sich fragen, ob das nicht etwas war, das diesem vertrackten Geschehnis nicht nur seinen Stachel nahm, sondern sie sogar verband. Den alten Vater. Und sie, die doch bloß das Beste für ihn gewollt hatte.

Aber noch war es nicht so weit. Noch war für solche Überlegungen kein Platz. Der war, wie gesagt, im Augenblick noch ausschließlich für das schlechte Gewissen reserviert.

Am späten Nachmittag fuhr Sanne ihre Kinder direkt zum Bahnhof. »Ich dachte, ihr übernachtet«, hatte sie gesagt, als sie aus dem Krankenhausportal getreten waren. »Du, wir müssen so viel lernen«, hatten sie gesagt. »Sag Opa liebe Grüße. Wir kommen noch mal, wenn er wieder zu Hause ist.« Nein. Lisa hatte das gesagt. Aber Philipp hatte nicht widersprochen.

Sanne war enttäuscht.

Doch als sie vor ihrem Haus hielt und sah, dass alles dunkel war, als sie die Tür aufschloss und eine vollständige Stille sie empfing, als sie ihren Mantel an die Garderobe hängte und sah, dass Uwes fehlte, da machte die Wehmut einer Erleichterung Platz.

Am Ende hätten die Kinder angefangen, Fragen zu stellen. Mussten die ihnen nicht allmählich auf der Zunge brennen? Was ist denn *mit euch* los? Was ist denn *bei euch* los? Mit euch stimmt doch was nicht, oder?

Darauf zu antworten hätte sie vollkommen überfordert.

Was machst du denn für Sachen«, sagte Petra. Im genau gleichen Tonfall, wie die Eltern sie das gefragt hatten. Ohne Betonung. Und mit Hilflosigkeit in der Stimme.

Dabei *machte* man doch dieserart Sachen gar nicht, ging ihr gleichzeitig durch den Kopf. Man geriet hinein. Wusste hinterher nicht mehr wie. So wie sie in den *Einbruch* geraten war, ohne hinterher sagen zu können, was genau sie im Elternhaus gewollt hatte. Bloß, dass sie hinein hatte wollen. Ja, hinein hatte müssen. Vielleicht hatte der Vater auch hinein müssen. Hatte sich gar nicht wehren können gegen dieses Müssen.

Petra konnte es sich gut vorstellen, dass der Vater hatte hinein müssen in dieses Haus, das er gebaut hatte mit den eigenen Händen. Die immer kräftig und rau gewesen waren, die Nägel niemals ohne dunklen Rand, obwohl sie zum Feierabend mit der Bürste geschrubbt worden waren. Die Hände, die jetzt schlaff auf der Krankenhausdecke lagen und Petra vorkamen, als seien sie plötzlich geschrumpft. Spontan fasste sie nach ihnen, aber der Vater zuckte zurück. Petra auch.

Petra hatte nie etwas anderes gekannt als das schmale Haus. Sie war dort hineingeboren worden. Die Erzählungen von den ersten Jahren im Häuschen der Großeltern am

Kirchberg waren in ihrer Kindheit bloß noch eine Anekdote gewesen. Fast wie ein Märchen, das zwar mit einem Grusel erzählt wird, aber auch in der Gewissheit: Es ist ja bloß eine Geschichte. Die Wirklichkeit war das schmale Haus.

Niemals wieder hatten die Eltern es verlassen. Für Urlaub war ohnehin kein Geld da gewesen. Später, als Sanne, sie und Gitti aus dem Haus gewesen waren, hatten die Eltern ab und zu eine Busreise gemacht. Nicht allzu weit weg. Niemals aus Deutschland hinaus. Und das Glück, danach wieder zu Hause zu sein, war größer gewesen als das Glück des Reiseerlebnisses.

Zu Hause ist es doch am schönsten. Da waren sich der Vater und die Mutter einig gewesen. Wenn die Eltern nach Hause gekommen waren, egal von wo, wenn sie ihr Gartenpförtchen hinter sich zugezogen hatten, waren sie zu anderen Menschen geworden. So selbstsicher wie sonst nirgends. Das schmale Haus, ihre Burg.

Petra erinnerte sich, wie gebeugt und demütig ihr die Eltern außerhalb oft vorgekommen waren. Selbst gegenüber irgendwelchen Verkäuferinnen in irgendwelchen Allerweltsläden. Wie stark sie das besonders als Jugendliche empfunden hatte. Wie sie das geärgert hatte. Einmal war sie mit der Mutter sogar darüber in Streit geraten.

Sie war mit ihr in einem Geschäft für Heimtextilien gewesen. So hatte das damals geheißen. Heimtextilien. Nicht Dekoirgendwas.

Warum die Mutter sie mitgenommen hatte, wusste Petra nicht mehr.

Aber an die Verkäuferin erinnerte sie sich gut. Wie die die Mutter gemustert hatte. Wie widerwillig sie ihr bloß einen einzigen Stoff vorgelegt hatte. Als käme eine Auswahl für die Mutter gar nicht infrage. Wie die Mutter ganz vorsichtig nach weiteren Mustern gefragt hatte, so als sei das eine unverschämte Bitte. Petra hatte danebengestanden und nicht gewusst, auf wen der beiden sie wütender sein sollte.

»Diese Verkäuferin eben, die war doch total überheblich«, hatte sie zur Mutter gesagt, als sie den Laden verließen. Doch anstatt ihr zuzustimmen, hatte die Mutter sie gescholten. Wie sie in ihrem Alter dazu käme, über erwachsene, erfahrene Menschen zu urteilen.

Petra hatte sich komplett missverstanden gefühlt. Sie hatte der Mutter doch sagen wollen, dass sie es nicht nötig hatte, sich so behandeln zu lassen. Sie hatte sich gewünscht, die Mutter hätte sich gewehrt. Hätte die Nase hoch getragen. Stattdessen hörte sie sich nun an, dass sie mal bloß nicht so hochnäsig sein solle.

Verlegen legte Petra jetzt die Nuss-Schnaps-Pralinen auf den Krankenzimmernachttisch des Vaters. Die hatte er früher immer so gerne gegessen. Mochte er sie immer noch? Durfte er überhaupt Schnaps?

Die Mutter sei schon wieder nach Hause gefahren, sagte der Vater. Es sei ja schon Abend.

Petra nickte und hatte ein schlechtes Gewissen. Für die Eltern war bereits fast Nacht. Da war man nicht mehr unterwegs, wenn man nicht musste. Sie hatte schon mittags Feierabend gemacht, aber trotzdem dauerte es halt, bis sie in Lahnfels ankam.

Schwarz stand der Abend vor den Krankenzimmerfenstern. Das Zimmer selbst wurde von hellen Lampen grell beleuchtet. Das Licht nahm keine Rücksicht auf die müden

Patienten. Das Pflegepersonal und die Ärzte mussten schließlich jederzeit alles gut sehen können.

Petra sah sich fahl in den Fensterscheiben gespiegelt, wie sie am Bett des Vaters saß.

Jeden Tag bringe Sanne die Mutter vorbei, sagte der Vater. Und käme immer auf einen Sprung mit.

»Schön«, sagte Petra und nickte. Ihr schlechtes Gewissen verstärkte sich.

Hinter der Zimmertür wurde laut gelacht. Als hätte jemand einen richtig guten Witz erzählt. Ein Krankenpfleger kam hereingerannt, hantierte am Infusionsschlauch des alten Mannes im Nebenbett. Dessen Frau war gerade gegangen. Zum Vater sagte er: »Na, da haben Sie aber späten Besuch.«

»Sie hat so einen weiten Weg«, erklärte der Vater. Aber der Pfleger war schon wieder an der Tür.

Wie lange durfte sie bleiben? Wie lange musste sie bleiben? Was war eine angemessene Zeit für den Krankenbesuch beim Vater?

Petra ertrug es kaum, ihn so liegen zu sehen. Man wünschte den Eltern doch keine Schmerzen, keine Gebrechen. Niemand tat das. Und nicht bloß, weil man die Eltern gesund sehen wollte.

Petra kam die ganze Situation vor wie ein Zeichen. Wie ein Spiegelbild des leeren Elternhauses. Als sei die Kindheit in genau diesem Augenblick endgültig vorbei. Ein seltsamer Gedanke für eine Frau ihres Alters, dachte sie. Aber sie empfand es genau so.

War ihr das Elternhaus nicht auch wie eine Burg gewesen? Und zwar immer mehr, je weiter sie sich davon entfernt hatte?

Dieses schmale Haus, ein Sehnsuchtsort, an dem sich

nie etwas zu ändern schien. An dem sich nichts verändern durfte, weil sie immer noch nach etwas gesucht hatte, was sie nicht hätte benennen können.

Nun war dort nichts mehr zu holen und zu finden. Und die Eltern waren endgültig bedürftig geworden.

Der Februar war viel zu warm für einen Februar und brachte heftige Stürme.

Der Vater war inzwischen wieder zu Hause. Sanne hatte Hilfen organisiert. Pflegedienst. Hilfen zur Mobilisierung. Alltagsbegleitung.

Die Eltern hatten sich zuerst gewehrt. »Nein. Wir kommen zurecht. Wir wollen keine fremden Leute.« Einwände, die sie in allerlei Variationen immer wieder vorgebracht hatten.

Jetzt waren sie von den *fremden Leuten* so begeistert, dass sie Sanne offiziell abbestellten. Du musst nicht dauernd kommen, musst dir nicht so viel Arbeit machen. Frau Müller, Frau Maier, Herr Schmidt, die sind ja alle so nett. So hilfsbereit. So zuvorkommend. Dass es so was gibt. Das hätten wir ja nie gedacht. Die Eltern kriegten sich gar nicht mehr ein.

Frau Müller, Frau Maier und Herr Schmidt lobten die Eltern auch über alle Maßen für die weise Entscheidung, rechtzeitig in eine altersgerechte Wohnung gezogen zu sein. Die meisten Menschen dächten überhaupt nicht so weit, blieben in ihren unpraktischen Wohnungen und Häusern, bis es zu spät sei. Die Eltern ließen sich loben, als sei es tatsächlich ihr ureigener Wunsch gewesen, das schmale Haus zu verlassen. Sie sagten nicht: Ach, wir wollten gar nicht, aber unsere Tochter. Die hat dafür gesorgt. Sie ist sehr klug, sehr vorausschauend, sehr besorgt um uns.

Das hätte Sanne sich gewünscht. Aber die Eltern sagten es nicht. Vielleicht glaubten sie inzwischen tatsächlich, es sei ihre eigene Initiative gewesen.

Viel bedeutender jedoch war, dass Sanne eine Aufgabe verloren hatte. Eine, von der sie zwar hatte entlastet werden wollen, die ihr aber nun auf eine Art fehlte, mit der sie nicht gerechnet hatte.

Gänzlich nutzlos kam sie sich plötzlich vor. Überflüssig. Die Eltern bloß noch zu besuchen war nicht das Gleiche, wie ihnen Arbeit abzunehmen. Für sie zu rennen, zu organisieren, zu besorgen.

Sanne fing an, sich um die Besuche zu drücken. Dieses Gefühl der unerwarteten Wertlosigkeit zu meiden.

Stattdessen sah sie den Bäumen in ihrem Garten zu, wie sie sich dem Sturm beugten und wieder aufrichteten, wenn der Wind für die nächste Böe Luft holte. Ein paar Äste brachen ab und lagen im Garten herum. Sanne hob sie nicht auf. Obwohl sie doch jetzt mehr Zeit hatte. Aber dieses *mehr Zeit* machte sie träge.

Auch Uwe hob die Äste im Garten nicht auf. Uwe machte auch im neuen Jahr sehr viele Überstunden. »Überstunden«, sagte er, wenn Sanne mal fragte, »wo bist du eigentlich ständig«.

Doch Sanne hatte inzwischen in seiner Manteltasche eine Restaurantrechnung gefunden.

Warum sie überhaupt in Uwes Manteltasche gegriffen hatte, wusste sie nicht mehr. Hatte sie etwas gesucht? Und versehentlich in die Tasche seines Mantels gegriffen statt in ihre? Oder war sie einem Impuls gefolgt, einem Verdacht, der sich längst ausgewachsen hatte. In ihrem Kopf. Und nun bloß noch nach einem Beweis suchte.

Sie hatte die Rechnung in der Hand gehalten, darauf geschaut. Nicht erschrocken, einfach bloß mit überraschter Erkenntnis. Aha, Uwe war dort gewesen.

In diesem sehr teuren Lokal in Lahnfels, in dem Sanne immer schon gerne einmal hätte essen gehen wollen. Mit weißen Stoffservietten und einem Kellner, der in der Nähe stand und das Weinglas beobachtete, um es zu füllen, sowie es leer war. Doch stets hatten Uwe und sie gemeinschaftlich befunden, dass weiße Stoffservietten und Kellner, die um einen *herumscharwenzelten*, wie Uwe immer sagte, diese Preise nicht wert waren.

Und Sanne hatte nie zugegeben, dass sie gerne einmal von einem *scharwenzelnden* Kellner bedient worden wäre. Es schien ihr unpassend für eine Frau, die im schmalen Haus aufgewachsen war. Wo man immer selbst kochte. Weil man da wusste, was man hatte. Bedienen ließen sich die besseren Leute. Und man selbst gehörte zu denen, die bedienten.

Uwe war nun also dort gewesen. Und nicht allein. Das konnte man an der Rechnung auch ablesen.

Ein weiteres Teilchen, ach was, ein großes Teil des Puzzles. Eins dieser Teile, die dazu beitrugen, schon das ganze Bild zu erkennen, obwohl es noch nicht ganz vollständig war.

Es ist aus, Sanne, sagte eine Stimme.

Sie fuhr herum. Aber da war niemand. Hatte sie selbst das laut ausgesprochen?

Sie knüllte die Rechnung zusammen, trug sie in die Küche, legte sie ins Spülbecken, holte das Stabfeuerzeug aus dem Wohnzimmer, hielt es daran und sah zu, wie das

Flämmchen sich langsam an der Kante entlangfraß. Je mehr es zu fressen bekam, desto stärker loderte es auf. Sanne bekam einen Augenblick Angst, die Küche könnte anfangen zu brennen, es rauchte dazu ordentlich, aber dann war es auch schon vorbei. Noch ein wenig Glut mäanderte feuerrot durch das zu grauer Asche gewordene Papierknäuel. Und dann war auch die erloschen.

Als Sanne den Hahn aufdrehte, sah sie überrascht, wie das verbrannte Papierknäuel beim Auftreffen des Strahls zu Staub zerfiel. Das hatte sie sich schwieriger vorgestellt. Doch das Wasser trug die Asche in einem grauen Bach mühelos in den Abfluss.

Sanne kam sich plötzlich vor wie in einem Film. Dass jemand in einem Waschbecken Papiere verbrannte, hatte sie bisher auch bloß in Filmen gesehen. Auf die Art entsorgt wurden verdächtige Papiere. Belastende Papiere. Beweiskräftige Papiere.

Sanne lüftete gründlich und empfand eine seltsame Befriedigung. Als wäre diese Stimme, die da vorhin zu ihr gesprochen hatte, ein Verfolger und sie wäre ihm in einer beherzten Aktion entkommen. Als hätte sie gerade ihre Ehe gerettet.

Sanne ging jetzt noch häufiger ins schmale Haus. Manchmal steckte sie schon morgens den Schlüssel vorsorglich in ihre Handtasche, um nach der Arbeit direkt dorthin zu fahren.

Auch der Nussbaum hatte einen großen Ast verloren. Wie eine bizarre Skulptur lag er im Vorgarten.

Heikos Maklerschild war inzwischen gänzlich verwittert. Manchmal fragte Sanne sich, warum er es nicht entfernte. Vor einer *fetten Rechnung* hatte sie keine Angst mehr. Überhaupt war ihr immer schicksalsergebener zumute. Was konnte man schon tun. Was konnte *sie* schon tun gegen die Zumutungen des Lebens. Alles nahm einfach seinen Lauf. Wie ein Fluss, der sich seinen Weg bahnt.

Auch das schmale Haus kam ihr schicksalsergeben vor. Sie hatte den Eindruck, es würde kleiner, gebeugter. Die Fensterscheiben wurden blind. Das allerdings war Schmutz.

Auf das Küchenfenster hatte sie neulich spontan ein Emoji mit hängenden Mundwinkeln gemalt, es am nächsten Tag aber wieder ausgewischt. Der Anblick war ihr peinlich gewesen. Das Fenster sah jetzt besonders schlimm aus. Nicht nur Dreck, sondern verschmierter Dreck. Und wenn man genau hinsah, konnte man das traurige Gesicht immer noch erkennen.

Das Hausinnere wurde mehr und mehr eingesponnen. Die Weben vermehrten sich rasant. Jedes Mal wenn Sanne durch die Zimmer strich, meinte sie, neue zu entdecken. Auf denen, die schon länger da waren, lagerte sich Staub ab. Wie schmutzige alte Lappen hingen sie in den Ecken der Zimmer zwischen Wand und Decke. Aber auch auf den Sockelleisten machten sie sich breit, an den Wänden, an den Fenstern.

Immer wenn Sanne dachte: Du müsstest mal einen Besen nehmen und alles wegfegen, sagte eine Stimme: Wozu? Sie hatte dieser Stimme nichts entgegenzusetzen.

An dem Nachmittag, an dem sie bemerkte, dass etwas mit dem Dach des Hauses nicht stimmte, lag sie auf dem Bett im Kinderzimmer. Es war noch immer bezogen von der Nacht, als Gitti und sie nach der Bowle dort geschlafen hatten. Hier lag sie gern, fühlte sich ganz seltsam geborgen.

Ein sehr leises, aber regelmäßiges Geräusch drang dabei an ihr Ohr. Als ob jemand sanft anklopfte. Ein kaum hörbares tock, tock, tock. Über ihr. Weil es regnete, kam ihr das nicht merkwürdig vor. Im Gegenteil. Es verstärkte ihr Geborgenheitsgefühl.

Sie sah einer Spinne zu, die zwischen Bettpfosten und Wand ein Netz gesponnen hatte, in das eine Fliege geraten war. Aufmerksam beobachtete Sanne, wie die Fliege zappelte, dabei das Netz mächtig in Bewegung brachte. Sie überlegte, ob die Spinne wohl befürchtete, ihr Netz könnte reißen, oder ob sie sicher war, dass es hielt. Irgendwann gab die Fliege auf, die Spinne raste auf ihrem eigenen Netz heran und fing an, sie einzuwickeln.

Als das Insekt kunstvoll eingesponnen war, hörte Sanne wieder das Tock. Und noch eins. Und noch eins. Immer aufdringlicher wurde es. Verlangte nach einer Reaktion. Seufzend richtete sie sich auf und schob sich auf die Bettkante. Der Blick aus dem Fenster zeigte ihr, es hatte aufgehört zu regnen. Warum tockte es dann immer noch?

Sie ging in den Flur, holte den Haken für die Dachbodenklappe und zog die Leiter heraus. Schon auf halbem Weg, nach oben starrend, sah sie den Lichteinfall. An drei Stellen helle Inseln auf dem Bretterboden.

Die Februarstürme hatten auch ein paar Ziegel vom Dach geholt.

»Ein kaputtes Dach, das ist der Anfang vom Ende«, hatte der Vater immer gesagt.

Gott sei Dank konnte er sein Haus im Augenblick nicht besuchen.

Sanne suchte Eimer, fand aber keine. Es gab keine mehr im schmalen Haus.

Meinst du, sie fühlen sich zu Hause?«, fragte Petra. »Warum nicht?«, fragte Jürgen.

Sie saßen auf der Bank bei den Giraffen. Es war Sonntagnachmittag. Ein kalter Märztag. Der Himmel bewölkt. Ab und zu kam die Sonne hervor. Auf diese grelle Märzsonnenart erhellte sie für einen Moment blendend die Welt, ohne zu wärmen. Petra hatte eine Decke eingepackt zum Daraufsitzen. Sie goss heißen Tee in zwei Becher und reichte einen Jürgen.

»Lass uns in den Zoo gehen«, hatte Petra am Mittag gesagt.

»In den Zoo?«, hatte Jürgen gefragt.

»Ich gehe gern in den Zoo«, hatte Petra erklärt. »Aber immer bloß zu den Giraffen.«

Schlürfend tranken sie jetzt ihren Tee.

»Es ist aber viel kälter als da, wo sie herkommen.« Petra deutete mit ihrem Becher auf eine Giraffe, die sie von oben herab anzusehen schien.

»Sie kommen doch von hier«, sagte Jürgen. »Oder aus einem anderen Zoo.«

»Ich weiß. Aber sie sind doch genetisch auf die Wärme programmiert.« Nach einer Weile fügte sie hinzu: »Ist es nicht traurig, wenn man sein eigentliches Zuhause gar nicht kennt?«

»Wie man's nimmt. Was man nicht kennt, kann man auch nicht vermissen.«

Eine Familie mit zwei halbwüchsigen Jungen, deren Mienen die Langeweile schon von Weitem anzusehen war, kam heran. Direkt vor Petra und Jürgen blieb sie stehen. Der Vater tippte auf einem Tablet herum und las dann seiner Familie vor. Größe, Gewicht, Futterbedarf. Und dass die Zahl der Giraffen in den letzten Jahrzehnten um mehr als ein Drittel abgenommen hatte. Niemand von seiner Familie hörte ihm zu. Die Jungen sahen auf ihre eigenen Handys, die Mutter rief immerzu: »Schaut doch bloß mal, die Zungen.«

»Bis zu einem Meter lang. Mit einer besonders dicken Haut, damit sie auch Dorniges nach Blättern durchsuchen können, ohne sich zu verletzen«, sagte Petra leise in einem Vortragston. »Und dunkelblau, die Fachleute vermuten, damit die Zunge beim stundenlangen Blätterzupfen keinen Sonnenbrand bekommt.«

»Weißt du alles über Giraffen?«, fragte Jürgen ebenso leise.

Petra nickte.

Als der Familienvater zu Ende gelesen hatte, bestand die Familienmutter noch auf einem Selfie. Er hielt das Tablet hoch und wollte abdrücken. »Nein! Andersrum!«, rief sie. »Sonst sind doch die Giraffen nicht mit drauf.«

»So ein Glück«, flüsterte Jürgen. »Sonst wären wir mit drauf.«

»Stimmt«, flüsterte Petra. »Ich überlege oft, auf wie vielen Fotos völlig fremder Leute ich wohl zu sehen bin. Es fühlt sich merkwürdig an.«

Die ganze Familie drehte sich um, nun mit den Rücken zu den Giraffen. Die Eltern lachten das Tablet an, die Jungen verzogen ein wenig die Mundwinkel, nachdem sie zu mehr Fröhlichkeit aufgefordert worden waren. »Nun guckt doch nicht so miesepetrig.«

»Die Weite müssten sie doch vermissen, auch wenn sie die nicht kennen«, sagte Petra und sah der davonziehenden Familie hinterher. »Oder? Die Bewegungsfreiheit?«

»Du weißt doch gar nichts von denen«, sagte Jürgen und sah der Familie ebenfalls hinterher.

»Ich mein' doch die Giraffen!« Petra sah Jürgen mit gespielter Empörung an.

»Hm«, machte Jürgen unschlüssig. »Vielleicht schätzen sie, dass sie hier rund um die Uhr versorgt werden?«

»Genügt das?«

»Na ja, Nahrung und Wasser sind Grundbedingungen, um zu leben.«

»Und die Freiheit?«

»Nutzt du deine Zoobesuche immer zum Philosophieren?« Lächelnd legte Jürgen ihr den Arm um die Schulter.

Petra zuckte mit den Schultern mit Jürgens Arm darauf. Noch eine ganze Weile saßen sie so, das Blickfeld immer wieder verdeckt von anderen Besuchern. Aber die Giraffenköpfe konnten sie trotzdem sehen.

Irgendwann merkte Petra, wie kalt ihr war. »Lass uns gehen.« Sie packte Teekanne, Becher und Decke in ihren Rucksack. Jürgen trug ihn.

»Schön warm hier«, sagte Jürgen, als sie ihre Wohnung betraten. Er zog seinen Mantel aus und rieb die Hände gegeneinander.

»Ich mach uns noch mal Tee«, sagte Petra und lief in die Küche.

Als sie mit den Händen um heiße Tassen dasaßen, erzählte Petra, wie sie nach dem Nachhausekommen vom Vater-Krankenbesuch ihre Wohnung auf das Gefühl *Zu Hause ist es doch am schönsten* überprüft hatte.

»Und?«, fragte Jürgen.

Petra hatte nach dem Betreten ihrer Wohnung intensiv die Luft eingesogen und versucht, den Geruch zu analysieren. Angenehm, aber nicht besonders. Sie war mit den Fingern über ihre Wände gefahren. Unterschieden sie sich von allen anderen Wänden in allen anderen Häusern? Sie hatte ihre Möbel betrachtet. Geschmackvoll. Aber auch gewiss nicht die schönsten, die jemand haben konnte. Sie hatte in ihrem Bett gelegen und war sich sicher, es gab anderswo ähnlich bequeme und gemütliche Betten. Was also machte ein Zuhause so einmalig? So besonders, dass man gar nicht weg wollte?

»Kann ich von meinem Zuhause nicht sagen«, erklärte Petra und sah sich um, als könnte sie die Einmaligkeit doch noch irgendwo entdecken. »Konnte ich eigentlich noch nie.« Sie hatte doch immerzu weggewollt. Sich neue, andere, vermeintlich bessere Wohnungen gesucht. War sie auf der Suche nach einem Zuhause gewesen, wie die Eltern ihr Haus empfunden hatten? Nach einem, das man als den schönsten Platz der Welt empfindet?

»Ich bin gerade auf der Suche nach etwas Eigenem«, erklärte Jürgen in ihre Gedanken hinein.

Überrascht sah Petra ihn an.

Er wolle auf Dauer keine Mietwohnung. Er brauche etwas, das ihm gehöre.

»Das Eigene gehört doch immer der Bank«, kommentierte Petra spöttisch.

Jürgen überhörte ihren Einwand. Oder fand ihn überflüssig. Er sei da auch schon an etwas dran, sagte er und sah Petra vielsagend an: »Möchtest du es dir mal ansehen?«, fragte er.

Den Anruf beim Dachdecker, von dem Sanne zunächst gedacht hatte, sie müsste ihn sofort erledigen, schob sie vor sich her. Morgen. Und am nächsten Tag wieder: Morgen.

Auch die Eimer, die sie gleich am nächsten Tag hatte auf den Dachboden tragen wollen, brachte sie nicht ins schmale Haus. Morgen, dachte sie. Und am nächsten Tag wieder: Morgen.

Vielleicht holte der Sturm ja noch ein paar weitere Ziegel vom Dach. Der Gedanke ängstigte sie nicht. Sie ertappte sich sogar bei einem seltsamen Gefühl der Befriedigung.

Die fehlenden Ziegel waren doch bloß ein Symptom. Die Sicherheit, die einem das Haus gab, das man gebaut hatte und in dem man mit seiner Familie lebte wie in einer Burg, war eine Täuschung. Noch während man glaubte, man habe ein heiles Dach über dem Kopf, war das längst kaputt.

Als es wieder einmal heftig regnete, stellte sie sich vor, das Wasser dringe durch die Kinderzimmerdecke und tropfe auf das Bett.

Und bei ihrem nächsten Besuch entdeckte sie tatsächlich Wasserflecken an der Kinderzimmerdecke.

Bei ihr war doch auch alles kaputt. Die Familie längst keine Familie mehr. Sanne verspürte Lust, auf ihren eigenen Dachboden zu steigen und ein paar Ziegel herunterzuwerfen.

Sie überlegte tatsächlich, wie das zu bewerkstelligen sei. Mit einem Spatenstiel? Einfach von innen irgendwo gegen einen Ziegel drücken? So lange, bis er herunterrutschte. Dann der nächste und noch einer. Irgendwann wäre das Loch so groß, dass sie den Oberkörper hinausrecken könnte. Sie würde rechts und links nach den Ziegeln fassen. Sie würden nicht mehr bloß rutschen. Sie würde sie werfen. In ihren

Garten. Oder nähme sie besser die andere Seite? Dann könnte sie die Ziegel auf Heikos und Marions Haus werfen.

Nach und nach würde die Nachbarschaft aufmerksam. Würde sich auf dem Bürgersteig versammeln. Auf dem gegenüberliegenden? Um nicht von einem Ziegel getroffen zu werden? Egal.

In jedem Fall würden sie sich versammeln. Zu ihr nach oben schauen, aufgeregt miteinander redend. Guck dir doch das mal an. Guck dir die Sanne an. So was hätten wir ihr nie zugetraut. Sie war immer so … brav. Ja, das war sie. Brav. Ordentlich. Nie aus der Reihe getanzt. Eine tolle Ehefrau. Eine treu sorgende Tochter. Eine wunderbare Mutter für ihre Kinder.

Sanne holte sogar den Spaten aus der Garage und probierte es aus. Der Ziegel, gegen den sie drückte, bewegte sich nicht. So einfach war es also nicht. Fester drücken? Dagegen hämmern? Sanne wagte es nicht. Auch die Vorstellung, die ganze Nachbarschaft beobachte sie, die sie eben noch mit Euphorie erfüllt hatte, hielt sie nun plötzlich zurück. Als sie den Spaten wieder in die Garage bringen wollte, klingelte das Telefon.

»Wollte mich einfach mal melden«, sagte Lisa.

»Schön«, sagte Sanne ein wenig atemlos.

»Du klingst so atemlos«, sagte Lisa.

»Ich war im Keller und bin die Treppe hochgerannt«, behauptete Sanne.

»Ist wirklich alles in Ordnung?«

»Ja, ja, natürlich. Was soll denn sein. Bei uns passiert doch nichts.«

»Opa?«, sagte Lisa gedehnt.

Das sei doch längst überstanden. Den Großeltern gehe es prima. Beinahe müsse man sagen, besser als vorher.

Was das Studium mache, fragte Sanne, um abzulenken. Ob sie auch genügend lerne, nicht zu viel ausgehe. Was man als Mutter halt so sagt und fragt, wenn die Kinder anrufen.

Natürlich lerne sie, antwortete Lisa empört. Und sanfter: Sanne solle sich bloß keine Sorgen machen. Solle es sich schön machen, jetzt, wo sie ja wohl mehr Zeit für sich habe.

Das mache sie, erklärte Sanne.

Als sie aufgelegt hatte, merkte sie, dass sie den Spaten die ganze Zeit festgehalten hatte. Oder hatte sie sich am Spaten festgehalten? Sie brachte ihn zurück.

Noch eine Etage«, sagte Jürgen.

»Jede weitere hättest du mich auch tragen müssen«, schnaufte Petra und zog sich an dem verschnörkelten Treppengeländer des Altbautreppenhauses hoch.

»Bist du sicher, dass das was fürs Alter ist?«, hatte sie schon im zweiten Stock gefragt.

»Hält fit«, hatte Jürgen gesagt. »Und ganz oben tanzt einem niemand auf dem Kopf herum.«

»Wo ist ganz oben?«

»Vierte.«

»Au weia.«

Wie ein Zauberer, der eine besondere Nummer beginnt, zog Jürgen jetzt den Schlüssel aus der Hosentasche, hielt ihn einen Moment hoch, und erst als er sicher war, dass er Petras ganze Aufmerksamkeit hatte, steckte er ihn ins Schloss und drehte. Einen winzigen Moment hielt er den Griff der Tür noch fest und stieß sie dann mit Schwung und strahlendem Gesicht auf. »Bitte einzutreten.«

Vorsichtig drückte Petra sich an ihm vorbei in einen Flur, der mehr ein Zimmer war, groß und beinahe quadratisch. Es war dämmrig. Nur durch die Oberlichter zweier Türen wurde der Raum schwach erhellt. Petra zog die Luft ein. Es roch nach Lack und Farbe. Auf dem Parkettboden lagen große zusammengeschobene Stücke von farbverschmiertem Abdeckvlies.

»Das kommt alles noch weg«, sagte Jürgen und trat mit dem Fuß dagegen.

»Dachte ich mir«, sagte Petra todernst. Sie stand da, schwenkte ihre Tasche, deren Henkel sie mit beiden Händen hielt, über ihren Füßen hin und her, blickte umher, auf die geschlossenen Zimmertüren, legte den Kopf in den Nacken und betrachtete die Decke.

»Es ist ja viel zu dunkel!«, rief Jürgen und schaltete das Licht ein. Eine nackte Birne, die an einem Kabel von der Decke baumelte, verbreitete unvermittelt grelles Licht. Petra musste blinzeln.

»Was sagst du?«, fragte Jürgen.

»Noch nichts«, sagte sie, zog die Augenbrauen hoch und sah ihn auffordernd an.

Da kam Leben in Jürgen. »Natürlich. Du musst ja erst mal alles angucken.«

»Genau.«

Jürgen öffnete die erste Zimmertür. »Küche.«

Petra streckte den Kopf hinein. An den Wänden Einbauschränke. Warmer Holzton. Nussbaum, vermutete sie. An ein paar Stellen noch Aussparungen für was auch immer. »Schon fast fertig«, sagte sie.

Jürgen nickte und öffnete die nächsten Türen.

»Bad.« »Schlafzimmer.« »Wohnzimmer.« »Gästezimmer.« Weiße Wände. Hohe Decken. Im Wohnzimmer war schon mit dem Aufbau eines Regals begonnen worden, im Gästezimmer mit einem Schrank.

»Wo hast du deine Möbel eigentlich?«, fragte Petra.

»Ein paar sind eingelagert«, antwortete Jürgen. »Aber ich muss mir auch einiges neu kaufen.«

Petra nickte.

»Ich dachte, du könntest mir beim Aussuchen helfen«, sagte Jürgen.

Überrascht sah Petra ihn an und deutete fragend auf sich. Als käme noch jemand anderes infrage, als stünde noch jemand herum.

»Du hast doch einen guten Geschmack«, sagte Jürgen.

Rührung stieg in Petra auf. Dass er sie dabeihaben wollte. Noch nie hatte sie mit einem Mann Möbel ausgesucht.

In diesem Moment klingelte es. »Augenblick«, sagte Jürgen und ging zur Tür. Mit einer jungen Frau, der er den Arm um die Schulter gelegt hatte, kam er wieder.

Petra kniff die Augen zusammen. Franzi! Oder nicht Franzi? Deren Haare waren heller gewesen. Obwohl. Haare konnte man tönen. Färben. Hm. Sie war nicht sicher und sagte nichts.

Jürgen nahm den Arm von der Schulter der jungen Frau, machte einen Schritt zur Seite und deutete mit einer betonten Armbewegung auf sie. »Das ist Hanna.«

»Hallo«, sagte Hanna.

Petra reichte ihr die Hand. »Hallo.«

Nicht Franzi. Sondern Jürgens zweite Tochter. Die Franzi aber extrem ähnlich sah. Fand Petra zumindest.

Hannas Händedruck war leicht und flüchtig, wie die Berührung einer Feder. Petra fühlte ihre eigene Hand herunterfallen.

Gleichzeitig verspürte sie einen Stich der Enttäuschung, dass sie sich diese erste Wohnungsbesichtigung mit Jürgens Tochter teilen musste. Außerdem belegte Hanna Jürgen von einem Moment auf den anderen komplett mit Beschlag. Sie zerrte ihn am Arm von Zimmer zu Zimmer. »Zeig mal.« »Erklär mal.« »Und hier soll das Sofa hin?« »Das würde ich so machen.« »Dies so.«

Petra meinte, Hanna schaute dabei immer wieder demonstrativ zu ihr hin. Als wollte sie sagen, den nimmst du mir nicht weg.

Sie suchte nach einer Möglichkeit, dieser Situation zu entfliehen, und entdeckte dabei, dass die Küche einen Balkon hatte. Ein Klapptisch und zwei Plastikstühle standen dort. Auf dem Tisch ein übervoller Aschenbecher. Offenbar der Pausenplatz der Handwerker.

Petra ließ sich auf einen der Stühle fallen, holte Zigaretten und Feuerzeug aus der Handtasche. Genüsslich blies sie den Rauch aus, lehnte sich zurück und schloss die Augen. Sofort entspannte sie sich ein wenig.

Bei der zweiten Zigarette betrachtete sie die Umgebung. Parkähnlich. Hohe, alte Bäume. Der Blick ging also ins Grüne. Das heißt, er würde bald ins Grüne gehen. Noch hatten die Bäume keine Blätter. Aber man sah bereits die Knospen.

»Hier bist du!«, rief Jürgen und Petra zuckte erschrocken zusammen. Er schwenkte eine Flasche Sekt in der Hand und in der anderen drei Gläser. Direkt hinter ihm tauchte Hanna auf, einen Korb am Arm.

»Das müssen wir doch feiern«, sagte Jürgen und entließ den Sektkorken mit einem Knall aus der Flasche.

Sie stießen an. Petra sah weder Jürgen noch Hanna in die Augen, sondern konzentriert auf ihr Glas.

Jürgen stellte den Aschenbecher auf den Boden und breitete eine kleine Tischdecke über den Klapptisch. »Picknick«, sagte er und holte einen Berg Leckereien aus dem Korb, den Hanna ihm hinhielt. Käse, Dips, Oliven, kleine knusprige Brote.

Beim Anblick merkte Petra, dass sie bereits einen Schwips und einen Mordshunger hatte.

Sanne begann ihr Zerstörungswerk nicht am Dach, sondern im Garten. Beim ziellosen Umherstreifen im Garten an einem Spätnachmittag im April kam ihr die Idee.

Die Sonne schickte ihre Strahlen durch die Spitzen der hohen Fichten.

Damals hatte man Nadelbäume auf die Grundstücksgrenzen gepflanzt. Sichtschutz. Ohne recht zu bedenken, wie hoch sie einmal werden würden, wie groß ihre Schatten im eigenen Garten sein würden. Heiko und Marion hatten ihre längst entfernen und Bambus pflanzen lassen.

Bei Sanne und Uwe waren sie geblieben und schon seit vielen Jahren höher als das Dach ihres Hauses.

Sanne sah all die Frühjahrsarbeit, die eigentlich getan werden müsste. Abgestorbene Staudenreste entfernen, die Beete vom Laub befreien, düngen, Rosen schneiden. Doch zu nichts hatte sie Lust. Die Arbeit schien sie auffordernd anzublicken, doch Sanne streckte ihr, innerlich, die Zunge heraus. Du kannst mich mal. Nichts tue ich. Einfach bloß nichts.

Als sie aber an der Buchsbaumhecke vorbeikam, von Uwe seit Jahren säuberlich in Zinnenform geschnitten, blieb sie abrupt stehen. Ja! Dazu hätte sie Lust! Ausgesprochen große Lust.

Entschlossenen Schritts ging sie in die Garage und suchte die Regale ab. Hier war Uwes Refugium, sie kannte sich nicht aus. Aber sie fand die Heckenschere schnell. Uwe hielt Ordnung.

Eine Unmenge Heckenscherentests hatte er gelesen und Videos geschaut, bevor er sich für dieses Modell entschieden hatte. Sanne hatte den Kopf geschüttelt. Wie konnte man sich nur derart intensiv mit einem Elektrogerät beschäftigen. So groß konnten die Unterschiede unmöglich sein. »Doch, doch«, hatte Uwe erklärt und ihr die Unterschiede haarklein auseinandergesetzt. Sanne hatte bloß mit halbem Ohr zugehört.

Am Ende hatte er sich für das teuerste Modell entschieden. »Es ist das beste«, hatte er gesagt. »So ein teures Ding für unsere paar Büsche«, hatte Sanne gesagt.

Sie nahm das Gerät aus dem Regal. Überraschend schwer. Als sie es in den Garten tragen wollte, hörte sie Schritte. Marion auf dem benachbarten Plattenweg. Die Schritte verstummten. Vielleicht hatte sie etwas gehört. Sanne lugte vorsichtig aus der Garage und sah, wie Marion den Kopf in ihre Richtung reckte. Schnell trat sie einen Schritt zurück, stand ganz still, hielt sogar den Atem an, bis Marion weiterging.

Dann schlich sie in ihren eigenen Garten. Sie drückte auf den Einschaltknopf, doch nichts tat sich.

Warum bloß hatte sie das Gerät nie selbst ausprobiert? Sanne ärgerte sich. War der Akku leer? Sie lief wieder in die Garage und suchte das Ladegerät. Da sie nicht einmal wusste, wie es aussah, wusste sie auch nicht, wonach sie schauen musste.

Als sie auf der Straße ein Auto hörte, fuhr sie zusammen. Uwe? Sie wollte nicht von ihm erwischt werden.

Du wirst ja wohl die Heckenschere benutzen dürfen, versuchte sie sich selbst zu beschwichtigen. Doch das Gefühl blieb. Uwe mochte es nicht, wenn man seine Geräte benutzte. Und was seine Geräte waren, musste nicht ausgesprochen werden. Alles, was Werkzeug war, war seins. Und bisher hatte Sanne auch nie Lust gehabt, ihm da etwas streitig zu machen.

Aber es ging ja auch gar nicht darum, dass sie sein Werkzeug benutzte, sondern darum, was sie mit der Heckenschere vorhatte.

Der Gedanke, Uwe könnte genau jetzt kommen und sie stoppen, war unerträglich. Sie hatte so viel Energie wie schon lange nicht mehr. Sie musste es tun. Sonst würde sie für immer in ihrem Loch bleiben.

Das Auto auf der Straße war nicht Uwes gewesen und Sanne fand das Ladegerät. Doch wie lange würde der Akku benötigen, bis er voll wäre? Sie konnte nicht warten. Und vielleicht war der Akku ja gar nicht leer. So, wie sie Uwe kannte, war der doch geladen. Obwohl: Traf noch zu, was sie an Uwe kannte? Egal.

Sie rannte ins Haus und holte ihr Handy. Googelte das Gerät und wie man es einschaltete. Es hatte eine Sicherheitssperre. Ein Hebel musste beim Schneiden gehalten werden. Sanne probierte es. Das Gerät sprang an.

Hanna mag dich«, sagte Jürgen, als sie zum wiederholten Mal nebeneinander auf dem Sofa mit der besonders tiefen Sitzfläche saßen. Das heißt, Petra lag mehr, als dass sie saß. Jürgen wippte ein bisschen. »Bequem, oder?«

»Sie ist eifersüchtig«, sagte Petra und ließ sich gänzlich in eine Liegeposition rutschen.

»Das glaubt sie von dir«, sagte Jürgen und grinste auf sie hinunter.

Petra riss es aus ihrer Liegeposition in die Aufrechte. Ihr Rücken protestierte heftig gegen diesen plötzlichen Ruck. »Ich?«, rief sie mit schmerzverzogenem Gesicht. »Eifersüchtig?«

Der Geschäftsinhaber und seine Assistentin sahen dezent woanders hin. Überhaupt war hier alles ausgesprochen dezent.

»Ich fände das wunderbar«, sagte Jürgen, fein lächelnd.

Stirnrunzelnd sah Petra ihn an.

»Teuer«, hatte Petra gesagt, als Jürgen in dieses Geschäft hatte wollen. »Und wenig Auswahl.«

»Lieber bloß drei Sofas, zwischen denen ich aussuchen muss, als zehn«, hatte er gesagt. »Und hier wird man noch beraten.«

»Ich dachte, *ich* wäre deine Beratung«, hatte Petra gesagt.

»Du die geschmackliche, die die technische«, hatte Jürgen gegrinst und die Ladentür aufgestoßen. Er war so freundlich begrüßt worden, als sei er ein alter Bekannter.

»Bist du hier bekannt?«, hatte Petra geflüstert.

»Ein bisschen«, hatte Jürgen zurückgeflüstert.

Aber auch die unbekannte Petra war zuvorkommend begrüßt worden. Ein paar Blicke hatte sie auf Jürgen und sich gespürt. Fragende? Wo ist seine Frau? Kannten die seine Frau überhaupt? Oder verstehende Blicke? Aha, das also ist die Neue!

Bin ich die Neue?, hatte Petra sich gefragt.

Aber vielleicht hatte sie sich das sowieso alles bloß mal wieder eingebildet. Ihre Wahrnehmung war zu scharf eingestellt. Schon immer.

Sie hatte beschlossen, den Besuch einfach zu genießen, egal was dieser Ladeninhaber oder sonstwer dachte. Einen Augenblick später hatten sie beide ein Espressotässchen in der Hand gehabt und waren schlürfend zwischen den Möbeln umhergelaufen.

»Was alles suchen wir eigentlich?«, hatte Petra nach einer Weile des Schlenderns und Schauens und Guck-doch-mal-hier-wie-schön-Rufens gefragt und der Assistentin, die wie aus dem Nichts neben ihr auftauchte, verlegen lächelnd ihr leeres Tässchen gereicht.

»Möchten Sie noch einen Espresso?«, hatte die gefragt.

»Nein, vielen Dank.«

»Ein Glas Wasser?« Petra hatte eigentlich lieber die Hände frei haben wollen, aber sie hatte genickt. So viel Freundlichkeit lehnte man nicht ab. Oder?

Jürgen hatte seine Tasse ebenfalls zurückgegeben, das Wasserangebot aber nicht angenommen. »Ich möchte die Hände frei haben.« Die Assistentin hatte genickt.

Petra hatte sich so unbeholfen gefühlt, als sei sie über ihre eigenen Füße gestolpert. Ihr Wasser hatte sie schnell ausgetrunken und das Glas, weil die Assistentin gerade nicht zu sehen gewesen war, in ein Bücherregal gestellt.

»Zuallererst ein Sofa«, hatte Jürgen gesagt und so hatten sie sich probesitzend von Couch zu Couch bewegt. Zweisitzer, Dreisitzer, Ecksofa. Mit klappbaren Lehnen. Ohne. Braune, graue, weiße, beige.

»Von den Stoffen lassen Sie sich bitte nicht beeinflussen, man kann alle Sofas in den unterschiedlichsten Ausführungen bekommen«, hatte der freundliche Inhaber gesagt, der sich immer in gebührendem Abstand, aber doch in ihrer Nähe aufhielt. Petra bewunderte ihn dafür. Eine Kunst, hatte sie gedacht. Als Jürgen und sie über die Farben debattierten, dunkel sei praktischer, hell aber freundlicher, hatte er sich auf die Art und Weise augenblicklich einmischen können.

Zu dem Sofa mit der besonders breiten Sitzfläche kehrten Jürgen und Petra immer wieder zurück und saßen erneut Probe. Beim vierten Mal, oder war es bereits das fünfte?, sagte Jürgen das mit Hanna.

Jetzt schob Petra sich auf die Kante, rieb sich dabei weiter die Wirbelsäule und sah Jürgen immer noch mit hochgezogenen Augenbrauen an. Seine Tochter unterstellte ihr Eifersucht und er fand das wunderbar? Ihre Empörung machte mehr und mehr einer Verwirrung Platz. Meinte er vielleicht bloß die Unterstellung? Oder die Möglichkeit, sie könnte tatsächlich eifersüchtig sein?

»Was schaust du mich so angestrengt an?«, fragte Jürgen. »Wir müssen das mit dem Sofa nicht augenblicklich entscheiden.«

Er erhob sich, reichte ihr die Hand und zog sie hoch. Sehr dicht vor ihm kam sie zum Stehen. »Du findest Eifersucht prima?«

»Nur wenn sie von dir kommt«, sagte Jürgen.

Schon das Geräusch gefiel ihr ausgesprochen gut. Ein feines helles regelmäßiges Rattern.

Sanne ging leicht in die Knie, kniff die Augen zusammen

und führte die Heckenschere in dieser Haltung säuberlich und gerade über die Buchsbaumhecke. Ratzfatz waren die Zinnen weg. Sie streckte die Beine wieder und trat einen Schritt zurück.

Doch das Ergebnis stellte sie nicht zufrieden. Die Hecke gefiel ihr ja besser als vorher.

Eine ganze Weile stand sie so da, starrte auf die Hecke und dachte angestrengt nach. Eine Amsel fing derweil an zu singen, Sanne suchte sie mit ihren Blicken, als könnte der Vogel ihr einen Rat geben. Ihre Hand mit der schweren Heckenschere fing an zu schmerzen. Die Amsel flog auf und setzte ihren Gesang in einem der Nachbargärten fort.

Du musst dich entscheiden, Sanne. Jetzt.

Entschlossen trat sie wieder einen Schritt vor und setzte erneut an. An der Innenseite. Schnitt hier und da ein Stück heraus. Dann fuhr sie an der Außenseite fort. Machte es genauso. Hier und da ein Stück weg.

Dabei führte sie die Heckenschere immer sicherer. Wurde von Schnitt zu Schnitt mutiger. Grüne Blättchen und Zweige flogen. Die Sonne schien gerade ungehindert zwischen zwei Fichtenwipfeln hindurch. Ihre Strahlen flirrten über die Hecke. Die fliegenden Blättchen glitzerten. Die Wassertropfen, die noch von einem nachmittäglichen Regenschauer daran hingen, stoben und schillerten. Ein unglaublich würziger Geruch umwehte Sanne.

Warum bloß hatte sie Uwe diese wunderbare Arbeit bisher überlassen. Hatte selbst immer nur in ihren Beeten gekniet und mühsam Unkraut gerupft, gebückt stundenlang die Erde mit einer Hacke aufgelockert, sommerabends mit den schweren Gießkannen gewässert.

Sie schnitt nun auch noch mehrfach von schräg oben

nach schräg unten. Mit Schwung. Zuerst von rechts. Und dann von links. So, dass verschieden große Dreieckslücken entstanden.

Wie eine Amazone kam sie sich vor. Die Heckenschere ihr Schwert. Nannte man das eigentliche Schneidwerkzeug nicht sogar Schwert? Ja, das Wort Schwert war in diesem Video, das sie sich vorhin angesehen hatte, gefallen. Aber kämpften Amazonen überhaupt mit Schwertern? Nicht mit Pfeil und Bogen? Egal.

Immerzu könnte sie so weitermachen. Sie musste sich zwingen, die Schere abzustellen.

Sie ging ein paar Schritte zurück. Die Hecke hatte praktisch wieder Zinnen. Nur halt weniger akkurate.

In diesem Augenblick fingen die Rotshäuser Glocken an zu läuten. Sechs Uhr. Sanne erschrak. Schnell das Gerät wieder in die Garage. Den Heckenschnitt würde sie morgen zusammenrechen. Oder? Vielleicht auch nicht.

Uwe würde nun ganz sicher bald auftauchen. Oder? Egal.

Auf jeden Fall wollte sie nicht auf frischer Tat ertappt werden. Er sollte die malträtierte Hecke *entdecken*.

Willst du kommen, wenn das Sofa geliefert wird?« »Für welches hast du dich denn entschieden?«, hatte Petra gefragt.

»Überraschung«, hatte Jürgen geantwortet.

Zwei Sofas hatte er in die enge Auswahl genommen. Das Ecksofa mit den tiefen Sitzflächen. »Da kann man beinahe drauf schlafen. Wenn man beim Fernsehen müde wird«, hatte er grinsend hinzugefügt. Und ein anderes mit sehr hohen Rücken- und Seitenlehnen. »Ist vielleicht für den Rücken besser?«

Jetzt warteten sie auf die Überraschung. Die Lieferung hatte sich bereits um anderthalb Stunden verspätet. Jürgen saß gerade in seiner neuen Küche und trank einen Espresso aus seiner neuen Kaffeemaschine und Petra stand rauchend auf dem Balkon, als sie einen Lkw heranfahren hörte, der direkt vor dem Haus zu halten schien.

»Sie kommen, glaube ich!«, sagte sie, den Kopf zur aufgedrückten Balkontür in die Küche hineinstreckend.

»Tatsächlich?«, fragte Jürgen.

Einen Augenblick später läutete es. Petra hatte richtig gehört.

Jürgen lief in den Flur und drückte auf den Summer. Dann stellten sie sich nebeneinander im Treppenhaus ans Geländer und lauschten den schnaufenden Möbelträgern. Leise Kommandos stiegen zu ihnen auf. »Stufe. Obacht. Stopp. Weiter.« Und dann tauchten zwei Männer in blauen Overalls mit dem ersten Teil des Sofas auf, sagten nicht Guten Abend oder Hallo, sondern bloß: »Wohin?«

Jürgen deutete auf die Korridortür und ging ihnen voraus. Eine halbe Stunde später stand alles und die beiden Männer waren mit einem ordentlichen Trinkgeld verabschiedet.

Jürgen und Petra warfen sich auf das Sofa. Probierten unterschiedliche Sitz- und Liegehaltungen aus. Mit hochgelegten Beinen an das Rückenteil gelehnt, mit aufrechtem Rücken und den Füßen auf dem Boden sitzend, mit zusammengerollten Beinen auf der Seite liegend, Kopf an Kopf im rechten Winkel zueinander.

»Und?«, fragte Jürgen, als sie eine Weile so gelegen hatten. »Habe ich richtig gewählt?«

»Das weiß man nie«, sagte Petra und drehte ihr Gesicht so, dass sie Jürgen auf den Kopf schaute. »Ich kann jetzt zum Beispiel sehen, dass deine Haare sich lichten. Das ist mir bisher noch nie aufgefallen.«

»Ernsthaft?« Erschrocken fuhr Jürgen sich mit der Hand über den Kopf.

»Ernsthaft«, sagte Petra.

Wie auf Kommando richteten sie sich gleichzeitig wieder in die Sitzhaltung auf und Petra musste lachen.

Jürgen blieb auf der Kante sitzen, mit der Hand immer wieder über seinen Kopf streichend. Petra schob sich gegen die Rückenlehne und ließ den Blick umherschweifen.

»Links neben der Tür wäre noch reichlich Platz für ein Klavier«, sagte sie nach einer Weile sinnend.

»Ach, ich schaffe mir kein Klavier an«, sagte Jürgen und schob sich neben sie.

»Ich vermache dir meins«, sagte Petra und sah ihn von der Seite an. »Zum Einzug.«

Überrascht blickte er sie an. »Bist du dir sicher?«

Petra nickte. »Es ist sogar inzwischen gestimmt.«

Er schüttelte den Kopf. »Das kann ich nicht annehmen.«

»Es passt viel besser zu dir als zu mir.«

»Ich weiß nicht«, sagte Jürgen immer noch zögernd.

»Wenn man nicht darauf spielt, verstimmt es sich schneller wieder, hat der Klavierstimmer mir erklärt«, sagte Petra.

Der Klavierstimmer war ein redseliger älterer Mann mit verschmitzten Augen gewesen.

Er hatte seinen Werkzeugkasten, einen, wie ganz gewöhnliche Handwerker ihn hatten, neben das Klavier gestellt und hatte sich einen grauen Kittel angezogen. »Das muss alles weg«, hatte er mit einer weiten Armbewegung gesagt und ihren Kerzenleuchter, einen Bücherstapel und eine Vase gemeint, die Petra dekorativ auf dem Klavier drapiert hatte. Gehorsam hatte sie alles heruntergenommen. Daraufhin hatte er einen Deckel zurückgeklappt, den sie noch nie als Deckel wahrgenommen hatte, die komplette Holzfront oberhalb der Tasten und den kompletten Tastendeckel weggenommen, und sie hatte plötzlich das Innenleben ihres Instruments sehen können.

Eine Reihe von Werkzeugen waren aus der Kiste des Klavierstimmers hervorgekommen, die allesamt das, wozu sie dienten, im Namen gehabt hatten: Stimmhammer, Stimmfilze, Stimmkeile, Stimmrechen.

Dann hatte er sich schräg auf die Klavierbank gesetzt und ihr über seine ständig auf die Nasenspitze rutschende Brille nicht bloß erklärt, was genau er tun würde, sondern er hatte ihr auch einen Vortrag über die Geschichte des Klavierstimmens gehalten.

Wie es von der *reinen* zur *wohltemperierten* Stimmung gekommen sei, Bachs *Wohltemperiertes Klavier* sei ja jedem ein Begriff. Heute stimme man, davon abgeleitet, *gleichstufig temperiert.* Petra hatte ihm zugehört und genickt, als verstünde sie alles und habe schon immer gewusst, was es mit Bachs *Wohltemperiertem Klavier* auf sich hatte.

Prinzipiell verändere sich der gewünschte Klang eines Klaviers aber ständig, hatte er weiter erklärt, und Petra hatte einen Augenblick befürchtet, er würde sie fragen, welchen Klang sie wünsche, und sie wüsste nichts zu sagen.

Aber zum Glück hatte er sich in diesem Augenblick eine Stirnlampe aufgesetzt, um das Innere ihres Klaviers genau zu inspizieren. Und dann hatte er eine ganze Weile bloß Töne angeschlagen, mit dem Stimmhammer an Stimmwirbeln gedreht, gelauscht, gedreht, einen Ton angeschlagen, wieder gelauscht.

Petra hatte versucht, zu hören, was er ganz offenkundig hörte, aber es war ihr nicht gelungen. Sie hatte sich still auf ihr Sofa gesetzt und kaum gewagt zu atmen.

Und plötzlich hatte der Klavierstimmer sie an den Vater erinnert, wie der einmal am Schreibtisch im Kinderzimmer gesessen und konzentriert und geduldig ihre Puppe repariert hatte.

Deren linker Arm war locker gewesen. Sanne und sie hatten sich darum gestritten gehabt. Sanne hatte ihr die Puppe wegnehmen wollen, Petra hatte festgehalten. Das hatte sie dem Vater aber nicht erzählt. Damals erzählte man den Eltern nicht unbedingt etwas von den Geschwisterstreitigkeiten. Vor allem nicht, wenn dabei etwas kaputtgegangen war. Man tat dann lieber so, als sei der Schaden überraschend und vollkommen ohne eigenes Zutun entstanden. Schicksalhaft.

Bei diesen alten Puppen wurden die Gliedmaßen mit einer komplizierten Federspannung im Puppenbauch zusammengehalten. Der Vater hatte ihr die Beine und die Arme abschneiden müssen. Dabei war der Kopf automatisch mit abgefallen. Petra hatte sich erinnert, wie ihr in diesem Augenblick die Tränen in die Augen geschossen waren, sie den zugehörigen Schluchzer aber unterdrückt hatte.

Der Vater hatte ihr die Mechanik, die er aus dem Puppenbauch herausgeholt hatte, genau gezeigt und erklärt. Das könne man nicht mehr reparieren, hatte er gesagt. Aber er würde die Arme, die Beine und auch den Kopf mit einem starken Gummiband wieder zusammenknüpfen. Atemlos und angespannt hatte Petra seiner geschickten Tätigkeit zugesehen. Noch Jahre hatte sie mit dieser Puppe gespielt.

»Der Klavierstimmer hat mich an meinen Vater erinnert«, sagte Petra.

»Weil der auch Klaviere stimmen konnte?«

»Weil er auch so eine Ruhe ausstrahlen konnte.«

Beide blickten sie auf die Wand links neben der Tür. Als stünde das Klavier bereits dort.

»Dann müssen wir ja eine Party geben«, sagte Jürgen.

»Unbedingt«, sagte Petra.

Uwe *entdeckte* die zerschnittene Buchsbaumhecke nicht. Nicht am gleichen Abend, als Sanne ihm mit einer Mischung aus Angst und gespannter Aufgeregtheit entgegengesehen hatte. Genau beobachtend, wie er seinen Mantel an die Garderobe hängte, seinen Autoschlüssel in die Schale auf der Kommode legte, die Straßenschuhe aus-, die Hausschuhe anzog und dann fragte, ob es etwas zu essen gebe.

Er *entdeckte* sie auch nicht an den nächsten Morgen oder Abenden, an denen Sanne sogar einmal den Tisch draußen gedeckt hatte, obwohl es noch viel zu kalt dafür war. »Ist es nicht noch zu kalt?«, hatte Uwe gefragt, sich aber trotzdem mit ihr nach draußen gesetzt.

Die Taubheit kam schnell zurück. Schneller, als Sanne erwartet hatte.

Dass Uwe etwas bemerkte, wäre doch das Mindeste gewesen. Oder? Was hast du da gemacht! Bist du verrückt geworden! Sich anschreien. Leben zwischen diese toten Wände bringen.

Aber nichts geschah.

Sie fühlte sich sogar noch tiefer fallen als vor dem Heckenattentat.

Was hast du erwartet, Sanne, fragte sie sich. Diese runde Stelle im oberen Flur, wo seit Wochen das Parkett etwas aufgequollen war, hatte Uwe ja auch nicht bemerkt. Obwohl der Schaden *im* Haus war, er täglich daran vorbeiging. Dort hatte ein kräftiger Schauer seine Spuren durch das aus Versehen offen gelassene Fenster hinterlassen. Sanne hatte die kleine Lache beim langsamen Verdunsten beobachtet. War immer mal wieder nachsehen gegangen, ob sie schon verschwunden war. Fast vierundzwanzig Stunden, bis der Holzfußboden wieder trocken gewesen war.

Sanne beobachtete auch die Lähmung, die sich in ihr ausbreitete. Immer weiter. Wie Nebel, der aufsteigt und bis in die winzigsten Ecken vordringt. Bis die ganze Welt in Watte gepackt ist.

Sanne bekam Angst um sich. Sie musste sie aufhalten, die Watte. Sie musste sich das Amazonen-Gefühl zurückholen.

Petra nahm den Hörer ab. Das musste der Spediteur sein.

Wieder hatte sie den Klavierkollegen gefragt. Der hatte ihr den Spediteur genannt, der das Klavier schon aus dem Haus seiner Eltern in ihre Wohnung transportiert hatte.

Doch eine Frauenstimme drang an ihr Ohr. Petra brauchte einen Moment, um zu kapieren: Es war Lisa. Lisa, die so aufgeregt sprach, dass Petra noch viel länger brauchte, um zu verstehen, was sie ihr sagen wollte.

Der Papa, Uwe, habe ihr gesagt, mit der Mama, mit Sanne, stimme was nicht.

»Ist sie krank?«, fragte Petra erschrocken, dachte aber mitten in ihre eigene Frage hinein: nicht krank. Dann würde nicht Uwe seine Tochter und diese dann sie anrufen. Wenn jemand krank war, holte man einen Arzt oder gleich den Krankenwagen und startete keine Telefonkette.

Nein, nein, nicht krank, sagte Lisa. Ihr Verhalten. Mit dem stimme was nicht.

»Ich verstehe nicht«, sagte Petra.

»Sie macht merkwürdige Sachen, sagt Papa.«

»Merkwürdige Sachen?«, echote Petra. Sie konnte sich Sanne nicht dabei vorstellen, merkwürdige Sachen zu machen. Sanne verhielt sich immer ausgesprochen erwartbar.

Doch halt. Das mit dem Hausverkauf war nicht erwartbar gewesen. Vielleicht hatte es da angefangen? Aber was? Petra fühlte sich plötzlich unbehaglich. Was, wenn tatsächlich etwas mit Sanne nicht stimmte? Was, wenn sie doch krank war. Es niemandem sagen wollte. Niemandem zur Last fallen, sich aber aller Lasten entledigen wollte.

Vielleicht hast du ihr unrecht getan, Petra. Großes Unrecht. Schon wollte sich ein schlechtes Gewissen in ihr breitmachen, als Lisa erklärte, Sanne vernachlässige offenbar alles.

»Vernachlässigen?«, sagte Petra. »Was denn?« Sanne beim Vernachlässigen konnte sie sich genauso wenig vorstellen wie bei seltsamem Tun.

»Sogar Fenster lässt sie bei Regen offen, durch die es dann reinregnet.«

»Aber«, sagte Petra, »das kann doch mal passieren.«

»Uwe, der Papa, glaubt, es hat System.«

»Also, ich weiß nicht«, sagte Petra. Vielleicht fühlte Uwe sich vernachlässigt? Vielleicht fühlte diese ganze Familie sich vernachlässigt? Sanne hatte sie immer alle verwöhnt. Vielleicht nahm sie sich jetzt, wo die Eltern offenbar gut versorgt waren, ein bisschen mehr Zeit für sich? Und prompt.

»Sie hat auch den Garten bearbeitet.«

»Na, vielleicht hat das mal sein müssen.« Unwillkürlich musste Petra an den Garten beim schmalen Haus denken. Wie der wohl inzwischen aussah? Was hatten die neuen Besitzer daraus gemacht? Ob es die Obstbäume noch gab? Den Nussbaum im Vorgarten? Die Rosenbüsche direkt unterhalb des Wohnzimmerfensters? So, dass im Sommer der Duft hereinzog, wenn man es öffnete?

Oder hatten die Besitzer womöglich einen dieser steinernen Vorgärten angelegt, wie es jetzt *modern* zu sein schien? Dunkler Schotter, ein paar größere Steinbrocken hier und da und mittendrin als einziges Grün ein zu seltsamer Form geschnittenes Bäumchen? Waren das überhaupt Bäume, die in solchen Vorgärten wuchsen? Lebten sie? Oder waren sie aus Kunststoff, damit nicht einmal eine Nadel von ihren Ästen herunterfallen konnte?

Petra schob das Bild schnell an die Seite. Sie konnte sich ja nicht einmal fremde Menschen im schmalen Haus vorstellen, geschweige denn einen solchen Garten.

Aber, das fiel ihr in diesem Augenblick auf, schon lange hatte sie nicht mehr an das Elternhaus gedacht. Es nicht vermisst. Zu beschäftigt war sie gewesen.

»Nein, nein«, rief Lisa, »du verstehst nicht!«

Ich verstehe wirklich nix, dachte Petra. Sie suchte ihre Zigaretten. Auf der Küchenfensterbank lagen keine mehr. Das Telefon am Ohr durchwühlte sie mit der anderen Hand ihre Tasche. Dann stellte sie sich ans Küchenfenster, öffnete es, zündete sich eine an und nahm einen tiefen Zug.

»Sie hat die schöne Buchsbaumhecke geschnitten!« Lisas Stimme klang verzweifelt. Ob über ihre Mutter oder über Petra, der sie offenbar nicht vermitteln konnte, was mit Sanne los war, war nicht auszumachen.

»Aber«, sagte Petra und stotterte jetzt. Was sollte denn nun daran so seltsam sein, dass Lisa klang, als breche sie gleich zusammen.

»Sanne, die Mama hat noch nie etwas im Garten abgeschnitten. Das hat immer der Papa gemacht.« Nun weinte Lisa tatsächlich.

»Aber Lisa!«, rief Petra. »Was ist denn daran so schlimm?« Sie musste plötzlich sogar lachen, verschluckte sich dabei am Rauch und ihr Lachen ging in Husten über. Vielleicht emanzipierte Sanne sich gerade?

»Ich glaube, Uwe, der Papa, hat Angst, dass sie den ganzen Garten plattmacht.«

Sanne beschnitt die Forsythie, die Blutjohannisbeere und den Rhododendron. Den Schneeball, die Zaubernuss und die Magnolie.

»Na, bringt ihr euren Garten auf Vordermann?«, fragte Marion, als sie sich eines Morgens über den Weg liefen. »Ich höre ständig eure Heckenschere.«

»Muss sein«, nuschelte Sanne und lief vor Marion davon. Zu ihrem Auto. Schnell zur Arbeit. Den Arbeitstag irgendwie hinter sich bringen. Dem Feierabend entgegenfiebern. Dem Moment, bis sie wieder zur Heckenschere greifen konnte.

Die Forsythie, an deren Fuß ein gelber Teppich aus bereits abgefallenen Blüten lag, schnitt sie ein paar Tage später komplett ab. Die ersten Ergebnisse, sie hatte hier und da einen Ast herausgeschnitten, hatten sie nicht befriedigt. Mit der Zaubernuss, deren verwelkte Blüten aber im Gegensatz zur Forsythie noch an den Ästen hingen, verfuhr sie am Ende genauso.

Die anderen Sträucher schnitt sie zu bizarren Formen. Immer weiter wagte sie sich vor. Von der Mitte ihres Gartens, in der sie sich relativ sicher und unbeobachtet fühlte, zu den Rändern hin.

Die Angst vor dem Moment, an dem es nichts mehr zu schneiden geben würde, schob sie zur Seite.

Sogar an die Kirschlorbeerhecke traute sie sich heran, als sie innerhalb des Gartens nichts mehr fand, an dem sie die Heckenschere hätte ansetzen können. Die immergrünen Büsche grenzten ihr Grundstück zum Bürgersteig hin ab und schützten deswegen auch im Winter vor ungebetenen Blicken.

Kaum hatte sie begonnen, rief eine muntere Stimme von jenseits der Hecke: »Kirschlorbeer schneidet man nicht elektrisch, Uwe!«

Sanne fuhr so zusammen, dass ihr beinahe die Heckenschere aus der Hand gefallen wäre. Heiko? Ein anderer Nachbar? Sie war sich nicht sicher. Die Stimme kam ihr bekannt vor, doch auch wieder nicht. Es musste in jedem Fall jemand sein, den sie duzten. Und der sie gut kannte. Der Ton war kumpelhaft-fröhlich.

Sie ließ die Heckenschere laufen, tat, als habe sie nichts

gehört, aber ihr Herz klopfte bis zum Hals. Stand derjenige noch dort? Sanne lugte durch die Blätter, konnte aber nichts erkennen.

»Uwe?«, klang es noch einmal von der anderen Seite. »Guter Rat aus Erfahrung: Wenn du keinen Ärger mit deiner Frau willst, nimm die Handschere. Die elektrische zerfetzt die Blätter und dann wird eure Hecke braun.«

Nicht Heiko.

Axel? Von drei Häuser weiter, aber auf der gegenüberliegenden Seite? Das konnte gut sein. Jedenfalls hatten die auch eine Kirschlorbeerhecke.

»Frohes Schaffen noch!«, rief Axel oder wer auch immer. »Und hör auf einen guten Kumpel!« Die Stimme hatte sich bereits etwas entfernt.

Sanne wagte nicht, weiter an der Hecke herumzuschneiden, ließ das Gerät aber noch so lange laufen, bis sie davon ausgehen konnte, dass Axel, oder wer auch immer, verschwunden war.

Sie hatte keine Angst, der Kirschlorbeer könnte tatsächlich braun werden. Aber sie fürchtete weitere Beobachter. Und gute Ratschläge. Die benötigte sie gewiss nicht.

Während all dessen verwilderte der Garten beim schmalen Haus. Sanne vergaß ihn einfach.

Petra kämpfte nach dem Auflegen noch eine ganze Weile mit ihrem Hustenanfall.

Dabei versuchte sie, sich Sanne vorzustellen, wie sie ihren Garten mit großem Werkzeug bearbeitete. Wie sie eine lärmende Heckenschere führte, die sie kaum halten konnte. Uwes Heckenschere. Eine *gute* Heckenschere. Er war mit Bestimmtheit einer dieser Männer, die, bevor sie irgendeinen Finger krumm machten, erst einmal großartiges Werkzeug kauften. Uwes gute Heckenschere also, die sie vermutlich nie vorher auch nur angefasst hatte.

Eine Sanne, die aus ihrer Rolle fiel.

Wie überhaupt kam man zu seiner Rolle? Übernahm man die selbst? Ja bitte, ich will diese brave und ordentliche Hausfrau sein.

Gut, dann übernehme ich die Außenseiterin.

Oder gab es eine Art unsichtbaren Regisseur? Einen Familienregisseur. Einen Lebensregisseur. Du übernimmst das mit dem Außenseitertum. Die anderen Rollen sind bereits vergeben. Dir bleibt bloß diese. Füll sie aus, so gut du kannst.

Führte Sanne, die bisher die Ich-mache-alles-richtig-Rolle innehatte, die Heckenschere ganz vorsichtig? Vielleicht sogar ein bisschen ängstlich? Oder fuhrwerkte sie wie eine Wilde damit herum? Schnitt alles ab, was ihr vors Messer geriet?

Petra versuchte, solch ein Bild über das von der *vorbildlichen* Sanne zu schieben. Die, die bisher mit der Hacke die Erde in den Beeten gelockert, hier und da das Unkraut herausgezogen, an Sommerabenden gewässert hatte. Nach getaner Arbeit den schmerzenden Rücken gedehnt und gestreckt. Alles so, wie sie das von der Mutter gelernt hatte.

Etwas schien sich geändert zu haben, wenn Lisa recht hatte. Und warum sollte sie nicht recht haben. Sanne bearbeitete den Garten nicht gewissenhaft, sondern machte ihn *platt*.

Wieder wollte ein Lachen in Petras Kehle aufsteigen.

Wenn es sie tatsächlich gab, war ihr diese neue Sanne ungeheuer sympathisch. Ach was. Nicht bloß sympathisch. Viel mehr. Sie fühlte sich ihr nah. Dieser Schwester, die etwas Verwegenes tat.

Bloß Lisa tat ihr leid. Kinder sollten nicht zwischen die Fronten geraten.

Sie versuchte sich vorzustellen, der Vater hätte sie jemals gebeten, mit der Mutter zu reden, weil die beiden ein Problem miteinander hatten. Es gelang ihr nicht. Na ja, wenn, hätte er sowieso Sanne gefragt. Die war der Mutter immer näher gewesen. Aber auch das war unvorstellbar.

Eltern hatten sich niemals wegen eigener Probleme an die Kinder gewandt. Man hatte als Kind oder Jugendliche nicht einmal etwas gewusst von irgendwelchen Zwistigkeiten zwischen den Eltern. Geschweige denn Details dieser Zwistigkeiten.

Nicht, dass nicht manchmal schlechte Stimmung spürbar gewesen wäre. Dann hatte man den Kopf eingezogen und war den Eltern aus dem Weg gegangen. Hatte dafür gesorgt, keinen zusätzlichen Ärger zu machen. Bis deren Friede wieder hergestellt war.

Musste Lisa sich in ihrer Verzweiflung nicht verhöhnt fühlen durch ihr Lachen, fragte Petra sich erschrocken?

Sie rief sie nochmals an. »Mach dir nicht solche Sorgen.« Sie sei erwachsen, ihre Eltern seien erwachsen, jeder sei für sich selbst verantwortlich. Warum überhaupt rufe Uwe bei ihr an? Belaste sie? Rede nicht mit Sanne? Oder? Habe er schon mit Sanne gesprochen?

Der Papa, Uwe, habe gemeint, sie könne das besser. So von Frau zu Frau.

Petra schnaubte.

»Kannst du nicht?«, fragte Lisa zaghaft.

In diesem Augenblick klingelte es.

»Du, ich muss Schluss machen«, rief Petra. »Ich melde mich.«

Es war der Spediteur. Das Klavier wurde abgeholt.

Als Petra ihr Klavier wiedersah, als es wie geplant bei Jürgen an der Wand links der Wohnzimmertür stand, hätte sie ihn beinahe gefragt, ob er mit seinen Töchtern über Probleme mit seiner Frau geredet hätte. Ob er es immer noch tat. Oder sogar über Probleme mit ihr? Dieser letzte Gedanke kam ihr erst in diesem Augenblick.

Wollte sie das tatsächlich wissen?

Nein. Sie wollte es nicht wissen.

»Es macht sich gut hier«, sagte sie stattdessen und strich über den Deckel des Klaviers. »Als gehörte es schon immer hier hin. Und nicht an so einen Übergangswohnort wie bei mir.«

»Dann wollen wir mal probieren, ob es hier auch gut klingt«, sagte Jürgen und zog sich einen Stuhl heran.

Die Klavierbank mit dem mürben Samtbezug war bei Petra geblieben.

»Hast du das etwa noch nicht ausprobiert?«, fragte Petra.

Jürgen schüttelte den Kopf. »Ich musste doch auf dich warten.«

Er schlug ein paar Töne an und nickte anerkennend. Dann spielte er ein bisschen. Manches Stück erkannte Petra, manches nicht. Nach »Side by side«, das Petra erkannt hatte, drehte er sich plötzlich zu ihr um. »Du könntest auch hier einziehen.«

»Ins Gästezimmer?«, fragte Petra und zog ironisch die Augenbrauen hoch.

»In alle Zimmer«, sagte Jürgen und wandte sich wieder dem Klavier zu.

Petras Blick ging zwischen Jürgens Gesicht und seinen sich über die Tasten bewegenden Händen hin und her. Dabei machte sich das, was er da gerade gesagt hatte, in ihrem Kopf breit. So breit, dass sie überhaupt nichts anderes mehr denken konnte. Sie vergaß die Frage, die sie Jürgen beinahe gestellt hatte, sie vergaß Lisa und sie vergaß Sanne.

»Ich muss darüber nachdenken«, sagte sie spät am Abend. Schon dieser Satz kam ihr äußerst gewagt vor. *Ich muss nachdenken.* Das hieß doch, es könnte infrage kommen. Musste sie nicht Nein sagen? Ein klares nie und nimmer?

»Das dachte ich mir«, sagte Jürgen.

Petra sah in seinem Gesicht nach, wie er das meinte. Ironisch? Enttäuscht? Ärgerlich? Doch sie konnte seinen Ausdruck nicht deuten.

»Ich hatte mit einer Absage gerechnet«, fügte Jürgen hinzu, als hätte er ihre Gedanken gelesen.

Petra verstand immer weniger.

»Es hätte mich erschreckt, wenn du spontan Ja gesagt hättest«, grinste Jürgen.

Mit brummendem Schädel wachte Sanne auf.

Seit Tagen wachte sie mit brummendem Schädel auf. Um genau zu sein, seit dem Tag, an dem Uwe die Haustür hinter sich zugeworfen hatte. Seit sie seinen Rollkoffer über den Plattenweg hatte rattern hören. Seit sie gehört hatte, wie er den Kofferraumdeckel zugeknallt hatte und dann die Tür. Seit sie gehört hatte, wie er das Auto angelassen hatte und dann mit aufheulendem Motor davongefahren war.

Danach war plötzlich umfassende Stille gewesen. Draußen auf der Straße, als hielte die ganze Nachbarschaft den Atem an. Und drinnen im Haus. Eine Stille, die in ihren Ohren gedröhnt hatte.

Seitdem trank sie sich jeden Abend müde. Und sie trank die Angst vor seinem leeren Bett weg. Vor dieser Stille neben sich.

Mühsam wälzte Sanne sich aus dem Bett, hielt dabei mit beiden Händen ihre Schädeldecke fest. Sie tappte die Treppe hinunter in die Küche. Ein großes Glas Wasser. Kaffee.

Welcher Tag war heute? Musste sie zur Arbeit? Nein. Dann hätte sie vom Weckerklingeln aufwachen müssen. Aber der Wecker hatte nicht geklingelt. Es musste Wochenende sein. Samstag? Oder Sonntag?

Mit zusammengekniffenen Augen sah sie auf den Kalender. Samstag. Ein ganzes Wochenende vor ihr. Lisa hatte kommen wollen, aber sie hatte sie abgewimmelt. »Du, ich muss für Oma und Opa ein paar Dinge erledigen.« Alles Organisatorische hänge ja immer noch an ihr. Sie müsse einen Brief der Krankenkasse beantworten. Einen Einspruch an die Pflegekasse formulieren.

Es war eine Ausrede. Tatsächlich war sie länger nicht bei den Eltern gewesen. Sie rief an, und wenn die Mutter oder der Vater sagten: »Es ist alles in Ordnung bei uns«, gab sie sich damit zufrieden, hatte nicht den Drang, es zu überprüfen. Sie hatte zu nichts einen Drang. Außer zu Zerstörungen.

Lisa rief oft an. Ahnte sie etwas? Hatte Lisa nicht schon eine ganze Weile viel öfter angerufen? Seit Wochen? Und sich jedes Mal auf ganz merkwürdige Art nach ihrem Befinden erkundigt. »Geht's dir gut, Mama?« »Alles in Ordnung bei dir, Mama?« In einem Tonfall, als wüsste sie, nichts war in Ordnung, und als wartete sie darauf, dass Sanne es endlich zugebe.

Philipp dagegen meldete sich überhaupt nicht mehr. Wann war er das letzte Mal da gewesen? Hatte mal angerufen? Auf seine wortkarge Art. »Bei mir alles okay. Bei euch?« »Bis demnächst.« Ahnte auch er etwas? Zog sich lieber zurück? Bloß nichts mit Elternstress zu tun haben.

Was war besser? Lisas Rumgedruckse? Oder Philipps Da-halte-ich-mich-lieber-Raus?

Niemals würde sie den Kindern gegenüber zugeben, was gerade in ihrem Leben passierte. Und schon gar nicht, dass Uwe verschwunden war. Sanne wusste nicht einmal, wohin. Hotel, hatte er gesagt, bildete sie sich ein. Aber sie war sich keineswegs sicher. Wenn das mit dem Hotel stimmte, wusste sie nicht, welches. Und war es nicht sowieso viel naheliegender, dass es da eine andere gab? Zu der Uwe nun sagen konnte: Du, meine Frau spielt endgültig verrückt. Ich komme zu dir, brauche dafür keine Ausrede mehr.

Uwe hatte erst etwas gemerkt, als sie es übertrieben, das *Fass zum Überlaufen gebracht* hatte. In seinen Augen.

Sanne hatte ihre Schneid-Manie fortgesetzt, sich bloß ein anderes Objekt ausgesucht, eins, das Uwe direkt in die Hände hatte fallen müssen, das er nicht hatte übersehen können.

Sie hatte eine Schere genommen, war ins Schlafzimmer gegangen, hatte Uwes Schranktür geöffnet und in aller Seelenruhe ihren Plan überdacht. Socken? Nein. Zu subtil.

Krawatte? Zu unscheinbar. Hemd? Hm. Jackett? Jackett wäre ein deutlich teurerer Schaden als ein Hemd.

Sie hatte sich schließlich für eins von Uwes Lieblingshemden entschieden. Jackett war ihr zu verwegen gewesen. Für den Anfang.

Mit der Schere in der einen und dem Hemd in der anderen Hand hatte sie überlegt, welche Art Beschädigung sie ihm zufügen sollte. Eine winzige? Sodass Uwe es vielleicht erst merken würde, wenn er auf der Arbeit war? Huch, da ist ja ein Loch im Ärmel. Oder dass ein Kollege sagen würde: Vielleicht hast du es noch nicht gemerkt, aber du hast ein Loch im Hemdsärmel.

Aber ihre Befürchtung, er könnte wieder nichts bemerken, war zu groß gewesen.

Sanne hatte beherzt die Schere angesetzt und die Manschetten abgeschnitten. Dann hatte sie das Hemd ohne Manschetten ein Stück von sich weggehalten und es betrachtet. Kaum verändert hatte es ausgesehen, immer noch wie ein Hemd. Sie hatte die Knöpfe abgeschnitten, es wieder von sich weggehalten. Die fehlenden Knöpfe waren noch weniger aufgefallen als die fehlenden Manschetten. Sie hatte den Kragen abgeschnitten. Das Hemd wieder von sich weggehalten. Sie hatte die Schere am vorderen linken Seitenteil angesetzt und es in Streifen geschnitten. Schon besser, hatte sie beim Von-sich-Weghalten gedacht. Das Gleiche noch mit dem Hemdrücken. Noch besser.

Sie hatte nur so weit hinaufgeschnitten, dass die Schultern heil geblieben waren. Sie wollte es wieder auf den Kleiderbügel hängen können, hatte sie sich während ihrer Arbeit überlegt. Uwe sollte ihr Werk erst sehen, wenn er das Hemd am Bügel aus dem Schrank nahm.

Ein paar Tage hatte es gedauert. Sanne hatte unter kaum erträglicher Spannung gestanden. Lange vor Uwe war sie jeden Morgen aufgewacht, obwohl er seit jeher früher aufstehen musste als sie. Sie hatte so getan, als ob sie noch fest schliefe, hatte ihn aber durch einen schmalen Lidspalt genau beobachtet. Wie er zum Schrank gegangen war. Sie hatte die Luft angehalten, wenn er zwischen seine Hemden gegriffen hatte, sich innerlich auf seinen Aufschrei vorbereitet, auf die folgende Auseinandersetzung.

Doch jedes Mal hatte er ein heiles Hemd herausgezogen. Ihre Anspannung war gewichen wie die Luft aus einem angestochenen Luftballon. Wieder ein vergeblicher Tag.

Sie hatte schon überlegt, was sie noch zerschneiden könnte. Doch ein Jackett? Oder gleich einen ganzen Anzug?

Aber ein paar Tage später hatte Uwe mit schneeweißem Gesicht neben ihrem Bett gestanden. An jenem Tag hatte sie ihn nicht beobachtet. Sie hatte sein Aufwachen verschlafen.

Uwe hatte ihr das Zerstörungswerk vor die schlaftrunkenen Augen gehalten, die Lippen bewegt, aber kein Wort herausgebracht. Vielleicht hatten aber auch ihre Ohren nicht funktioniert.

Sie hatte sich mit dem Oberkörper gegen die Rückenlehne des Betts geschoben und ihr Werk noch einmal aus dieser Perspektive betrachtet. Sehr gründlich, Sanne, hatte sie sich gesagt.

»Warum?«, hatte Uwe endlich hervorgebracht.

»Du hast nicht gesagt, dass du in diesem Restaurant gewesen bist.«

Sanne hatte sich gewundert, wo diese Antwort plötzlich hergekommen war. Die Restaurantrechnung hatte sie doch vollkommen vergessen gehabt, oder?

»Und das mit dem Garten hast du nicht einmal bemerkt!«

Das Klavier ließ eine Art Schatten an Petras Wohnzimmerwand zurück. Einen feinen Rahmen aus Staub, wie ihn auch abgehängte Bilder hinterließen. Eine Leerstelle, an die Petra sich erst noch gewöhnen musste.

Seit sie das Innenleben des Instruments gesehen hatte, seit sie erlebt hatte, wie fein es bearbeitet worden war, hatte sie es tatsächlich beinahe wie ein Lebewesen empfunden. Sie vermisste es wie einen Mitbewohner, mit dem man nie so recht warm geworden ist, aber wenn er weg ist, fehlt er einem plötzlich.

Bloß die samtene Bank war noch da. »Ich kaufe mir lieber einen Klavierhocker«, hatte Jürgen gesagt.

Immer, wenn Petra über sein Angebot, seinen Antrag, wie sie es bei sich nannte, nachdachte, setzte sie sich dazu auf die Bank. Als läge die Antwort in deren Vorhandensein in ihrer Wohnung. Auch dageblieben, statt in Jürgens neue Wohnung zu ziehen.

Petra saß darauf, klammerte sich mit ihren Händen an deren Rand fest, als wollte sie verhindern, dass jemand sie herunterzerrte. Sie merkte es nicht einmal.

Sie war bloß ganz ausgefüllt von ihren Befürchtungen. Sie war doch gar nicht geübt im Zusammenleben. Das einzige Zusammenleben, das sie kannte, war das mit Sanne und Gitti gewesen. Als Kinder. In einem kleinen, engen Zimmer. Das galt nicht als Übung. Viel zu lange her. Und außerdem waren sie Schwestern.

Petra versuchte, sich ein Zusammenleben mit Jürgen vorzustellen. Bis hinein in die banalen Alltäglichkeiten. Wer zum Beispiel durfte morgens zuerst ins Bad? Konnte so etwas nicht plötzlich zum Problem werden? Würden sie sich nicht alsbald auf die Nerven gehen?

Was wusste sie von Jürgens Alltagsmarotten? Und er von

ihren? Vielleicht ließ er schmutzige Socken herumliegen oder so. Und dann hasste man sich für solche Banalitäten.

In diesem Augenblick fiel Sanne ihr wieder ein. Sie musste etwas tun. Ob sie wollte oder nicht. Aber: Musste ihr die Schwester nicht vor allem eine Warnung sein? Nicht einmal bei ihr ging es glatt. Bei ihrer *großen* Schwester, die sich nichts gewünscht hatte als Mann, Haus und Kinder.

Sie musste sich um Sanne kümmern. Wenigstens Lisa zuliebe, oder?

»Das möchte ich nicht riskieren«, sagte sie zu Jürgen, nachdem sie ihm all ihre Bedenken vorgetragen hatte.

»Mir würden deine schmutzigen Socken nichts ausmachen«, sagte Jürgen.

»Ich lasse ja auch keine Socken herumliegen«, sagte Petra.

»Ich auch nicht«, sagte Jürgen. »Aber dafür drückst du immer mitten auf die Zahnpastatube.«

»Stimmt doch gar nicht!«, rief Petra.

Wie siehst du denn aus!« Gitti stand vor der Tür, die Arme in die Seiten gestemmt. »Und wieso gehst du nicht ans Telefon?«

Hatte das Telefon geklingelt?, überlegte Sanne, während sie Gitti stirnrunzelnd ansah. Ja. Doch. Jetzt erinnerte sie sich vage. Öfter sogar könnte es geläutet haben. Sie hatte dem Geräusch bloß nicht erlaubt, zu ihr zu dringen. So, wie sie es auch mit dem Licht gemacht hatte. Und mit den Tageszeiten. Und mit der ganzen Umgebung außerhalb ihres Wohnzimmers und der Küche.

Aber selbst wenn sie das Läuten des Telefons deutlicher wahrgenommen hätte: Sie wäre gar nicht in der Lage gewesen, hinzugehen, abzunehmen, mit jemandem zu sprechen. Egal, wer da am anderen Ende gewesen wäre. Freundinnen. Marion. Die Eltern. Oder Lisa. Vielleicht sogar eine Kollegin, um nachzufragen, ob es ihr besser ginge, sie fehle jetzt schon so lange auf der Arbeit.

Auch auf ihr Handy hatte sie schon eine Weile nicht mehr geguckt. Sie hatte nicht einmal gewusst, wo es sich befand. Und wenn sie es gefunden hätte, wäre wohl der Akku längst leer gewesen. Dann hätte sie das Ladekabel suchen müssen. Alles Anstrengungen, die wie die Besteigung eines viel zu hohen Bergs vor ihr lagen.

»Jetzt lass mich mal rein«, sagte Gitti mit Ungeduld in der Stimme und drückte Sanne mit dem Arm zur Seite.

Sanne warf noch einen Blick nach draußen, wie um zu prüfen, ob sie beobachtet worden wären, schloss dann die Haustür und ging der durch den Flur stürmenden Schwester langsam hinterher.

»Wie sieht es denn hier aus!«, rief Gitti, die bereits im Wohnzimmer stand und die Rollläden hochgezogen hatte.

Sanne kam ihr nach und sah sich dann irritiert um. Ja, wie sah es in ihrem Wohnzimmer bloß aus?

Zerdrückte Kissen und eine zerknüllte Decke auf dem Sofa. Hier hatte sie bis eben gelegen. Die Decke war halb heruntergerutscht. Wahrscheinlich beim Aufstehen, als sie sich nach dem vierten Klingeln missmutig aufgerafft hatte, endlich nachzusehen, wer da so hartnäckig war.

Auf dem Tisch vor dem Sofa ein paar benutzte Gläser. Auf der Tischplatte feuchte und vertrocknete Ringe, die die Gläser hinterlassen hatten, und der Karton mit der halb aufgegessenen Pizza. Unter dem Tisch der Pizzakarton vom vergangenen Abend mit einem Rest darin. Sanne aß jetzt meist Pizza. Warum für sich allein kochen?

Unter dem Tisch standen auch noch zwei leere Weinflaschen. Das heißt, eine davon lag.

Sofa, Tisch und der Teppich davor waren außerdem voller Krümel.

Sanne kam es vor, als nehme sie ihr Wohnzimmer zum ersten Mal nach langer Zeit wieder richtig wahr. Durch die entsetzten Augen von Gitti, die zwischen ihr und dem Chaos hin und her gingen.

»Mach doch mal den Fernseher aus«, sagte Gitti.

Was habe ich eigentlich geguckt, überlegte Sanne und blickte auf den Bildschirm. Dort lief gerade Werbung. Die gab keinen Aufschluss darüber, welche Sendung sie sich angesehen hatte. Aber sie guckte auch eigentlich gar nicht fern, hörte kaum zu. Sie brauchte nur die bunten Bilder und die Stimmen, die ihr Wohnzimmer erfüllten.

Sanne suchte die Fernbedienung, fand sie aber nicht.

Gitti, die anfing aufzuräumen, entdeckte sie unter der heruntergerutschten Decke. Sie hielt sie zum Fernseher hin und drückte auf den entsprechenden Knopf. Sofort herrschte Stille. Diese Stille, die Sanne kaum ertrug.

Gitti schüttelte die Kissen auf, faltete die Decke, wischte mit energischen Handbewegungen über das Sofa, sodass die Krümel flogen.

Sanne beobachtete sie dabei, wie man einer fremden Person bei einer befremdlichen Tätigkeit zuschaute. Erst als Gitti anfing, die Gläser zusammenzuräumen, sagte Sanne: »Lass das!«

Was fiel ihrer Schwester, was fiel Gitti ein, ihre Wohnung, ihr Wohnzimmer aufzuräumen? Dafür war immer noch sie selbst zuständig.

»Aber«, sagte Gitti mit zwei Weingläsern in der Hand und sah sich hilflos um.

»Das kann ich selbst«, sagte Sanne.

Mit einem Seufzer stellte Gitti die Gläser zurück auf den Tisch und hockte sich auf die Sofakante.

Sanne ließ sich ihr gegenüber in einen Sessel fallen.

»Was ist los?«, fragte Gitti.

Sanne zuckte mit den Schultern.

»Wo ist Uwe?«

Sanne zuckte wieder mit den Schultern.

»Überstunden?«

»Er ist weg.«

»Wie *weg.*«

»Weg halt.«

»Aber du musst doch wissen …«

»Gar nichts muss ich!«

Sanne sah Gitti in das zunehmend verzweifelte Gesicht. Beinahe tat sie ihr leid. Aber sie konnte nicht anders. Was gingen die anderen ihr Leben an? Marion hatte sich auch schon ein paarmal angelegentlich erkundigt, ob sie irgendetwas helfen könne. Oder ob Sanne nicht mal auf ein Glas Wein herüberkommen wolle. Solange sie Strohwitwe sei. Sie sei doch gerade Strohwitwe, oder? Sie hätten Uwe nämlich schon seit Tagen nicht mehr gesehen. Heiko hatte gefragt, ob Uwe auf Geschäftsreise sei.

Sanne hatte zu allem gelächelt, das mit der Geschäftsreise im Vagen gelassen, der Gedanke hatte ihr gefallen, Uwe auf Geschäftsreise, manchmal bildete sie sich das inzwischen selbst ein. Geschäftsreise klang gut. Eine vorübergehende Abwesenheit. Eine berufliche Notwendigkeit.

Bloß Marions Einladung mochte Sanne nicht annehmen. »Du, ich bin sehr beschäftigt, nutze die Zeit, räume

Dachboden und Keller mal wieder gründlich auf, bereite die Steuererklärung vor. Und mit meinen Eltern, da hab ich ja auch immer viel zu tun.«

Marion hatte sie ganz merkwürdig angesehen und gesagt, sie könne jederzeit herüberkommen. Das wisse sie doch, oder? Sanne war beinahe gerührt gewesen, als sie die Haustür erleichtert geschlossen gehabt hatte. Nette Nachbarn. Das war doch wichtig, oder? »Eine gute Nachbarschaft ist wichtig«, hatten auch die Eltern immer gesagt.

»Wo kommst du eigentlich her?«, fragte sie Gitti.

»Von zu Hause«, sagte Gitti.

Unwillig schüttelte Sanne den Kopf. Sie hatte eigentlich wissen wollen, was Gitti veranlasst hatte, bei ihr vorbeizukommen. Hatte irgendwer sie geschickt? Gesagt: Schau mal bei Sanne vorbei. Die hat ihr Leben nicht mehr im Griff.

Uwe? Nein, dann hätte Gitti nicht nach ihm gefragt.

Sanne wunderte sich selbst, dass sie zu solch scharfsinnigen Schlüssen fähig war.

Davon abgesehen: Das wäre ja auch noch schöner, wenn Uwe jemanden, wenn Uwe Gitti vorschicken würde.

»Du und Uwe, habt ihr euch zerstritten?«, fragte Gitti.

Sanne nickte.

»Aber das ist doch nicht so schlimm. Das kommt doch vor. Roland und ich streiten dauernd.« Ihr Ton kam Sanne künstlich vor. So künstlich tröstend, wie man einem verzweifelt über den toten Kanarienvogel heulenden Kind einredet, der sei jetzt im Vogelhimmel, wo er es besonders schön habe.

Sie müsse nicht verzweifeln, fuhr Gitti fort. Uwe komme bestimmt nach ein, zwei Tagen wieder. Man schmeiße doch nicht wegen eines blöden Streits alles hin. Sie hätten doch gemeinsame Kinder, beste Chancen auf gemeinsame Enkel, auf gemeinsames Altwerden.

Dieser letzte Satz löste etwas in Sanne aus. Sie fühlte plötzlich, wie ihre ganze Verzweiflung sich Bahn brechen wollte. Mit letzter Kraft tat sie so, als nehme sie Gittis Trost an. »Ja, ja, du hast ja recht, so schlimm ist es nicht, bin sicher, Uwe ist morgen oder übermorgen wieder hier, wir sprechen uns aus, ja, ja, alles wird gut.«

Als müsste sie sich selbst trösten, als gebe es eine zweite Sanne, eine Kopie von ihr, die wie ein Schatten neben ihr stand.

Währenddessen geleitete sie Gitti zum Ausgang und schaffte es gerade noch, die Tür hinter ihr zu schließen, bevor sie in wildes Schluchzen ausbrach.

Stimmengewirr und Lachen drangen zu Petra nach draußen. Sie war spät dran. Sie hatte die Zeit aus den Augen verloren. Die Zeit vertrödelt. Verdaddelt. Sie fürchtete sich vor der Party, hatte es sich aber nicht eingestanden.

Ich habe es ganz falsch gemacht, dachte sie jetzt. Hätte ich mich doch beeilt, vor allen anderen hier zu sein. Bevor Jürgens Wohnung bereits voller Menschen war, die sie nicht kannte. Freunde von Jürgen. Bekannte von Jürgen. Am Ende sogar seine Frau, die er immer noch *meine Frau* nannte und es nicht eilig hatte, sich von ihr scheiden zu lassen?

Wussten die Freunde und Bekannten von ihr? Wenn ja, *was* wussten sie von ihr?

Mit klopfendem Herzen stand Petra vor der Korridortür und versuchte, ihren Atem zu beruhigen. Sie stand auch noch, als ihr Atem sich längst beruhigt hatte. Und hätte vielleicht noch länger dort gestanden, wenn die Tür nicht plötzlich von innen aufgerissen worden wäre und ein wildfremdes männliches Gesicht sie angelacht hätte. »Hereinspaziert. Die Party findet hier drinnen statt.«

»Harry«, sagte der Mann, als er die Korridortür hinter Petra zugedrückt hatte, und streckte ihr die Hand hin. »Langjähriger Freund von Jürgen. Und du?«

»Petra«, stotterte Petra.

»Ach«, sagte Harry und grinste plötzlich wissend.

Der weiß also schon mal Bescheid, dachte Petra. Klar, wenn er wirklich ein guter Freund von Jürgen war.

Neugierig musterte Harry Petra so direkt, dass ihr unbehaglich wurde. Dann rief er laut: »Jürgen, deine Petra ist eingetroffen.«

Petra war, als übertöne seine Stimme alles. Die Musik. Die Stimmen. Das Geschirrgeklapper. Sie zog den Kopf ein und erwartete, dass es im nächsten Augenblick still würde und alle sie anstarrten.

Aber die Musik lief weiter, die Gäste redeten und lachten, klapperten mit dem Geschirr. Bloß Jürgen kam heran, küsste sie und sagte: »Ich hatte schon Angst, du kommst nicht.«

»Das ist Petra«, stellte er sie seinem Freund vor.

»Wir haben uns schon bekanntgemacht«, grinste Harry.

Jürgen zog sie in die Wohnung. Den Arm um ihre Schulter, stellte er sie weiter vor. Petra nickte, schüttelte Hände, lächelte in wissende, in überraschte und in anderweitig beschäftigte Gesichter. Sie begrüßte auch Hanna und Franzi, denen sie nicht mehr vorgestellt werden musste und die sie darum beneidete, alle hier zu kennen.

Mit Jürgens Arm auf ihrer Schulter fühlte sie sich aber leidlich beschützt.

Nach zwei, drei Gläsern Sekt kam sie auch ohne seinen Arm ganz gut aus.

Schon ziemlich spät in der Nacht stand sie neben einer Frau, die plötzlich, mit einer Armbewegung, die die Wohnung umfassen sollte, zu ihr sagte: »Jürgen und seine Frau hatten so ein schönes Haus.« Ihr Tonfall wurde weinerlich: »Wir dachten immer, die sind das perfekte Paar. Es ist wirklich schade um die beiden.«

Petra erstarrte. Wusste diese Frau nicht, wer sie war? Oder wusste sie, wer sie war, und sagte das mit voller Absicht?

Ohne Erwiderung ergriff Petra die Flucht ans andere Ende des Wohnzimmers. Und wusste plötzlich: Auf keinen Fall würde sie zu Jürgen ziehen. Sie wollte nicht, dass irgendwann ein Partygast zu einer neuen Frau an Jürgens Seite sagen würde: Die beiden hatten so eine tolle Wohnung, ein Jammer, dass es auseinandergegangen ist.

Der Garten sieht aus wie nach Kyrill.«

»Kyrill?«

»Na, dieser fürchterliche Sturm vor ein paar Jahren«, sagte Gitti. »Als halbe Wälder umgerissen waren.«

Sie hat ihn also wirklich plattgemacht, dachte Petra. Diesen Garten, den Sanne und Uwe damals mit Formschnitthecken, Nadelbäumen und Büschen angelegt hatten, wie Soldaten aufgestellt. Wie ein Gegenentwurf zum bäuerlichen Garten rund um das Elternhaus war er gewesen. Falls sie daran nichts geändert hatten, und Petra nahm das an, dann wären die Nadelbäume jetzt riesig, die Hecken hoch.

Vielleicht war es gut, in einem solchen Garten Tabula rasa zu machen? Alles auf Anfang? Vielleicht war der Garten nicht einfach platt, sondern Sanne hatte einen Plan. Den bloß noch niemand verstand. Sanne hatte doch immer einen Plan gehabt.

Aber das sei im Vergleich zur Wohnung noch harmlos, fuhr Gitti fort. Weinflaschen, Pizzakartons, »sie isst offenbar nur Pizza«, dazu ein Durcheinander, ein Dreck. »Du kannst es dir nicht vorstellen.«

Nein, Petra konnte es sich nicht vorstellen. Petra fing aber auch an, sich zu ärgern.

Zu ihrem eigenen Erstaunen solidarisierte sie sich innerlich mit Sanne, während sie den grauen Schleier auf ihrem linken Pulloverärmel betrachtete, mit dem sie gerade eine dünne Staubschicht vom Sideboard in ihrem Wohnzimmer gewischt hatte.

Staub war nicht zu verhindern. Staub kam von selbst. Und wurde in einem immerwährenden Kampf beseitigt, um sich erneut auf die Möbel zu legen. Wer eigentlich putzte bei Jürgen? Er selbst?

Selbst wenn Sanne keinen Plan hatte, sondern einfach mal fünf gerade sein ließ, was war daran schlimm?

Petra rieb mit dem Pulloverärmel über ihr Hosenbein, um den Staubschleier zu entfernen, während Gitti weiter von Sannes Nachlässigkeiten in ihr rechtes Ohr sprach.

Ausgerechnet Gitti. Die war auch nicht gerade die Ordentlichste.

»Du bist auch nicht gerade die Ordentlichste«, entfuhr es Petra. Erschrocken hielt sie sich die Hand vor den Mund. Was fiel ihr ein. Es ging sie nichts an. Nie hatte sie sich zu den Hausfraueneigenschaften ihrer Schwestern geäußert. Es hatte sie nicht einmal interessiert. Und schon gar nicht hatte sie es als Wettstreit angesehen. Dieses: Wer hat die saubersten Fenster, die glänzendsten Wasserhähne, die staubfreiesten Zimmerecken. Das war das Element der Mutter gewesen. Deren Ehrgeiz. Orientiert an den Nachbarinnen. Die Moni hat Gardinen gewaschen. Die Karin die Fenster geputzt. Dann musste die Mutter auch. Spätestens. Am liebsten war sie ja die Erste gewesen. Sodass die anderen sagen würden: »Oh, sie hat schon. Jetzt müssen wir uns aber sputen.«

Sanne war die Einzige, die von diesem Eifer etwas übernommen hatte. Vielleicht wollte sie einfach nicht mehr?

»Nö, da hast du recht«, sagte Gitti. »Gewiss bin ich auch nicht die Superhausfrau.« Aber mit Sanne, das habe mit ein bisschen Schlamperei nichts zu tun. Mit Sanne, da stimme ernsthaft etwas nicht. »Und Uwe ist auch weg!«

»Uwe ist weg?«

»Sie weiß nicht mal, wo er ist.«

Petra erschrak. Das klang nun nicht mehr nach einem Plan.

»Wieso warst du eigentlich dort?«, fragte Petra. »Wart ihr verabredet?«

»Glaubst du, Sanne hat mich eingeladen, ihr Chaos zu besichtigen?« Nein, Lisa habe sie angerufen.

»Mich auch!«, rief Petra.

»Aber warum hast du mir denn nichts gesagt?«

»Ich dachte, du weißt Bescheid.«

»Woher sollte ich denn?«

»Weil bisher immer alle untereinander Bescheid wussten?«

Alle. Außer Petra. Petra war immer die Letzte gewesen, die irgendetwas erfahren hatte. Geradezu natürlich war ihr das erschienen. Sie war am weitesten weg. Nicht bloß wegen der in Kilometern messbaren Entfernung.

»Ich verstehe es nicht«, sagte Gitti. »Jetzt, wo sie dafür gesorgt hat, dass die Eltern in einer kleinen Wohnung hocken und alle Hilfen haben, wo sie mehr Zeit für sich hat, macht sie so einen Scheiß.«

»Wer hat das Elternhaus eigentlich gekauft«, fragte Petra.

»Es ist doch gar nicht verkauft.«

»Nicht verkauft?«, rief Petra.

Während sie an der Kirschlorbeerhecke entlangschlenderte, ließ Sanne ihre Finger über die Blätter gleiten und freute sich an deren Rascheln. Sie freute sich auch, dass Axel, oder wer auch immer, sie daran gehindert hatte, sich noch mehr daran zu vergreifen.

Es war ein Spätnachmittag Anfang Mai. Kühl, aber trocken. Ab und an ließ die Wolkendecke der Sonne eine kleine Lücke. Dann blieb Sanne einen Augenblick stehen, schloss die Augen und hielt ihr das Gesicht entgegen. Verschwand sie wieder hinter den Wolken, ging Sanne weiter. Seit ihrer Heckenscherenaktion inspizierte sie ihren Garten zum ersten Mal gründlich.

Die Magnolie, die Zaubernuss und der Rhododendron waren unrettbar verloren. Den Rhododendron hatte Sanne aber sowieso noch nie leiden können. Damals war er ihr in der Gärtnerei zur Magnolie empfohlen worden. Gute Pflanzpartner, hatte die Gärtnerin gesagt. Sanne hatte keine Ahnung gehabt. Sie hatte bloß einen ganz anderen Garten als den der Eltern haben wollen. Exotischer.

Jetzt fragte sie sich, wieso man etwas in seinem Garten hatte, das man gar nicht leiden konnte. Bloß wegen einer *Pflanzpartnerschaft*.

Um die Magnolie tat es ihr dagegen leid. Deren purpurfarbene tulpenartige Blüten würden jetzt den Garten erleuchten.

Vielleicht pflanze ich eine neue, überlegte Sanne, während sie der zerstörten die zwei verbliebenen Aststummel abbrach. Sie würde sie ohnehin ausgraben müssen.

Sanne bückte sich auch zu den abrasierten Ästen der Blutjohannisbeere hinunter und entdeckte zwei neue frischgrüne Austriebe. Auch bei der Forsythie und beim Schneeball hatte sie welche gesehen. Nicht tot. Und wer weiß, vielleicht wurden sie alle drei schöner als zuvor? Verjüngt und frisch?

Die Buchsbaumhecke hatte auch ein paar neue Blättchen. Vielleicht schaffte sie es, ihre Lücken zuzuwachsen. Zinnen musste sie nicht mehr haben.

Sanne war ein wenig zu sich gekommen. Nachdem Gitti gegangen war, war sie auf ihrem Sofa zusammengebrochen. Es war erstaunlich gewesen, wo all die Tränen hergekommen waren. Als hätte jemand hinter ihren Augen einen Hahn geöffnet.

Als der Strom nach und nach weniger geworden war und irgendwann ganz aufgehört hatte zu fließen, war sie ins Bett gegangen. Vollkommen erschöpft. Und ohne die üblichen Gläser Wein zuvor.

Am nächsten Morgen hatte sie beim Aufwachen das Datum und den Wochentag gewusst. Sonntag. Ein ganzer freier Tag.

Sie hatte einen Cappuccino im Stehen getrunken und den Staubsauger aus der Kammer neben der Küche geholt.

Am Abend hatte sie in ihrem blitzsauberen Wohnzimmer gesessen und sich gefragt, was als Nächstes zu tun sei. Wie all das andere Chaos, das sich nicht in Krümeln und

Staub und vertrockneten Weinglasringen auf gläsernen Tischplatten ausdrückte, zu beseitigen sei.

Darauf hatte sie immer noch keine Antwort.

Petra lehnte an ihrem Auto und blickte unverwandt auf das schmale Haus.

Es blieb an Ort und Stelle.

Bloß dem Nussbaum fehlte ein großer Ast. Wie ein einarmiges Wesen sah er aus. Wieder eine Täuschung? Mit den Augen suchte Petra den Ast im Vorgarten. Wenn es keine Täuschung war, musste er abgebrochen sein und dort irgendwo liegen.

Im Gras, das kniehoch stand, meinte Petra ihn zu erahnen.

Auch die Wegplatten zum Haus hin waren nur noch zu ahnen zwischen der grünen Überwucherung.

Ein Anblick, wie es ihn beim Elternhaus noch nie gegeben hatte.

Irgendwie ist sie schön, diese Wildnis, dachte Petra.

Gleichzeitig fühlte sie sich unbehaglich, sah alles mit den Augen der Eltern. Ungepflegt, würden sie sagen. Und sich schämen. Zu viel Grün galt als liederlich.

Die Mutter und der Vater wussten nichts davon. »Sanne kümmert sich um alles«, hatten sie vor nicht einmal einer Stunde beim Kaffeetrinken noch zu Petra gesagt. »Und wir sind froh, keine Treppen mehr zu haben.«

Es hatte zufrieden geklungen. Als sei es ihre eigene Entscheidung gewesen, das schmale Haus zu verlassen. Die Treppen hinter sich zu lassen. Sicher und selbstbewusst hatten sich die Eltern in ihrer Wohnung bewegt. Nicht mehr, als hätte man sie auf einem fremden Planeten ausgesetzt.

Petra hatte sich jedoch gefragt, ob sie sich je an die Eltern in dieser Wohnung gewöhnen würde. Das schmale Haus würde ihr immer fehlen. Das wusste sie.

»Den Bürgersteig fegen wir mit, seit Sanne nicht mehr vorbeikommt, aber um den Garten können wir uns nicht kümmern.« Hans stand plötzlich neben Petra. Sie hatte ihn nicht kommen sehen, so vertieft war sie in den Anblick des Vorgartens gewesen.

Sie rang sich ein Lächeln ab, sagte aber nichts. Dachte bloß: Natürlich, Bürgersteige müssen gefegt werden. Das ist Anwohnerpflicht. Auch bei einem unbewohnten Elternhaus. Jemand muss sich kümmern.

»Anfangs war Sanne ständig hier«, sagte Hans. »Jetzt kommt sie gar nicht mehr.«

Petra nickte, als wüsste sie davon.

»Jemand muss sich kümmern«, sagte Hans. Er deutete auf das Haus. »Am Dach fehlen ein paar Ziegel. Hat wohl der Sturm im Februar heruntergerissen. Wenn das nicht bald repariert wird, ist das Haus verloren.«

Petra nickte wieder und sah Hans hinterher, wie er nach einem »Mach's gut« auf sein Haus zuschlurfte. Das links neben dem schmalen Haus. Mit dem kurzgeschorenen Gras im Vorgarten und den sauberen Plattenwegen. Ob sie das noch selbst bewältigten? Oder ob der Sohn es für die beiden erledigte?

Petra entdeckte Karin, wie sie mit langem Hals aus einem der Fenster sah, sie offenbar beobachtet hatte. Bestimmt hatten die beiden sie kommen sehen. Guck mal, da ist ja die Petra. Geh schnell nach draußen, Hans. Sag ihr, dass sich jemand kümmern muss.

Jetzt winkte Karin Petra zu. Petra hob die Hand und stieß sich von ihrem Auto ab.

Bevor sie das Gartentürchen öffnete, sah sie auf das Schild am Zaun, das sie beim letzten Mal so erschreckt hatte. Es war vollkommen verwittert. Sie ging ganz nah heran und entdeckte tatsächlich winzige rote Pünktchen. Nagellackreste. Die Worte, die sie damit durchgestrichen hatte, waren unlesbar verblasst.

Das Türchen quietschte nicht bloß, es ließ sich nur noch mit Kraft öffnen. Petra ließ es hinter sich offen stehen und ging auf das Haus zu. Die Fenster waren blind geworden. Sie sahen aus wie altersträbe Augen. Zwei-, dreimal knirschte es unter ihren Schuhen. Tonscherben. Stücke der heruntergefallenen Dachziegel?

Petra bewegte den Griff der Haustür. Zu ihrer Überraschung öffnete sie sich. Zögernd trat sie ein. Der modrige Geruch, der sie empfing, ließ sie zurückfahren.

Sie ging in die Küche, in der die alten Möbel immer noch standen. Sogar das Bohnenglas, aus dem sie gegessen hatte, war noch im Spülbecken. Dicke Spinnfäden führten vom Glasrand zum Wasserhahn. Der Glasboden war verschimmelt.

Zögernd stieg Petra die knarzende Treppe nach oben. Der Geruch nach Nässe und Schimmel nahm zu.

Sanne ließ sich auf den Terrassenstuhl fallen, fuhr sich über die Stirn, auf der sie einen Schmutzstreifen hinterließ, von dem sie nichts bemerkte, und rieb sich dann die Erde von den Fingern. Ihr Rücken schmerzte.

Ein hartes Stück Arbeit, die neue Magnolie einzupflanzen.

Doch das härtere Stück Arbeit war der Versuch gewesen,

die alte auszugraben. Sanne hatte zuerst einen Graben rundherum gezogen. So hatte es im Internet gestanden.

Anleitung in elf Schritten. Vielversprechend hatte das geklungen. Ein Schritt nach dem anderen. Etwas, das man bewältigen konnte. Dann hatte sie versucht, mit dem Spaten unter die Wurzeln zu kommen und sie nach und nach aus der Erde zu lösen. Nach ein paar Abenden der Schufterei hatte Sanne aufgegeben. Zu fest verbunden waren sie mit dem Erdreich. Die alte Magnolie musste bleiben. Das hieß, der Stamm würde bleiben. Mehr war ja nicht mehr da.

Die neue hatte Sanne dicht an der Terrasse gepflanzt. So würde sie die Blüten, die zu den ersten im Frühling gehörten, direkt vor Augen haben. Im übernächsten Jahr. So lange dauerte es, bis sie zum ersten Mal blühen würde. Wenn alles nach den Regeln ihrer Natur lief.

Zwei Jahre warten auf die Blüten. Das schien Sanne angemessen. Es musste Zeit vergehen, bis in ihrem Leben wieder etwas blühte, bis sie wieder blanke Freude darüber würde empfinden können.

Sanne zündete sich eine Zigarette an. Sie rauchte nicht mehr heimlich. Niemand da, der sagte: Muss das sein.

Uwe wollte nicht in ihr gemeinsames Leben zurückkommen. Obwohl es keine andere Frau gab. Sagte er.

Das hatte Sanne mehr getroffen, als wenn er gesagt hätte, es gibt eine andere. Sie war so sicher gewesen, dass es nicht anders sein konnte. Da musste eine andere Frau sein.

Auch jetzt wünschte sie sich, es wäre so. Das war doch wenigstens ein handfester Grund, sie zu verlassen.

Sie könnte wütend sein, eifersüchtig, diese andere heimlich beobachten, ihr die Pest an den Hals wünschen, ihr die Autoreifen zerstechen.

Aber so? Wo sollte sie hin mit ihrer Wut, ihrer Enttäuschung, ihrer Verzweiflung? Die sich noch steigerten bei dem Gedanken, dass Uwe nicht einmal eine andere brauchte, um zu gehen, so unzufrieden, so pessimistisch schien er im Hinblick auf ihre Beziehung zu sein.

»Es gibt keine andere«, hatte er immer wieder beteuert. Sanne hatte ihn angerufen, zwei-, dreimal war er auch da gewesen, um sich ein paar Sachen aus dem Kleiderschrank zu holen. Sie hatte versucht, ihn festzunageln. »Es muss doch einen Grund geben!«

Er hatte Gründe aufgezählt wie: auseinandergelebt, sich nichts mehr zu sagen haben, aneinander vorbeileben.

»Wir langweilen uns doch miteinander«, hatte er auch noch gesagt.

Das war das Schlimmste gewesen. Das hatte Sanne mitten in die Magengrube getroffen. Sie hatte nichts mehr zu entgegnen gewusst. Alles, was ihr vorher immer noch eingefallen war wie: gemeinsames Hobby suchen, viel mehr miteinander reden, einen schönen Urlaub machen, war ihr im Hals stecken geblieben.

Sie hatte sich das alles vorstellen können. Auch sich bei Uwe zu entschuldigen für ihre Zerstörungswut. Ihm ihre Verzweiflung zu schildern.

Vielleicht bekommen die vergangenen Wochen auf die Art sogar einen Sinn, hatte sie gedacht. Wenn wir beide versuchen, den jeweils anderen besser zu verstehen.

Da musste es doch noch einen Rest an Gemeinsamkeit geben, auf dem sie wieder aufbauen konnten. Es konnte doch nicht alles verschwunden sein wie der Rauch eines Feuers aus dem Schornstein und weg. Bloß noch die Asche im Kamin.

»Ich suche mir eine Wohnung«, hatte Uwe zuletzt gesagt. Für ihn war da nur noch Asche.

Dann bin ich also ab jetzt ein Single. Das war Sanne erst ein paar Tage nach Uwes Ankündigung plötzlich durch den Kopf geschossen, und es hatte sie fast umgehauen. Dabei war es doch bloß die logische Folge. Eine Erkenntnis, die sie verzögert nun mit voller Wucht traf.

Single. Single. Single. Dieses Wort ging ihr seitdem immer wieder im Kopf herum. Wie eine nervtötende Melodie tauchte es auf und ertönte eine Weile, ohne dass sie es abstellen konnte. *Alleinstehend* hatte man früher gesagt. Single klang wenigstens besser als: Sie ist eine alleinstehende Frau. Mitleidig hatte das immer geklungen. Derjenigen fehlt etwas. Sie hat ein Handicap. Auch Sanne hatte so gedacht.

Sie hatte auch über Petra so gedacht.

Jetzt tauchte der vorsichtige Gedanke auf, sie könnte sich bei Petra ein paar Tipps für das Alleinleben holen. Wie verbrachte man die Wochenenden? Wo konnte man gut hingehen? Ohne Begleitung?

Lisa hatte geweint. »Kein Elternhaus mehr.«

Die weinende Lisa im Arm hatte Sanne plötzlich erschrocken an das schmale Haus gedacht. Seit Wochen war sie nicht mehr dort gewesen. Wie konnte man das Elternhaus vergessen. Zumal, wenn man die Sorge dafür hatte.

Zum Glück war das Frühjahr da. Der Mai. Es hatte auch schon länger nicht mehr geregnet. Vielleicht hatte die Frühlingssonne das schmale Haus getrocknet. Den Dachboden. Die Kinderzimmerdecke. Die Wände im oberen Flur.

Sanne wusste, es war ein naiver Gedanke. Doch sie wünschte, er wäre wahr.

Sie musste sich kümmern. Jemanden beauftragen, den

Zustand des Elternhauses zu beurteilen. Ein Urteil über es sprechen. Noch zu retten. Oder: Unrettbar verloren.

Wie lange in seinem Leben brauchte man ein Elternhaus?

War es nicht beinahe natürlich, dass es *gebrechlich* wurde. Wie die Eltern. Dass es irgendwann verschwand. So wie die Eltern irgendwann nicht mehr da sein würden.

Vielleicht sollte ich mir jetzt schon eine Wohnung suchen, dachte Sanne mit Blick auf die frisch gepflanzte Magnolie. Statt Magnolien zu pflanzen.

Doch das war einer dieser Gedanken, die man bloß zur Probe dachte. So wie man in einem Laden ein Kleidungsstück in die Hand nahm, es anschaute und den Stoff befühlte, es vielleicht sogar vor den Körper hielt und damit vor den Spiegel trat, obwohl man wusste, niemals würde man so etwas tragen. Es kam nicht infrage.

Es kommt nicht infrage, dieses Haus aufzugeben, es anderen Menschen zu überlassen, Sanne.

Nicht einmal vorstellen wollte sie sich das. Sie würde in diesem Haus wohnen bleiben. Es sollte auch Philipp und Lisa noch eine Weile Elternhaus sein. Wenigstens das, wenn die Eltern sich schon trennten.

Sanne merkte plötzlich, wie durstig sie war. Sie ging in die Küche, nahm ein Glas aus dem Schrank und hielt es unter den Wasserhahn.

Wie sicher sie sich gewesen war, dass die Eltern aus dem schmalen Haus ausziehen müssten. Sie verstand es auf einmal gar nicht mehr.

Und doch musste es irgendwann sein, mussten solche Entscheidungen getroffen werden.

Müssten nicht auch Lisa und Philipp irgendwann beschließen, dass sie nicht mehr hier wohnen bleiben konnte?

Waren es immer die Kinder, die einem Elternhaus das Ende bereiteten? Es für unpraktisch und für seine Bewohner nicht mehr zeitgemäß erklärten? Die Kinder, die dann schon lange keine Kinder mehr waren und fortan damit leben mussten, ihren Eltern das Haus genommen zu haben. Und wie zur Strafe auch sich selbst das Elternhaus.

Sanne stürzte ein zweites Glas Wasser hinunter und sah dabei aus dem Fenster. Jemand kam auf ihr Haus zu. Eine Frau. Die Frau sah aus wie Petra. Vor Überraschung verschluckte Sanne sich.

Petra? Das kann doch gar nicht sein, dachte sie, hustend und keuchend über ihr Spülbecken gebeugt.

Als Sanne wieder etwas Luft bekam, wischte sie sich über den Mund, stellte ihr Glas in die Spüle und ging zur Haustür.

Ihre Hand lag schon auf dem Griff, als es klingelte.

Wieder saß Petra im Auto vor Sannes Haus. Wieder zögerte sie, auszusteigen. Wieder hatte sie keine Ahnung, was sie zu Sanne sagen sollte.

Womit sollte sie anfangen. Mit dem schmalen Haus? Warum, verdammt noch mal, machst du alles im Alleingang? Warum willst du es zuerst verkaufen und lässt es dann verkommen? Was soll daraus werden? Weißt du, dass es durchs Dach regnet? Jemand muss sich kümmern.

Den modrigen Geruch des schmalen Hauses hatte Petra immer noch in der Nase.

Oder sollte sie bei Sannes Befinden beginnen? Was ist los mit dir? Kann man dir helfen? Kann *ich* dir helfen? Stand ihr das überhaupt zu, Sanne Hilfe anzubieten?

Wie einen Berg schmutziger Wäsche sah Petra all die Fragen und Vorkommnisse vor sich liegen. Und keine Maschine, in die man alles hineinstopfen und nach zwei Stunden sauber wieder herausholen könnte.

Doch sie würde klingeln. Sie musste klingeln. Nicht wieder einfach davonfahren.

Auch Gitti hatte es gefordert. »Jetzt bist du mal dran!«

Erstens habe sie bereits probiert, mit Sanne zu reden. Und zweitens habe sie keine Lust, immer die *Verbindungstür* zwischen ihren großen Schwestern zu geben. Verdutzt hatte Petra das Telefon vom Ohr genommen und es betrachtet, als habe es irgendwo einen Fehler. *Verbindungstür?* Hatte sie richtig gehört? Gitti sah sich als *Verbindungstür* zwischen Sanne und ihr? Das hatte sie noch nie gesagt.

Petra zündete sich eine Zigarette an und ließ das Fenster herunter. Der Geruch nach frisch gemähtem Gras drang herein und vertrieb die Modergeruchserinnerung aus ihrer Nase. Irgendwo brummte der zugehörige Mäher gleichmäßig.

Still lag Sannes Haus da. Kein Licht hinter den Fenstern. Auch wenn das sicher am Mai und dem hellen Abend lag, wirkte es tot.

Riesig erschien Petra das Haus. Sehr groß für eine Person. Für Sanne. Die Sanne, die immer so leidenschaftlich für ihre Familie gesorgt hatte.

Plötzlich empfand Petra neben all dem Zorn und den hilflosen Fragen auch Mitleid mit ihr. Wie fühlte es sich wohl an, wenn das Leben plötzlich eine Wendung machte in eine Richtung, die man nicht erwartet und in der man keine Übung hatte.

Ich könnte ihr sagen, dass es nicht bloß Nachteile hat, wenn man sich nur um sich selbst kümmern muss, dachte sie. Nur die eigene Unordnung, nur für sich selbst einkaufen, kein Streit, wer den Müll rausträgt oder den Teppich saugt.

Aber sie könnte Sanne auch fragen, wie man es schaffte, so lange zusammenzuleben, ohne sich an die Gurgel zu gehen.

Denn auch Petras Leben hatte sich ja in eine unerwartete Richtung gewendet.

Jürgen hatte einen neuen Anlauf gemacht, ihr einen neuen *Antrag* gemacht, wie Petra es wieder bei sich nannte.

»Die Wohnung neben meiner wird in drei Monaten frei.«

»Ja?« Sie hatte Jürgen angesehen und sich stirnrunzelnd gefragt, warum er ihr das mitteilte. Es war beim Abendessen in seiner neuen Küche gewesen. Nach Petras »Ja?« waren ein paar Minuten nur ihrer beider Kaugeräusche und das Schaben ihrer Messer auf den Tellern zu hören gewesen.

»Du könntest dort einziehen.«

Nach diesem Satz war es dann vollkommen still geworden. Beide hatten sie das Kauen und Mit-den-Messern-Klappern spontan eingestellt. In Petras Ohren hatte es plötzlich gepiept.

»Aber …«, hatte sie nach einer Weile endlich herausgebracht.

»Jeder hätte sein eigenes Reich«, hatte Jürgen gesagt und zwinkernd hinzugefügt: »Keine herumliegenden Socken in der Wohnung des anderen.«

»Aber …«, hatte Petra wiederholt.

»Bloß durch einen Flur getrennt«, hatte Jürgen gesagt. »Sogar Klopfzeichen könnten wir uns geben. Jedenfalls in den beiden Zimmern, die direkt aneinandergrenzen.«

Petra hatte ihn angesehen. Ihr war ein Verdacht gekommen. Das mit der frei werdenden Wohnung, das konnte er unmöglich erst seit ein paar Tagen wissen. Oder?

»Du wusstest es von Anfang an, oder?«, hatte sie Jürgen gefragt.

Mit einer Mischung aus Schuldbewusstsein und Schalk in den Augen hatte er genickt. »Plan B, falls du nicht zu mir ziehen willst. Womit ich ja rechnen musste.«

Als Petra sich die zweite Zigarette anzündete, sah sie im Außenspiegel eine Frau mit einem großen Hund den Bürgersteig entlangkommen. Ob das wieder der war, der sie so erschreckt hatte? Wie hatte er geheißen? Lotti? Lulu? Luna? Luna! Petra erwartete, Luna würde wieder an ihrem Auto hochspringen. Aber nichts geschah. Hund und Frauchen gingen ungerührt vorbei.

Petra nahm noch einen Zug, öffnete die Autotür, beugte sich hinaus, schrammte die Kippe über den Straßenbelag, wickelte sie dann sorgfältig in das Papiertaschentuch, in dem sich schon die erste befand, und legte es auf die Zwischenablage.

Dann stieg sie aus und ging auf Sannes Haus zu.

Als sie den Zeigefinger auf den Klingelknopf legte, wusste sie plötzlich: Sie würde Ja sagen zu Jürgens *Antrag*. Sie würde es wagen.

Die Tür öffnete sich so plötzlich, dass Petra erschrak.

Sanne, die erschöpft aussah und einen breiten Schmutzstreifen auf der Stirn hatte, sagte atemlos: »Du bist es.«

Als hätte Petra sich angekündigt. Als hätte Sanne auf sie gewartet.

Danksagung

Eine Menge Menschen, von denen man als Autor die wenigsten persönlich kennenlernt, leisten großartige Arbeit, bis so ein Roman erscheinen kann. Bei allen bedanke ich mich.

Ganz besonders danken möchte ich meiner Verlegerin Barbara Laugwitz, die dieses Buch mit hohem und sehr persönlichem Engagement begleitet hat, den beiden wunderbaren Frauen, die an mir und meinem Text von Anfang an am dichtesten dran waren: meiner Lektorin Esther Böminghaus und meiner Agentin Vanessa Gutenkunst.

Und wie immer dir, Rudi.